你悄然倒下，竖起一座丰碑；你静静睡去，留下激情燃烧的背影；你把群众装在心里，人民把你高高托起。青山埋骨，忠魂涤荡岁月不朽，宝鼎长眠，精神穿越时代长青。

——“感动攀枝花十位共产党员”亓伟的颁奖词

宝鼎英雄

——亓伟的故事

攀煤（集团）公司 编著

四川民族出版社

图书在版编目（CIP）数据

宝鼎英雄：亓伟的故事 / 攀煤（集团）公司编著.
-- 成都：四川民族出版社, 2020.5（2021.9 重印）
ISBN 978-7-5409-9073-2

Ⅰ. ①宝… Ⅱ. ①攀… Ⅲ. ①传记文学 – 中国 – 当代
Ⅳ. ①I25

中国版本图书馆CIP数据核字(2020)第089454号

宝鼎英雄——亓伟的故事

BAODING YINGXIONG
QIWEI DE GUSHI

攀煤（集团）公司 编著

责任编辑	张宇明
责任印制	郑 莉
装帧设计	经典记忆
出版发行	四川民族出版社
	（四川省成都市青羊区敬业路108号）
印 刷	永清县晔盛亚胶印有限公司
成品尺寸	175mm × 260mm
印 张	17
字 数	286千
版 次	2020年6月第1版
印 次	2021年9月第2次印刷
书 号	ISBN978-7-5409-9073-2
定 价	48.00元

活着建设宝鼎山，
死了埋在宝鼎山，
立足大三线，
打击帝修反。

济华

一九六四年十一月

“我的工作，按党的需要！”

序言

高山上的花环

天地英雄气，千秋尚凛然。

习近平总书记讲："对中华民族的英雄，要心怀崇敬，浓墨重彩记录英雄、塑造英雄，让英雄在文艺作品中得到传扬，引导人民树立正确的历史观、民族观、国家观、文化观，绝不做亵渎祖先、亵渎经典、亵渎英雄的事情。"

每一个鞠躬尽瘁、死而后已的生命历程中，都有令人难忘的感人故事；每一个热烈燃烧的忠魂身后，都映现出一种强烈的精神力量。

本书的主人公——原宝鼎矿区第一任党委书记亓伟，在抗日烽火中弃笔从戎参加革命，中华人民共和国成立后先后在教育、工业等战线工作。"我的工作，按党的需要！"他频繁地变动工作岗位，党指向哪里，他就奔到哪里。从泰安到济南，从济南到徐州，从徐州到昆明，从昆明到攀枝花，无论是战争年代，还是和平建设时期，亓伟都不畏艰难困苦，英勇顽强，奋力拼搏，兢兢业业，鞠躬尽瘁，为党和人民的事业做出了卓越贡献。

1964年，亓伟响应党中央、毛主席建设"大三线"的号召，抛弃繁华奔荒山，来到攀枝花开发建设的主战场——宝鼎矿区。在七年半时间里，亓伟面对艰难困苦，不顾疾病缠身，历经曲折而不畏艰险，屡受考验而不改初心，先后组织了闻名攀枝花工业建设的宝鼎矿区"勘探设计""三通一住""夺煤保电""夺煤保铁""夺煤保钢"五大会战，创造了我国三线建设史上的宝鼎奇迹，为攀枝花工业基地的建设做出了突出贡献。

"活着建设宝鼎山，死了埋在宝鼎山！"每当读到亓伟的誓言，脑海里总会浮现出当年宝鼎矿区开发建设那热血沸腾、战天斗地的一幕幕，仿佛又听到那披荆斩棘、响彻天地的铿锵号子……

“我死后，把我埋在宝鼎山最高的地方，让我日日夜夜看着攀枝花出煤、出铁、出钢。”遵照亓伟临终的请求，亓伟之墓屹立于宝鼎山之巅。如今“攀枝花下埋忠骨万人敬仰，宝鼎山上望新城夙愿得偿”，高山上的花环已覆满山峦，相处流传。

一个细微可感、可亲可敬、有血有肉的亓书记……亓伟，如一阵清风，如一缕阳光，成为宝鼎矿区的精神领袖，成为宝鼎英雄乃至于攀枝花英雄群雕中最闪耀的那一尊。他和老一辈矿区开发建设者们用汗水、泪水和血水浇铸形成“创业、求实、开拓、奉献”的宝鼎精神，激励着一代又一代宝鼎煤炭人砥砺奋进。

宝鼎精神源远流长。在“艰苦创业、无私奉献、团结协作、勇于创新”的三线精神成为中华民族精神、奋斗精神的今天，谨以此书敬献给亓伟和为攀枝花宝鼎矿区开发建设做出贡献的千千万万三线建设者们，推荐此书为三线建设干部学院攀煤分院教学用书。

相信读到这本书的人们，将对英雄亓伟有一个更深的了解和理解，从而细心体会，做深层次思考：亓伟同志给我们留下了那么多，我们应当怎样做，才能为后人留下些什么；我们应该怎么做，才能不忘初心，牢记使命，为实现中华民族伟大复兴的中国梦而努力奋斗。

是为序。

川煤集团攀煤公司党委书记、董事长：[signature]

2020年6月

目录 CONTENTS

第三章　他很不一样：另一面的真实

第四章　走进内心：亲人的思念

第五章　铁汉有情：他们眼中的亓伟

第六章　只言片语：特殊岁月里的那些事

第七章　岁月如歌：忠魂祭

附录

后记　抒写英雄，责任使然 / 244

1970年3月，亓伟在成都开会时留影

引子
记忆，历久弥新：“一定是亓伟”

1

“忠诚、果敢、无畏……”在中国人的字典里，这些，向来都带有令人敬畏的色彩。纵观华夏几千年，具有这样品质的风流人物不胜枚举。如果将视野停留在20世纪六七十年代“大三线”建设“重中之重”的攀枝花，此般人物也不在少数。

在攀枝花的宝鼎矿区，有一种精神早已深深根植于每一个宝鼎人的心田。那就是“创业、求实、开拓、奉献”的宝鼎精神。

提到宝鼎会首先想到谁？

一定是亓伟。

为什么？

美好而富有正能量的往事记忆总是历久弥新，因为亓伟是宝鼎精神的代言人！

作为一名始终把党的重任担在肩上的党员，亓伟践行了入党誓言，不忘初心，一生牢记使命：为民。也正因如此，他敢于把生命交付攀枝花，交付宝鼎山。

对亓伟来说，他不去想身后会不会袭来寒风冷雨。因为，既然目标是地平线，留给世界的只能是自己义无反顾的背影。

2

正确的行动来自正确的思想，有什么样的思想就有什么样的行动。

亓伟选择攀枝花、选择宝鼎山不是头脑发热，也不是为了功名利禄——在云南工作时，他已身居高位，是云南省煤炭厅党组书记、副厅长。作为一名共产党员，他深知自己的价值取向与人生使命。他总是说，“我的工作，按党的需要”。当攀枝花建设有需要时，他便毫不犹豫，主动请缨。

三线建设选择攀枝花作为建设基地之一，主要源自党中央根据重点开发和建设西部“备战、备荒、为人民”的需要。

1964年11月，国务院副总理李富春、薄一波不畏艰险，甚至抓着驴尾巴上山，深入攀枝花地区进行了全面实地考察。毛泽东和周恩来得知攀枝花各种资源集中，储藏量丰富，特别是煤炭资源可保大工业建设就地取材时，确定了攀枝花弄弄坪建钢铁厂方案。

毛主席甚至还说："不建设好攀枝花，我睡不好觉……"

此时此刻，亓伟提出请求，到攀枝花开发宝鼎煤田。云南省委和煤炭厅党组织的意见是让他先去看一看。结果他二话没说就离开昆明，一路劳累奔波，来到攀枝花，爬上了宝鼎山……

亓伟相信，坚强的意志能移山填海，一定能够把"宝贝"挖出来。

1964年11月30日，"宝顶山煤矿建设指挥部"成立，亓伟被任命为党委书记。

1965年1月，亓伟正式调到攀枝花。

从此，他的根就深深地扎进了宝鼎山。

3

煤是一种神奇的东西，藏在地下，藏得很深，它不会让你轻易发现。用专业术语来说，煤是一种固体可燃有机岩，主要由植物遗体经生物化学作用，埋藏后再经地质作用转化而成。

这就是说，有煤的地方多数情况下环境都是相当恶劣的。攀枝花在古代属于"南方丝绸之路"上重要的交通枢纽，也是诸葛亮笔下的"不毛之地"。

宝鼎山呢？老一辈人无不感慨："那时候可真苦啊！不是人待的地方！"

亓伟呢？他当然知道自己来到宝鼎山后将面临什么——两个字"困难"。

人在面临困难的时候无非两种选择：要么退却，要么征服。

亓伟选择了后者，他说："我们眼前这点苦，比起红军爬雪山过草地，吃草根咽树皮来，算不了啥。想想长征二万五，我们要以红军为榜样……"

于是，亓伟开始了他人生当中又一段"吃大苦，创大业"的艰难历程。

4

1964年之前，在中华人民共和国的版图上你是查不到攀枝花这座城市的。那是因为攀枝花属于"荒山野岭""不毛之地""人迹罕至""穷山恶水"之列，只有一个小小的名字叫作"渡口"。

当时有段民谣便可佐证：

穷山恶水哟，天蓝蓝；大姑娘没衣穿，要嫁人也难。山高难见树哟，光板板；江水抛巨浪，山陡水又险。兔儿不拉屎哟，心寒寒；缺吃又少穿，你说难不难？九公划小船哟，打战战；江心翻了船，你说险不险？

当亓伟爬上海拔1900多米的宝鼎山顶峰的时候，攀枝花却是另一番景致，但见金沙江蜿蜒环抱宝鼎山，雄鹰在脚下盘旋，白云在身边飘荡，亓伟顿时豪情满怀，兴奋地对身边的同志们说："宝鼎山很美嘛！"

同志们都感到惊异和不理解："我们怎么看不出美呀！我们看到的是穷山恶水啊！"

亓伟笑呵呵地说："你们看不出来美在什么地方吧？你们想想，宝鼎山下埋藏的是什么东西呀，是煤！这不美吗？你说金沙江是恶水，炼钢没有水行吗？采煤建矿没有水行吗？我是看好这个地方喽，我死了以后也要埋在这里。"

谁曾想到，他的这番话竟一言成谶！

5

人类自诞生以来都会面临的问题就是疾病。

而疾病的产生根源又有很多种，但有一种应该是可以避免的，那就是——积劳成疾。解决的办法就是选择过安逸舒适的生活。对亓伟来说，选择这样的生活本来是一件很容易的事。

亓伟的任职履历（1952—1965）是这样的：

1952—1958年，历任山东矿务局器材处处长，华东煤炭工业管理局基建处处长、计划处处长，济南与徐州煤矿基建局副局长。

1958—1964年，历任云南省煤炭厅副厅长、党组书记，云南省煤炭工业管理局副局长、党委书记。

1965年，任宝顶山煤矿建设指挥部党委书记。

亓伟在他生命的重要时候面临着许多有关选择的问题。显然，他总是选择安逸生活的背面。"从山东到江苏，从江苏到云南，从云南到四川，路是越走越偏僻，越走越困难。"因为，他愿意筚路蓝缕，开辟新天地。因为，当时的攀枝花建设要全面上马，煤是建设中的关键，党需要他。

6

翻阅档案，目光定格在一个重要的时刻：1971年5月的一天。

那一天，亓伟突然晕倒了……医院检测报告上写着，疑似食道癌晚期。

"歇一歇吧！"大家都这样说，但是对亓伟而言，身体有恙却不用歇一歇。他甚至在笔记本中这样写道："和民族敌人斗，苦死不怕；和阶级敌人斗，立场坚定；和自然界斗，敢字当头；和癌病斗，坚定沉着。”

为了继续他的事业，1971年10月，亓伟将妻子儿女从昆明迁到了攀枝花。去世前，他对前去看望他的同志们说：“我死了，把我埋在宝鼎山上最高的地方，让我日日夜夜看着攀枝花出煤、出铁、出钢。”

多想说，如果岁月有情，就应该把亓伟留下，至少……至少留到对个体生命而言比较完美的那一刻。因为到那时候，他会看到英雄的攀枝花，会看到英雄的宝鼎山的另一番模样。

如今的宝鼎山早已高楼林立、旧貌换新颜，宝鼎儿女一代传承一代，不忘初心，砥砺前行，为祖国的建设不断提供应有的能源……

中国人讲究一个“情”字，特别是在特殊的时节，不用事先约定都会说一些具有相同含义的话。譬如，如果您泉下有知，一定会如何。想来，这种缅怀之词，代表了我们对逝去的亲人、朋友、战友、先辈等的一种追思。“何处他年寄此生，山中江上总关情。”

扎根于宝鼎山深处的亓伟有他的“寄此生”和“总关情”。

7

1964年深秋，亓伟毅然离开了四季如春的昆明，离开了眷恋着他的妻子儿女，来到了荒无人烟的宝鼎山，投入惊天动地的攀枝花宝鼎矿区建设之中。宝鼎山晴空万里，白云朵朵。一只金褐色的鹰在蓝天白云间翱翔，在滔滔金沙江畔，巍巍宝鼎山上盘旋。一个身材魁梧、面目慈祥的人头戴草帽，身背水壶，脚蹬草鞋，手拄木棍，出没在金沙江南岸的宝鼎山中。

正当宝鼎矿区建设开展如火如荼时，1972年3月26日凌晨，亓伟与世长辞，享年60岁。

……

2011年，为纪念亓伟100周年诞辰，攀枝花人民修建了亓伟雕像，命名为亓伟广场。

站在亓伟的雕像前，我们仿佛能够穿透岁月的罅隙，看到当年的一幕又一幕！

2011年，纪念亓伟100周年诞辰雕像落成

第一章 筚路蓝缕

燃烧的生命

1.1 向宝鼎进军

被称为“地球伤疤”的攀西裂谷，长300余千米，宽100多千米，集中了世界上绝大部分的钒钛磁铁矿资源，相伴而生的还有其他有色金属和稀有金属矿种50余种，东西两侧的裂谷盆地中，还形成了攀枝花宝鼎、会理益门、盐边红坭等大中型煤田和多处石灰岩、硅石、稀土、石墨等沉积矿床。从青藏高原流泻而来的金沙江、雅砻江，又给这里带来了巨大的水能。这种成矿组合的资源配置真乃是天工造物，而宝鼎则是上苍赐给中国人的煤炭资源聚宝盆。建设三线时后方钢铁厂为什么选择攀枝花，其中一个重要因素就是宝鼎煤田的存在。

1958年，在成都金牛宾馆召开的中央政治局扩大会议，时任地质部部长李四光向毛泽东报告在四川金沙江畔发现了一个大铁矿。毛泽东闻讯非常高兴，询问那个地方叫什么名字，李四光说：“那里过去荒无人烟，因为长着几棵大攀枝花树，地质勘查队就把那里标注为‘攀枝花’。”毛泽东当即表示赞成，认为“攀枝花”这个名字很好。他对开发攀枝花资源的意见给予了高度肯定，并指示要组织力量尽早开发。

1964年1月，矿山采样队横渡金沙江进入攀枝花

1958年3月，毛泽东批准了建立攀枝花钢铁公司的设想方案，要冶金工业部部长王鹤寿考虑一下在攀枝花（当时选址西昌）建设钢铁厂的可能性。

1958年4月5日，王鹤寿向中共中央提交了题为《钢铁工业的发展速度能否设想更快一些》的报告：冶金部党组根据毛主席批示研究了钢铁工业建设问题，建议在第二个五年计划的中后期，新建三个较大的钢铁基地——甘肃酒泉钢铁厂、四川攀枝花钢铁厂、湖北长阳钢铁厂。中共中央进行批示：同意冶金工业部党组所提的关于有色金属工业的规划和措施。

1958年10月29日，王鹤寿向毛泽东提交了关于钢铁方面应当立即动手解决的几个问题的报告（草案），再次提出抓紧攀枝花钢铁厂的建设。次日，毛泽东做出批示：“此件很好。请彭真同志即印发有关各单位的负责同志，并带至武昌准备发给到会各同志。这是我要鹤寿同志写的。”

这样，攀枝花钢铁厂的勘探和规划工作开展起来。

四川省委和冶金部成立了西昌建委和西昌钢铁公司筹建处，选择西昌飞机场作为西昌钢铁厂址，进行从含钒钛的磁铁矿中炼铁的试验。从1958年下半年开始，共调集8万人到攀枝花地区，包括钢铁、有色金属、煤炭、铁路、森林等部门，主要进行地质勘探、铁路修建、冶炼科学技术研究等方面工作。

1964年5月10日，国家计委领导小组向毛泽东汇报“三五”计划“初步设想”，汇报到铁路建设只能上有限的几段时，毛泽东说：“酒泉和攀枝花钢铁厂还是要搞，不搞我总是不放心，打起仗来怎么办？”5月27日，他找来刘少奇、周恩来、邓小平、李富春、彭真、罗瑞卿等人，谈了他的一些看法：“第三个五年计划，原计划在二线打圈子，对基础的三线注意不够，现在要补上，后六年要把西南打下基础。”“在西南形成冶金、国防、石油、铁路、煤、机械工业基地。”他特别强调应该在攀枝花建立钢铁生产基地。1964年6月6日，毛泽东在中央工作会议上提出搞“三线建设”的主张，并表示，“我们不是帝国主义的参谋长，不晓得它什么时候要打仗。要搞三线工业基地建设，你们不搞攀枝花，我就骑着毛驴去那里开会”。

经过讨论，中央工作会议决定把毛泽东的意见和原有的计划安排结合起来，在逐步解决吃穿用问题的同时，逐步加强三线基础工业的建设。邓小平说：“搞攀枝花钢铁基地，第三个五年打个基础。按低方案摆计划，基本建设投资不能超过1000亿元。”

毛泽东明确地提出三线建设的主张时说：“三线建设的开展，首先要把攀枝花钢铁工业基地以及相联系的交通、煤、电建设起来。建设要快，但不要潦草。攀枝花搞不起来，我睡不着觉。”

1964年6月8日，毛泽东在中央政治局常委和各中央局第一书记会议上，又说：“要搞第三线基地，大家都赞成，要搞快一些，但不要潦草。只有那么多钱么，有的地方摊子要少铺，中央的摊子也要少一些。（攀枝花铁路）最好从两头修起。还有以大区或省为单位搞点军事工业，准备游击战争有根据地，有了那个东西我就放心了。”7月15日，他又谈道：“攀枝花、酒泉两个钢铁基地，没有落实。这两个基地一定要落实。如果材料不够，其他铁路不修，集中修一条成昆路。必要时也可将内昆路的铁轨拆掉，先修成昆路。”

所谓“三线”的范围，一般的概念是，由沿海、边疆地区向内地收缩划分三道线。一线指位于沿海和边疆的前线地区；三线指包括四川、贵州、云南、陕西、甘肃、宁夏、青海等西部省区及山西、河南、湖南、湖北、广东、广西等省区的后方地区，共13个省区；二线指介于一、三线之间的中间地带。其中川、贵、云和陕、甘、宁、青俗称为“大三线”，一、二线的腹地俗称“小三线”。根据当时中央军委文件，从地理环境上划分的三线地区是：甘肃乌鞘岭以东、京广铁路以西、山西雁门关以南、广东韶关以北。这一地区位于我国腹地，离海岸线最近的都在700公里以上，距国土西部边界上千公里，加之四面分别有青藏高原、云贵高原、太行山、大别山、贺兰山、吕梁山等连绵山脉作为天然屏障，在准备打仗的特定形势下，成为较理想的战略后方。用今天的区域概念来说，三线地区实际就是除新疆、西藏之外的中国西部经济不发达地区。

1964年8月2日夜里，在北部湾，美国驱逐舰“马克多斯”号与越南海军鱼雷艇发生激战。8月4日，海战进一步扩大。早在4月就已制定了扩大侵略越南战争的“37号作战方案”的美国，立即抓住这一机会，悍然派出第七舰队大规模轰炸越南北方。越南战争的战火烧到了中国的南部边界，中越边境地区、海南岛和北部湾沿岸都落下了美国的炸弹和导弹。

毛泽东彻夜未眠，紧张地关注着战争的态势。8月6日清晨6点，他在中国政府抗议美国侵犯越南的声明稿上批示：“要打仗了，我的行动得重新考虑。”这个行动指的是他的一个夙愿——骑马沿黄河考察，这既有浪漫的诗情驱动，又有现实的经济目的，可惜因此中断。

8月17日、20日，毛泽东在中央书记处会议上两次指出，要准备抵御帝国主义可能发动的侵略战争。现在工厂都集中在大城市和沿海地区，不利于备战。各省都要建立自己的战略后方。这次会议决定，首先集中力量建设三线，在人力、物力、财力上给予保证。第一线能搬迁的项目要搬，明后年不能见效的项目一律缩小规模。于是，调整后的“吃穿用+三线”的“三五”计划指导思想再度发生变化，三线建设的战略决策终于确立。“三线”，成为当时使用最频繁的一个新名词，向各个方面部署和宣讲。

为加强三线建设的组织领导，1965年2月26日，中共中央、国务院做出了《关于西南三线建设体制的决定》，遂决定成立西南三线建设委员会。3月29日，中央又宣布了西南三线总指挥部人员组成：李井泉任总指挥，程子华、阎秀峰任副总指挥。后来又增派彭德怀任第三副总指挥。

1964年6月，攀枝花工业区调查组煤炭小组由煤炭部基建司司长范文彩带领，先后考察那拉箐（宝鼎）等6个矿区。7月26日，煤炭小组参加攀枝花工业区调查组“综合研究调查情况”会议，提出“以攀枝花为中心煤矿建设的初步规划”，提出“三五”计划期内集中力量建设水城与那拉箐矿区；同意那拉箐矿区建设由四川省煤炭厅筹集施工队伍承建。8月中旬，重庆煤矿设计研究院组成了由王志龙、宋作辉为领队的宝顶山设计工作队，老矿区进行总体设计现场踏勘。9月15日，四川省煤炭厅第四建井公司王允祥率土建职工70余人抵达宝鼎矿区，住在太平公社供销社废品仓库，筹建营盘山、摩梭河区房舍。10月1日，西南三线建设会议确定由四川省煤炭厅领导宝鼎煤矿恢复工作。10月24日，嘉阳煤矿副矿长李秀荣奉调率193名职工到达宝鼎煤矿。10月26日恢复宝鼎煤矿矿井工程开工。

挺进矿区

亓伟知道中共中央做出开发攀枝花的战略决策后，立即到省里请求到攀枝花开发宝鼎煤田，云南省委和煤管局党组织让他先来看一看。亓伟离开四季如春的昆明，来到了宝鼎山，立即参与到宝鼎煤矿矿井的建设中。11月22日宝鼎煤矿矿井恢复出煤，“夺煤保电”会战取得胜利。11月27日，煤炭部决定成立西南煤矿建设指挥部，范文彩任指挥，统一领导云、贵两省及四川一部分新矿区生产建设工作。11月30日范文彩在云南省煤管局召集会议，决定成立“宝顶山煤矿建设指挥部”，亓伟任党委书记，张川任指挥。1965年1月30日，“中共宝顶山煤矿建设指挥部委员会”成立，亓伟任书记，张川、李秀荣为委员。

就这样，宝鼎矿区开发建设与亓伟紧密相连，而亓伟一生中最重要的时光也交给了他热爱的这片土地。

建设初期的宝鼎矿区

1.2 “勘探设计”大会战

初步勘探

宝鼎矿区煤田最初调查者，当推法国人儒伯尔（Jaubert），他在清同治五年（1866年）对该地进行考察。清光绪二十四年（1898年），法国矿工师勒克莱（M.A.Leciere，又译李克烈）到宝鼎矿区考察矿产资源状况。1939年11月，常隆庆到那拉箐（今宝鼎矿区）考察煤田五区，在磨盘山、马驴塘、施家垭口、干坝塘、灰家所、花山等地走访调查，发现多处煤层露头，并寻访了小煤窑10余口。这些小煤窑或坍塌或废弃，过半已经停止开采。常隆庆以一个地质学家独到的眼光和广博的地学知识，敏锐地意识到，这方圆几十平方公里的范围内的煤炭储量绝不是几口小煤窑那么简单，那拉箐是一方宝地，是一个深埋的“聚宝盆”。常隆庆仔细调查后，在那拉箐一带发现了花山、大宝顶、小宝鼎等煤田，据他初步估算，储量共计10 078.62万吨。1939年，常隆庆因那拉箐煤田的发现，年终考绩被国民政府授予乙级一等“光华”勋章一枚，加授“文职少将”衔（引自《百年巨匠常隆庆》）。1940年冬，曾繁礽到那拉箐考察煤田五区，确认了常隆庆的发现和那拉箐煤田的巨大价值。地质调查报告《云南永仁那拉箐煤田报告》到1942年才发表于《新宁远》1942年第一卷第12期“煤与铁专号”，报告中将那拉箐煤田的特点概括为：质佳、量重、开采容易、交通便利、销场广大。

此外，1941年至1958年，一批又一批地质工作者先后对那拉箐进行地质踏勘，进一步核查了煤炭储量和地质构造。宝鼎矿区煤系地层属中生代晚三迭世陆相沉积，自下而上分为丙南组、大荞地煤组和宝鼎组。矿区各井田地质报告提交后，经国家储量管理委员会和云南省地质局的全面审查，总共批准工业储量为43 901.02万吨，矿区深部尚有预测储量9.3亿吨。

攀枝花宝鼎煤田在中华人民共和国成立前后称“那拉箐煤田”。这处煤田早在清嘉庆年间已为当地乡民开采，所采煤炭除了用于取暖外，还以土法炼成焦炭，卖给就近乡镇铁匠炉或锅厂。与此同时，会理、黎溪、通安等地冶铜生产已经兴盛。所需焦炭也由那拉箐等处煤矿供给。那拉箐煤田从南端磨盘山、马鹿塘，到北部的干巴塘、灰家所、阴地、大湾子一带，有不少小煤窑，但开采方法简易拙笨，巷道无支护，也没有通风，运输靠人背，规模不大，产量不多，一个巷道没采多深即行报废，另找露头，顺层开挖。在今天的矿区内仍可见小煤窑遗址和炼焦遗迹。

中华人民共和国成立初期，矿区煤炭仍由个体经营，分散开采。1957年3月，云南省公路局为地质勘探需要修筑一条从永仁到矿区的简易公路。此时，有农民20余人在施家垭口以南3千米处办了一个合作小煤窑，解决永仁县用煤问题。1958年9月，为适应大办钢铁的需要，永仁县调集民工近3000人在施家垭口以南开采露头煤炭，供应昆明钢铁厂、东川铜矿以及会理镍矿。不久，采煤民工转移新花山（今太平矿北二采区附近）另建新窑，成立永仁县地方国营煤矿。同年年底，民工撤离。1959年初，会理县公安局调遣250名劳教人员在芭蕉湾开挖小煤窑。3月，西昌工委为配合西昌钢铁公司建设，接管了煤窑筹建煤矿。后因西钢下马，煤矿随之停建。

矿区初步地质勘探，大体到1964年6月结束，为详细勘探打下了基础。1964年8月24日，国务院副总理李富春、薄一波向党中央、毛主席提出《关于建设攀枝花钢铁基地的报告》，指出钢铁冶炼可利用永仁那拉箐矿区的煤炭资源。

详细勘探

20世纪60年代中期，攀枝花工业基地开始建后，煤炭部决定集中力量建设宝鼎煤矿。1964年12月由云南煤炭工业管理局副局长亓伟带领先遣队进入矿区，拉开了矿区建设的序幕。

因宝鼎矿区地质初步勘探没有统一标准，误差较大，需进行详细勘探，指挥部根据矿区建设时间紧、任务重的实际，实行“边设计、边建设、边生产”的方针，集中力量打“歼灭战”。而矿区第一任党委书记亓伟，与勘探设计工作者一道，双脚踏遍了宝鼎矿区的山山水水。

据参与勘探设计的工程师李振声回忆，那时候可真叫苦啊！他们往往是头顶烈日，拄根木棍，身前挂个军用水壶，在杂草丛生的荒山野岭间出没，灰里来土里去的，穿的衣服自然也是脏兮兮的。当时流行一句话“远看像个要饭的，近看是搞勘探的”就是对他们真实的写照。尤其是天天吃的那个菜，当时大家称之为吃“蛔虫”“塑料布”！“蛔虫”就是粗粉条儿啊！“塑料布”嘛，就是海带，大家吃得想吐还不得不照样吃——有吃的就不错了。

为了尽快查清宝鼎煤田地质情况，迅速确定开发建设方案，1964年9月地质部调湖南省湘潭401队、衡阳406队，广东省韶关702队和浙江省地质局探矿队共5000余人汇集宝鼎矿区，并由云南省地质局组建宝鼎地质指挥部重新组编成地质8队、9队、10队和煤层对比科研队，开展了大规模的详细地质勘探，集中38台钻机，近5000人的勘探队伍，从1964年12月15日首孔开钻详查到1968年底，详查工作基本结束，累计施工钻孔512个，进尺196 518.15米。勘探队伍先后提交了五个煤田的详查报告，共探明煤炭储量4.5亿吨，基本查清了矿区的地质情况，为确定各矿井的生产规模和开发程序奠定了基础。

20世纪60年代中期，地勘人员翻山越岭详细勘探

与此同时，设计单位派出大批工程技术人员和干部、工人“下楼出院”，进行“三结合”现场设计，参加地质勘探和施工，紧急绘制工程图纸，为展开大规模建设创造了条件。1967年5月，地质指挥部提出专题报告《渡口煤田宝鼎矿区大荞地煤岩系沉积特征》，至此，持续两年零八个月的矿区地质勘探设计大会战结束，地质指挥部撤离渡口。

在这场大会战中，宝鼎矿区党委书记亓伟功不可没。

1.3 “三通一住”大会战

随着宝鼎矿区开发建设的不断推进，全国各地4000多名建设者队伍来到了宝鼎矿区。那时，路不通、水不通、电不通，建设者们住的是四周和房盖都透风的“五风楼”，睡的是用树干捆扎的杠杠床，喝的是从摩梭河端上来的泥浆水，再加上高温和蚊子叮咬，不少人染上疾病，上吐下泻，鼻血不止。生活问题，严重威胁着建设队伍，一些人员出现了“打退堂鼓”的念头。几千人的吃饭问题、住房问题，一起压在了亓伟的肩上。

队伍没有基本的生活条件，怎么能站住脚呢？

矿区党委把“三通一住”当作一项战略性任务来完成。“三通一住”大会战就在亓伟书记的发动下开始了！

修路没有机械，就用钢钎铁镐劈山开石；建房没有木材，就上山砍树；没有砖，就搞“干打垒”；和水泥没有水，就到金沙江一担一担地挑；没有瓦，就上山割草……一项项工作干得热火朝天。

亓伟最欣赏那些能吃苦耐劳、敢闯难关的人。当得知矿区成立了一个“花木兰”割草班的事后，他非常高兴，关切、鼓励12名姑娘，克服困难，把当时盖房急需用的茅草全部包了下来。

建设初期，矿区蔬菜供应不上，工人们都吃的是盐拌饭，菜也只有粉条、海带等一些干货，蔬菜极度缺乏。为了解决蔬菜供应的问题，亓伟号召大家学习当年的南泥湾军民，利用业余时间，房前屋后开荒种上蔬菜。刚刚提出这个建议就遭到很多同志的反对，意见不统一。但是亓伟坚持利用工余时间，在自己宿舍外面开垦了一片小菜园，早上洗脸、晚上洗脚，剩下的水就用来浇菜，一水三用，水资源得到了充分的利用，没多久，亓伟房前的绿叶就郁郁葱葱的，很是惹眼。

看着亓书记种植蔬菜成功了，大家看到了希望，有了积极性，也纷纷动起手来。

就在这个时候，有八名家属带头用镐头刨地种菜，一下子掀起了矿区职工家属开荒种菜的高潮，于是就有了“八把镐头种菜起家”的先进事

劈山开路

迹。亓伟高兴极了，不仅鼓励她们，还亲自指导部分职工家属拉起队伍。家属们果然不负众望，热情更高了，劲头儿更足了，种植蔬菜106亩，逐步解决矿区吃菜难的大问题。

这事很快惊动了渡口总指挥部，总指挥徐驰在一次干部会议上着重介绍了宝鼎矿区自己种菜的经验，他肯定地说："这既改善了职工生活，又增加了劳动生产力，一举两得，希望各指挥部向煤矿建设指挥部学习！"

一时间，亓书记带领职工家属种菜的消息成了佳话！总指挥部人员也在简易办公地点附近的空地和荒坡上，种出了空心菜和小白菜等，于是整个攀枝花工业基地，热火朝天地学习"南泥湾精神"，"自己动手，丰衣足食"了。值得一提的是，这种精神一直被传承至今……

因为不通水，当时矿区同志洗澡很困难，几天都洗不了一次热水澡，有时候到了星期天，工人们就拿着脏衣服到摩梭河沟里，一边洗衣服，一边洗澡。后来亓伟想了个办法，用茶炉子烧成热水，倒在矿车里面，周围用席子围上，然后大家轮流到那里面洗澡，这个办法解决了建设初期洗澡难的问题。

建设初期，因为不通火车，建设物资与生活用品，统统靠汽车翻山越岭穿险路、人背肩扛走小路运到宝鼎山来。可以这样说，样样是宝，比金子还贵，来之不易。亓伟认为：浪费不仅可耻，而且是犯罪！为了保证建设顺利推进，亓伟号召大家从小事做起，节约要形成风气。

一次，亓伟在基层检查工作时，无意中看见一个锅炉工烧开水，用的是井下工程木头，便赶忙上前制止："这是工程用的木料，你不能动，不能烧！"

锅炉工拿起一块木头，不以为然地说："这是废木料，没问题啊！"

"废料？但是还可以打成木楔子在井下搭梁子塞顶用啊。"说完，亓伟便回到指挥部。大家都以为此事就算了结了，没料到亓伟却追究了锅炉工领导的责任，并进行通报批评。

还有一次，渡口总指挥部通知干部去开会，临走的时候正好碰上停电，有位干部就忘记了关照明灯开关，结果照明灯亮了两天。没想到此事被亓伟发现了，当即就批评了那位干部："这两天要浪费多少度电啊！你想过没有？"开始那位干部还觉得很委屈，说是停电了，忘了。亓伟却说："你可以把钥匙给工作人员，这样来电了可以及时关上。节约要从点点滴滴入手，你当干部的做不到这些，还怎么好意思叫别人节约呢？"

指挥部附近修建了一个浴池，大家参观时，发现"浴池"两个字是用水泥制作的，很醒目也很漂亮。亓伟知道后做了调查，然后叫来管理人员："水泥从成都运到这里多远，一斤水泥的价格超过一斤白面，你们怎么没考虑，弄个牌牌写上浴池两个字，钉在那个地方，大家一看是个浴池，不就解决问题了吗，为什么要用水泥呢？这是浪费，你懂吗？"

管理浴池的干部不服气，小声说："这是经过副指挥长亲自批的。"他满以为有了"尚方宝剑"就可以躲过责备了，没料到却迎来了更猛烈的批评。

"谁批的也不行！"亓伟的脸立刻难看了，接着严肃地说，"节约要从一点一滴做起，那得装在心里、脑子里才行……"说到这儿，亓伟停住了没把话说完，留了余地，让那人自己琢磨去。也是，节约要扎根在人们意识里，落实在行动上，绝不能光说不做。很快，节约成了大家的共识，一时间，在整个宝鼎矿区形成了节约光荣，浪费可耻的好风气。

1.4 “夺煤保电”大会战

攀枝花工业基地建设初期，首要问题是解决建设用电，而发电需要煤炭做保障。

1964年10月，嘉阳煤矿副矿长李秀荣带领一支近200人的队伍，沿江而上，爬山过涧，来到海拔1400米左右的灰老沟，安营芭蕉湾。他们要恢复的矿井是1958年被下马的一个年产3万吨的小煤矿龙树湾煤矿，即现在的小宝鼎煤矿。

建设初期的小宝鼎煤矿

从昆明赶来的亓伟找到李秀荣他们，立即投身于组织恢复宝鼎煤矿矿井的建设中。职工们扛着铁锹、钢钎，携着木棒、藤筐，沿着依稀可辨的小道，拨开杂草，一步步艰难地向从前的老矿井方向爬去。

可他们怎么也看不出这里有曾经开采过煤炭的井口。队伍根据当地向导指引的方向，好不容易在乱草丛中隐隐约约看到了一个黑黝黝的洞子，那就是井口。

宝鼎煤矿闭坑下马时，只有主巷道130米、副巷60米、风巷120米，是一口仓促上马、简易投产的小煤窑。下马后，巷道无人维护，早已破烂不堪。小宝鼎洞口乱石成堆、断石残壁，两根碗口粗、长满蘑菇的朽木交叉封住了井口。

到场的工人们用木棍敲击井口，随着岩石跌落声，几只蝙蝠扑打着翅膀从洞口飞出，擦着工人们的头顶飞过；洞口石缝里，偶有蝎子、毒蛇乱窜，令人毛骨悚然。

在亓伟和李秀荣的带领下，工人们像探险家那样爬进阴森森的洞口，顿时有一股寒气袭来。井下巷道大都垮塌堵塞，污水淤泥足有两尺多深，刺鼻的腥臭味使人只想呕吐。顶板不时落下石块，溅起一阵水花，到处都有垮塌的危险。为了使宝鼎煤矿迅速恢复生产，确保攀枝花第一个电厂（501电厂）发电用煤，一场艰苦的战斗打响了，这被称为“夺煤保电”大会战。

亓伟一次又一次地召开工程技术人员、干部、老工人参加的“诸葛亮会”，和大家一起想办法恢复扩建小宝鼎矿。他总是说:“困难是等不走的，只有在干的过程中战胜它。我们群策群力豁出去掉下几斤肉、洒下几缸汗，也要劈开宝鼎山，为攀枝花提供宝贵的能源。”他的话说得大家心潮起伏，激情澎湃。没有通风设备，他们在离地表最近的地方挖了几个口子，形成自然通风；没有风镐电钻，发动职工用钢钎大锤打眼放炮；没有矿灯，用桐油灯照明，使矿工有了“眼睛”；没有运输设备，就用原木铺成简易轨道，用自制的木制矿车运输。拉开了恢复小宝鼎矿生产的序幕。

正当战斗进行到最艰难的时候，山洪暴发，金沙江水淹没了通往小宝鼎矿的公路，连必需的粮食和炸药也运不进去。亓伟一面紧急动员职工跋山涉水人背肩扛把急需的物资运进矿，一面在喝盐巴水、吃盐拌饭的情况下和大家一起坚持生产。

时间一天天过去，巷道一米一米地延伸，工人们日夜奋战，仅用四个星期就首战告捷，恢复了宝鼎煤矿。短短28个昼夜，共掘进风道、绞车道、主平硐880多米，铺轨700多米，形成了一个“全新”的采区。

28天，亓伟和职工们一样没有洗过一次热水澡，没有吃过一块肉，没有见过一片青菜叶；28天，他泥里来，煤里去，风里走，水里泡；28天，他觉比别人睡得少，汗比别人流得多，肉比别人掉得多。

1964年11月22日，是一个值得纪念的日子。这天，宝鼎矿区云淡风轻，碧空万里。上午11时，第一趟满载乌金的矿车从井口徐徐推出，职工们从四面八方涌向井口，站在铁道两旁，欢乐的锣鼓敲个不停，激动的唢呐吹个不够，宝鼎煤矿沸腾了，第一天就生产原煤90吨，“夺煤保电”会

宝鼎平峒出煤

战取得胜利，保证了电厂急需用煤，为攀枝花工业基地建设攻下了第一个“桥头堡”。

为了加速矿建工程，亓伟又组织后续到来的人马共1000多人，组成4个掘进队，开始了集中兵力打歼灭战。煤炭部第61工程处一队职工打志气仗、创标杆队，靠挥大锹、人推车，上阵头一个月就旗开得胜，一举拿下全岩单孔月进168米矿区水平，第二个月又创202米新纪录。到第二年7月，小宝鼎煤矿已成为具有年产15万吨生产能力的矿井。

1.5 “夺煤保铁”大会战

1970年3月，为庆祝建党49周年，周恩来总理代表党中央下达了攀枝花“七一”出铁的战略任务。然而意想不到的情况发生了：原计划从贵州六盘水调进的气肥煤因铁路不通，无法供应！气肥煤是炼焦必需的配煤，没有气肥煤，就无法炼焦炭；没有气肥煤，就无法炼铁！这就势必打乱攀枝花建设的总体部署！这突如其来的情况，给人们的心头蒙上了一层难以驱散的阴影。消息传到了市委、省委，传到党中央、国务院，各级领导为此焦急万分。气肥煤，成了决定攀枝花建设速度的关键！要保证攀钢气肥煤之需，就要找到一个能年产20万吨气肥煤的煤田。这距离出铁时间还有不到四个月的时间，情况紧急！时间紧迫！

3月11日晚，渡口市革委会紧急会议决定：气肥煤改由渡口市自己解

决！渡口煤矿工人没有谁会有阿里巴巴开启宝藏山门的魔法。当时，主持矿区工作的马书绅同志心情更不轻松。这位1944年入党的老同志来渡口市之前，就担任过山西阳泉矿务局计划处副处长、矿长。这个在困难面前从未低过头的硬汉子，愁得彻夜难眠。他和煤打了20多年的交道，对煤矿算是行家里手。他清楚地知道，在渡口要找到气肥煤是个未知的难题。在几个月时间建成一个矿，矿业历史上从未有过，按当时矿区的条件似乎比登天还难。但是，形势摆在那，任务摆在那，“没有条件创造条件也要上”。他向市委表示：“‘七一’前建不成气肥煤矿，你们就把我这个革委会副主任撸掉，我拼了命也要把气肥煤挖出来！”渡口市革委会主任顾秀紧紧握住马书绅的手：“老马，有你这句话，我今晚能睡个好觉了。”

第二天上午，马书绅就精心挑选出20名工程技术人员，组成地质调查组，快马加鞭赶赴永胜、华坪、龙洞等周边县社开展工作。两天找了20多个小煤窑，很快在龙洞找到两处并带回煤样化验，正好是气肥煤，马书绅立即向市委汇报：龙洞发现了气肥煤！因涉及电力、交通、土建及市有关部门，原本请市委或总指挥部挂帅的，但徐驰书记和叶志强副部长说，老马你挂帅我们当后勤，由池总为主测量设计，汇出逐日进度图，75天出煤，105天建成年产21万吨龙洞煤矿，设计开掘并进。由此，龙洞会战提上重要日程。

建设初期的龙洞煤矿

当年矿区领导班子成员深入现场，亓伟（前排左四），革委会主任、书记梁庆康（后排左一），革委会副主任、副书记马书绅（后排左三），副书记康玉发（前排左三），总工程师陈文彬（前排左二），副指挥长韩宗顺（右前蹲）

龙洞会战事关重大，迫在眉睫，谁能担此重任？人们不约而同地想起亓伟。在矿区各个会战如火如荼的1967年初，亓伟就被关进了“牛棚”。由于龙洞会战非同小可，“造反派”不得不松口让亓伟出来工作。指挥部决定派亓伟担任龙洞会战现场总指挥。接到新的会战任务，亓伟精神百倍、干劲骤增。自从他被列入“走资派”名册后，无休止地批斗、戴高帽、坐“喷气式”，还常常被“打翻在地”，使家庭亲人都受到了牵连和折磨。这些，他都忍受过来了，唯独停止他的工作让他忍受不了。一听要参加龙洞会战，他高兴地向党委表示：“我有几年没工作了，我一定要把耽误的时间补回来，龙洞会战我豁出去了！”

“文化大革命”前，亓伟担任矿区党委书记时，马书绅是副书记。而此时，亓伟刚从“牛棚”出来还没有担任领导职务。两位老战友的地位变了，而互相尊重的友情仍一如既往，他俩还是互相关心，互相帮助。亓伟认真地向马书绅汇报工作，马书绅也表示要向亓伟学习。两人一起研究了龙洞会战中的一些重大问题。在谈到开不开二号井的问题时，共同商定直接在一号井内打下山，继续向前掘进，以便集中力量突击主体工程。他们这种团结战斗的精神，使许多同志受到教育，受到鼓舞。

马书绅（主席台中）召集人员开研讨会

3月份是渡口地区的风季，每天午饭前后，风力大到七八级，吹得人睁不开眼，立不住脚跟。马书绅、亓伟同志，带领调查组人员像探险家，在杂草丛生的荒山上艰难地爬来爬去，一天要工作十七八个小时。他们攀悬崖，翻越了十几座大山，访问了几十位农民，调查了28座小煤窑，初步查明了气肥煤资源的分布情况。马书绅、亓伟和同事们高兴极了，顾不上连续奔波的疲劳，连夜绘制了地质草图，拟定了施工方案。

为解燃眉之急，在特定的历史时期，一场迫不得已而进行的边勘探、边设计、边施工、边生产的“夺煤保铁”大会战在龙洞河畔打响了。从准备到开工，只用了短短三天时间。建设者们相继写下了决心书：攀钢不出铁，我们不探亲！

1970年3月16日，艳阳高照，龙洞河畔彩旗飘扬，石林山下鼓乐齐鸣，龙洞会战的帷幕在阵阵鞭炮声中拉开，昔日静寂索然的山谷升腾起昂然的生机，怪石嶙峋的石林山更增添了迷人的风采。龙洞会战是一首团结协作的乐章。当时会战总体部署是：煤矿职工唱主角，兄弟行业搞配合，全市人民大协作。从市里、指挥部通往龙洞的公路上，车水马龙，人流不断。矿区集中各路精兵强将，调动各种器材设备，从宝鼎矿区所属小宝鼎煤矿、太平煤矿、花山煤矿、煤建六十二工程处等12个单位抽调出1000多名职工，经过单位简短动员，两小时内整装出发，连夜赶往龙洞。矿区机关直属队抽调100多名男女职工，只用三天时间就架起一条从机关到龙洞的十几千米长的临时通信线路，保证了指挥畅通。矿建二处、三处职工接到会战任务的当天，就顶着大风从20千米外赶到龙洞。他们下车后水都没喝一口、住处也没来得及找，就到会战指挥部请战，到现场找井口位置。

关键时刻，人民解放军上来了，部队指战员一马当先，为龙洞会战抢修临时公路，及时送来急需的柴油发电机、翻斗车和帐篷。电力工人翻山越岭，几天时间就把12千米长的高压输电线架到了矿区。交通、建工、商业、邮电等系统的19个单位派出的“龙洞会战突击队”从四面八方汇聚龙洞，参加会战。云南地质八队闻讯后，主动为开采气肥煤提供地质资料。龙洞矿区周围小煤窑为保证矿区正常施工，主动停止开采。在水源不足的情况下，农民兄弟自己省吃俭用，首先满足建矿用水。渡口市领导亲临现场，并派出联络员协助工作。

渡口是能源之乡，又是太阳之城。立夏一过，天气就热得发了狂。红日刚一露头，地上就像火烤过，处处干燥，处处烫手，处处憋闷，整个大地像烧透了的砖窑。四周光秃秃的，工地上找不到巴掌大的一块儿阴凉地方。帐篷里温度高达40多摄氏度，像蒸笼一样，闷得人喘不过气来。饱尝干热之苦的人们仰望苍天，期望吹来一丝凉风，洒下几滴雨水。然而，一连两个多月，天天烈日当空，日日热浪灼人。工人们仍然坚守岗位，班班不误，日日满勤。

会战越激烈，条件越艰苦，就越是领导最繁忙、最操心的时候。工地上的事情千变万化，煤炭指挥部和施工单位都派出主要领导到现场协调工作。亓伟一连三个多月吃住在工地，到井下解决急难险问题时，每天工作不下十几个小时。当主平硐掘进到60米时，一下子垮塌了30多米，塌方严重影响到工程进度，威胁着职工人身安全。任务紧迫时，亓伟不顾个人安危，到井下同工人一起打木垛，疏通巷道。同时调研改进施工方案，改煤巷掘进为沿底板岩石掘进，战胜了“拦路虎”。

在龙洞会战中，亓伟深入井下，跑遍工地，常常带领干部到会战最艰苦的地方去，边看边干，现场指挥。亓伟认为，指挥员以身作则带头大干，固然重要，但是还很不够，必须调查研究，了解情况，遇事拿出办法来。他对会战的情况进行了具体分析，发现主要矛盾是工期只有五十天，应掘巷道还有五百米，特别是主平硐的掘进，进米很慢。能不能把施工主力集中到主平硐？他带着这些问题到群众中去调查研究，和基层干部共同讨论，随后采取坚决措施，把当时施工力量较强的六十一处掘进队伍摆在主平硐，十天内就完成一百五十米的掘进任务。后来，主平硐延伸速度加快了，但总进度不快。这样下去，到6月20日不能出煤，“七一”就不能出铁，又怎么办?亓伟一连开了几个会，反复研究，根据煤层露头浅的特点，提出按照山势多开洞口和加强掘进队的建议。时间就是命令。亓伟忘记了疲劳，带着建议连夜赶回指挥部向党委汇报。这时，已经深夜两点了，他敲开军代表、矿区革委会副主任贺聚耀同志的房门，做了详细汇报。党委研究后，立即抽调力量，带上设备，奔赴现场，新开四个洞口，轮番施工，使掘进总进度迅速达到了预定的要求。亓伟因劳累过度，咳嗽不止，痰中带血，身体日渐虚弱。

龙洞会战誓师大会

龙洞会战仓促上马，配套系统跟不上。亓伟深入工地调查研究，采取措施抢进度。会战初期，电不能及时输送到工地，夜间地面施工的职工就用手电、汽车灯、火把照明；人多、设备少，有的井口只有一台矿车，就采取“歇人不歇车”的办法轮流作业，每个班推车工人在巷道往返走30多千米。新开洞口后，掘进巷道正在迅速延伸。可是二、三号平硐进到一千四百米处，突然遇到小煤窑采空区。巷道压垮了，给安全施工带来严重困难。时间已过大半，这两个工作面的巷道不能按期完成，“七一”出铁用煤就有落空的危险。亓伟在危险面前不动摇，在困难面前不低头。他亲自组织以老工人为主体的“三结合”攻关小组，摸情况，提措施，订出“多头作业，对面掘进，分段施工”的作战方案，适当调整施工程序，重新部署施工力量，发动群众大打歼灭战。保证了工程进度。工人们佩服亓伟点子多、办法好，更推崇亓伟的拼命精神。职工们说：“亓指挥年近六旬还不服老，身体多病挺着干，我们服了！”

会战工地如火如荼，龙洞河畔凯歌高奏。三个半月的团结协作，三个半月的艰苦奋斗，宝鼎矿工向党和人民交上了一份合格的答卷：龙洞煤矿矿井建成，日产气肥煤300吨。1970年7月1日，宝鼎矿区双喜临门，两万多职工载歌载舞，热烈庆祝党的生日，热烈庆祝75天出煤、105天建成年生产能力21万吨的龙洞煤矿矿井！那天，中共四川省委发来了贺电。石林山下，青山叠翠，绿水环抱，整个矿区一片欢腾。

1.6 “夺煤保钢”大会战

攀钢一号高炉出铁后，随着铁水奔流，夺煤保钢又给煤矿工人增添了新的压力：煤炭告急，能源告急！

时间紧迫，形势严峻。煤炭指挥部果断决策：抓重点，抢速度，全力以赴，转战大宝顶煤矿搞建设，主攻太平煤矿、花山煤矿多出煤。大宝顶煤矿建设早在1967年就着手准备，因“文化大革命”干扰，工程中断。为了加速矿井建设，煤炭指挥部研究决定，立即组织一场矿井建设“夺煤保钢”大会战。

1970年7月，在艰苦的工地上，刚从龙洞工地凯旋的亓伟同志，又出现在大宝顶“夺煤保钢”会战中，还是那个作风，仍是那种精神。他每天同工人一起入井升井，到食堂检查生活，稍有空闲，就同工人谈心。他挺着瘦弱的身子，头戴草帽、肩挎背壶、脚穿草鞋、手拄木棍就从陶家渡沿山坡登至大宝顶垭口，或转向干坝塘，沿路踏勘检查各洞口的施工进度；或转向烂泥箐，沿路查看检查施工单位的职工住宿情况；或与矿领导召开现场施工会，解决遇到的棘手问题。

为慎重起见，施工前，指挥部又组织工程技术人员对原设计进行重新审查，先后八次勘查现场，三次讨论设计，对原设计进行了补充完善。会议室里，人声鼎沸，矿区决策者们在为大宝顶煤矿会战冥思苦想。

雄鸡报晓，东方发白，一个“协同作战，多头掘进，总体推进”的建设方案终于敲定拍板。煤炭指挥部领导围绕总体方案，运筹帷幄，巧布奇兵。在矿区生产建设任务繁重、各单位人员紧张的情况下，坚持顾大局、保重点，抽调精兵强将，增援“夺煤保钢”会战。

燃化部煤炭建设61处、10处、2处抽出自己最强的矿建队伍，组成了10个掘井队、辅助队和后勤队，5000多人的会战大军，浩浩荡荡直插建设工地，在白云生处摆开了战场。当时煤炭部第39工程处一队职工创造出了全岩月进巷道300米的水平；煤炭部第61工程处六队把半煤岩掘进记录提高到480米的水平。

亓伟根据龙洞会战的经验，虚心听取工人意见，结合现场实际，摸索出快速掘进法。他发动职工群众在大宝顶矿同时开出十四个施工口，充分发挥施工队伍的力量，加快了速度。在大会战中，他亲自抓“比学赶帮”组织劳动竞赛，树立先进典型，大鼓革命干劲，战胜了一个又一个困难，并按计划胜利建成了大宝顶矿井，为保证钢铁用煤准备了条件。由于操劳过度，亓伟日渐消瘦，为了大宝顶煤矿早建成、早投产，他忘我地工作着。

巍巍宝鼎山，挺拔峻峭。山腰上，一片片白云忽聚忽散，人站在山顶上，如处蓬莱琼阁，飘然欲仙。几千建设大军如天降神兵，挥动开山神斧，在宝鼎山的山腰上，拦腰拉开了13个峒口、20个掘进工作面同时施工。顿时，漫山遍野硝烟四起，炮声震天。宝鼎山山高路险，空气稀薄。初到工地，许多职工出现高山反应，呕吐、头晕、流鼻血……干打垒茅棚内，阴暗潮湿，一到黄昏，成群的长脚蚊围着人群打转，猛叮乱咬，一口一个疙瘩、一团红肿。职工们不停地挥起松枝、竹扇、衣物东扑西打。毒蛇、蝎子不时爬上床头，扰得人提心吊胆，无法休息。

就是在这样的会战中涌现了许多能兵强将，他们相信自己一直在路上，只要祖国需要，只要这个关乎民生国计的建设没有停止，就要奉献出自己的光和热。

攀钢一号高炉“七一”出铁场景

第二章

宝鼎风华

强将手下无弱兵

2.1 亓伟的“担子”

被采访人王运平，1932年3月出生，1965年9月调到宝鼎矿区。

宝鼎矿区建设初期，放眼四周：深谷，陡坡，野草，杂树，大江。职工五怕：麻风，野狼，干热，地震塌方，土匪打黑枪！建设五缺：设备，材料，电力，技术人员，交通工具。生活五少：清水，蔬菜，住房，医疗，娱乐。

如何让来自全国9个省市28个地区的25个民族的4100名职工，安下心来、扎下根来？如何把煤炭基地建设好，支持攀钢的工作，让党中央放心，让毛主席他老人家睡好觉？作为矿区党委书记的亓伟，心中始终压着一副沉甸甸的担子。

宝鼎矿区的建设工作局面虽说千头万绪，但有着几十年丰富工作经验的亓伟，脑中却是有策略有方法的。王运平觉得亓伟同志很会抓关键，他是从五方面抓好的：一抓生活，二抓学习，三树标兵，四抓队伍团结，五是以身作则做表率。

他从抓全矿区职工群众的学习入手。各方面建设人员陆续进来了，面对诸多的困难和问题，能不能站住脚？队伍能不能稳定？亓伟认为：思想是关键，精神非常重要！所以，他号召大家学习“老三篇”、学习毛主席的著作、学习毛主席对三线建设的一系列指示和批示精神。

通过自己带头学、树立“学‘毛选’先进”、开展学习经验交流讲演等一系列活动，大家明白，比起革命战争年代，今天的和平环境来之不易，搞建设同样需要有一不怕苦二不怕死的精神。攀枝花的建设问题，不是钢铁问题，是战略问题、战备问题。

学习风气上来了，正气上升了，加上军事化行动上来了，矿区的早上，到处是读书声、歌声、出操声。这以后，想调走想逃跑的人少了，愁眉苦脸怕苦怕累的人少了，人们的思想稳定了，愿意动脑筋、吃大苦、流大汗，干好工作的风气上来了。

当时大家来到宝鼎矿区，住的是席棚子、干打垒，室外温度很多时候都在40摄氏度左右，室内也是三四十摄氏度，人们热得休息不好，总觉得昏昏沉沉睡不醒。亓伟为了让大家养成一个良好的作息时间，他每天早晨6点过点就先起床，来到各栋房之间咳嗽着走一走，让大家知道老亓头起来了，大家该起来去做早操了。当时人们喝的水和其他用水，先是河沟里的水，后来是金沙江的水。喝的水抽上来之后，要用白矾沉淀到第二天才能喝。睡的床就是弄些树枝木棒，用草绳绑一绑就成了床，也就是当时说的“白天杠杠压，晚上压杠杠”。大家也不觉得苦，还豪情地称这为“自然按摩”保健康！当时缺青菜，经常吃的是海带、粉条、咸菜、土豆这四样，职工们由于缺少维生素等营养，嘴唇都裂了。亓伟号召大家行动起来，人人参与到房前屋后种菜的战斗中去。生活区缺水，亓伟为解决好这个问题，要求大家从“一水三用”（即先洗脸，后洗脚，再把水留着浇菜）的节约行动做起。当时种菜也树立标兵，谁贡献得多就表扬谁，形成

1965年，亓伟（右一）为职工发《毛主席语录》

了你交菜、我交菜、大家交菜的好风气，食堂的菜品也不再只是粉条、海带了，有了浓浓的绿色蔬菜味了。当时小宝鼎煤矿有个搞财务工作姓黄的纳西族小伙子，菜种得好，几百斤几百斤地上交。对于小黄的表现，有些人风言风语，说种那个干什么，能解决什么问题？还不是为了讨好出名！这些话让亓伟知道了，他让人把那个说风凉话的叫来指挥部，并让他背上小黄种的南瓜翻山越岭到指挥部，亓伟批评教育他，种菜的意义不在于这个南瓜，而是大家都行动起来，解决缺菜这个问题。

他从抓全矿区树标兵工作入手。树立标兵就是树立榜样，榜样的力量是无穷的，榜样可以带动大家朝着指定的目标你追我赶地前进。亓伟树立的标兵有“生产标兵”“生活标兵”“节约标兵”等。当时的口号就是：远学大庆，战天斗地；近学标兵，你追我赶！当时节约的意义非常大，不通火车，什么东西都要靠汽车运来。亓伟制止浪费现象，让大家重视起来后，节约一根木头、一度电、一吨水，节约在宝鼎矿区蔚然成风！

亓伟从抓矿区队伍团结工作入手。要让来自全国五湖四海的宝鼎矿区建设者稳下心、不混乱、听指挥、服管理，亓伟认为，必须抓好团结这项工作。他在平时的工作生活中，做到令行禁止，违犯纪律必处罚，不管是老部下还是新部下、不管是少数民族还是汉族、不管是北方人还是南

职工们纷纷写下决心书

方人，不偏袒，一碗水端平；对待各民族的生活习惯和节假日习俗，充分尊重，能给予方便的就给予方便，能及时给予关心的就关心；哪家哪户有了困难、谁生病上不了班等，一人有难，大家帮忙，在矿区形成了好传统、好作风；恰当公平地晋级提拔，一视同仁，调动起职工们工作积极性、鼓足了奋斗创业的勇气。亓伟不管下到哪个单位，都先去食堂看看，看伙食办得怎么样，职工吃得好不好，既不允许铺张浪费，又不能简单凑合。晚上他还到就近的职工宿舍查铺，了解冷暖，给没盖好被子的职工牵好被子。

亓伟从抓好自身的表率模范作用入手。他领导了宝鼎矿区建设史上的五大会战，先后受到了市里、省里、煤炭部的好评。尤其是龙洞会战，打出了精神，打出了奇迹！龙洞煤矿的建设环境属于“不毛之地”，再加上建设时间只有3个月，时间非常紧迫，百余天要建成投产，其他领导不愿牵头去组织会战。敢打硬仗、善于组织会战的亓伟临危受命，接受了这个任务的第二天就开始了组织龙洞煤矿的会战。他与工人们找到避风的沟，就地铺上草，与大家同吃同住同劳动，他还是老书记、好书记，他往那一站，大家都愿意跟着他走。为什么呢？亓伟受尊重、威信高！但是，在龙洞煤矿会战期间，他瘦了很多，眼睛都陷到眼窝里，而且总是咳嗽喘不过气来，走路也没原来硬实了。大家对他既佩服又心疼，都劝他回指挥部去休息，到医院去好好检查检查。他回答：“不去！不去！”他硬是带领大家用105天建成了龙洞煤矿，保证了攀钢“七一”出铁！

“文化大革命”时，“造反派”对亓伟斗得很凶。虽然亓伟对职工群众既爱护又严格，而且自己的表率做得好，可“造反派”不管那些，也不管亓伟年事已高、身体病痛很多，就说他是矿区的“土皇帝”，“土皇帝”就应该打倒！他们给亓伟戴上高帽子，白天斗，晚上斗，有一次把他从宝鼎矿区拉到市里去批斗，过金沙江要乘渡船，人下车过江再上车，过了江，造反派直接就把亓伟抬起扔到车上，像扔东西一样！可他一句错话不说，“低头”的话不说，丢掉原则的话不说。批斗完回来了，他摘下高帽子，随便吃点东西就下生产建设现场了，干部群众佩服啊！说到这里，王运平掉下泪来。

面对矿区职工“五怕”、建设“五缺”、生活“五少”，亓伟首先做出表率，带头学、带头干、带头讲、带头深入基层。为了稳定队伍、为了实现自己“扎根渡口”的诺言，在知道自己患癌的情况下，他向组织申请把家从四季如春的昆明搬到了渡口宝鼎矿区。妻子陈书兰原是云南省物资局煤焦公司经理，被安排到矿区总医院任党委副书记；已20岁的女儿亓鲁光到总医院当了一名护士，后通过自己努力考上了成都中医药大学；18岁

1965年亓伟作报告

的小女儿亓鲁明到洗煤厂当了一名工人；小儿子亓鲁杰考了驾照在供应处车队开车到云南永胜县、华坪县拉矿井用的木料。

亓伟经常号召大家要扎根在攀枝花，活着战斗在宝鼎矿区，死了埋在宝鼎山。他去世之前，就让人们在他死后把他埋在宝鼎山。他埋在宝鼎山以后，北京的领导、省里的领导、市里的领导，每次到矿务局来，都要前去献花圈。当年，煤炭部部长高扬文亲自到宝鼎山上去献了花圈，挽联上写着："攀枝花下埋忠骨万人敬仰；宝鼎山上望星辰夙愿得偿。"意思是一个忠于党的事业、鞠躬尽瘁的人埋在宝鼎山顶这个地方，往东一看是攀钢高炉出钢铁，往南边一看是宝鼎煤田出煤炭，寓意很好，每年都有各级领导、退休人员及小学生到墓地献花、敬礼、扫墓。

王运平说，亓伟去世以后，宝鼎矿区几届党委书记、几届领导，都是在亓伟同志的影响下成长起来，至少他这个局长受亓伟的影响很深。

2.2 宝鼎山的“南泥湾”

攀枝花开发建设初期，长期流传着的“五怕”是：一怕麻风，二怕狼，三怕土匪放冷枪，四怕木船渡金沙江，五怕地震摇垮房。刚开始建设的宝鼎矿区，火箭草打滚滚，气温干热烤人，出门就是爬山，过江需要走老远坐渡船，自然环境极其恶劣；河沟里寄生虫多，金沙江水混浊矿物质含量高，老百姓只会种玉米和红苕，少见的马帮也不路过矿区，各种生活物资极其匮乏。

自力更生

谈起过去那段艰难的岁月，老一辈建设者李景阳深有感触。职工们忙完工作和学习，就只能是白天数汗珠、夜晚数星星。为了让大家安心搞好建设，作为煤矿建设指挥部党委书记的亓伟，就像是矿区每个人的父亲，经常带着建设者必备的“三件宝”：草帽、水壶和手电筒，关心着大家的工作和生活等方方面面。

1965年上半年，亓伟在小宝鼎煤矿蹲点抓生产期间，看到食堂的饭菜很是单调，只有些外面运来的腊肉、咸肉和粉条、海带等做的简单菜品；他还发现有些职工加班晚了到食堂已买不到吃的了，食堂已过了卖饭时间。于是，他在小宝鼎煤矿食堂搞了试点：一是为保证职工不管啥时候来都有饭菜吃，而且能吃上热菜热饭，要求食堂每天二十四小时都有人值班；二是一菜多做，比如粉条既可以加入炒菜中，也可以凉拌、或做成汤；三是面食既可以蒸成馒头，也可以烙饼、做面条、炸油条、做包子等，大米可做成蒸饭、稀饭和发糕等。在小宝鼎煤矿食堂试点取得很好的效果后，全渡口煤炭指挥部各矿、厂、处食堂全面推广了。

1965年中期，在亓伟等领导的关心下，指挥部在摩梭河公路下边开办了矿区第一个小商店，经营小百货、食品和油盐酱醋等生活必需品。之后，随着矿区生产建设的发展，各单位又相继开办了一些零售小商店。

1965年下半年，在亓伟提倡的“南泥湾精神”号召下，小宝鼎煤矿组织八名职工家属开始开荒种地，当年就开荒20亩，把从东北、成都、昆明等地带来的菜籽种下，收获西红柿、白菜、萝卜等6000多斤，大大地丰富了食堂伙食，也给职工家属餐桌增添了色彩。

1966年指挥部在距离摩梭河较近的大江，建立起大江“五七”连生产队，有52名家属从事农副业生产，她们种的菜，基本满足了摩梭河片区职工的吃菜需要。

1970年的六七月间，已几年没在煤炭指挥部小车班工作，在供应处当司机和新驾驶员教练的周衡杰，开货车到丽江木材加工厂为新建的煤炭指挥部招待所拉床架子，途经龙洞矿在路边锅炉接开水时，刚巧碰到也接开

“五七”连生产队开荒种菜

“五七”连生产队丰收交流会

水的亓伟，亓伟非要留周衡杰吃了午饭再走。周衡杰说：“书记，这几年您辛苦了！”

亓伟回答：“辛苦不算什么，让我出来工作就好！”

接着，周衡杰进到食堂听到有个屋里传出热闹的说话声，进门一看，是自己认识的几个大江“五七”连骨干，被亓书记请到这里介绍完经验正等吃饭。此时，亓伟等煤炭指挥部领导人，已组织职工家属在矿区造小平原46亩、大寨田57亩，引进种植了东北大白菜、山东大葱、河南大萝卜等20多种蔬菜。

在当时的建材电杆厂，有一位叫雷永的锅炉工，他是1965年从四川渠县支援三线建设来到攀枝花宝鼎矿区的，他把亓伟书记的号召不折不扣地落到了实处，也让所有的人对他竖起了大拇指。45年来，雷永利用工余时间，自己开荒种蔬菜、养鱼、养兔子，无偿送给职工食堂。据账面上记载，他先后向职工食堂送交各种蔬菜67 400多斤，花生130多斤，甘蔗1000多斤，鲜鱼200多斤……后来雷永被授予全国劳动模范、四川省“双增双节”能手等荣誉称号。

丰收喜悦中的雷永

为了让职工能在宝鼎矿区扎下根来，亓伟很重视职工的业余文化生活和身体素质的强化。1965年3月煤炭指挥部从小宝鼎搬到摩梭河后，在他的倡导下，矿区广泛开展了以连队为单位的集体早操、跑步活动。经历过当时的老人们对亓书记抓早操和跑步活动记忆犹新："老亓头每天早晨六点半就会拿着他那个半导体收音机，在摩梭河指挥部小广场边走动，在早操队列里活动活动筋骨，在跑步队伍前跑一会，下来会对没参加早操和跑步活动的人进行询问，因工作影响锻炼的不加追究，偷懒的要被批评。"

1965年9月，煤矿建设指挥部从所属各厂矿处抽调出20名文艺骨干，创建了矿区第一支职工业余文艺宣传队，创作并排练了反映煤矿工人开发宝鼎山、自力更生、艰苦创业精神的歌曲、舞蹈、快板、相声等节目，到矿区各矿厂处的建设工地演出。1969年，小宝鼎煤矿、煤建十处、煤建六十二处、煤建三十九处、建材厂等单位也相继组建了自己的职工业余文艺宣传队，逢年过节参加交流演出。1970年，排演了现代京剧《海港》，在矿区各单位和市内做了巡回演出。1971年，排练了一台歌舞曲艺节目，除在矿区演出，还参加了全国煤矿巡回调演。指挥部的文艺宣传队还参加了渡口市举办的各届文艺汇演，连续获得优秀单位和优秀代表队称号，有上百人次分别获一二三等奖，近百个节目获优秀创作奖或创作奖。

1966年5月，中央歌剧院来矿区慰问演出，演员中有郭兰英、王玉珍等著名歌唱家。之后，四川省文工团、铁道兵文工团也相继来矿区演出，加上每10天一场的坝坝电影，职工的业余生活得到了极大的丰富。

1965年，矿区在摩梭河修建了第一个简易灯光篮球场，到1969年时灯光篮球场已在矿区达到了8个，面积达到7200平方米。1969年10月，矿区还首次举办了职工篮球、乒乓球比赛。到了1972年时，矿区篮球场已有16个，排球场5个。1973年1月，矿区职工长跑队参加渡口市首届越野赛，荣获团体第一名，职工白树民获个人第一名。1973年3月，煤炭指挥部职工田径代表队参加渡口市首届田径运动会，获团体总分第三名，白树民获男子1500米、3000米、5000米三项第一名，杨闯获男子1万米第三名、5000米第三名，杜真获男子1万米第四名，张铁岭获男子100米第二名、三级跳远第一名。

矿区简易篮球场

2.3 青春献给攀枝花

在宝鼎山煤矿建设队伍里，有个由纳西族、白族、傈僳族等12名少数民族姑娘组成的割草班——“花木兰班”，她们把当时矿区盖房急需的茅草全都包了下来。

亓伟知道后，连声说：“姑娘们真了不起！真了不起！”说着说着便站了起来，拄着棍子连夜去看望姑娘们。当他知道这个班的姑娘最大的20岁、最小的仅16岁时，又是高兴，又是心痛，关切地问：“割草这活儿苦啊，你们挺得住吗？”

“只要是为了三线建设出力，啥子苦都不怕啊！亓书记，您放心吧，我们能行！”姑娘们轻松地说。

可亓伟的心里并不轻松，他知道割草这活不容易。姑娘们每天都带上砍刀、背篓、绳子，怀揣两个冷馒头夹一块儿豆腐乳进山，成天在野兽咆哮、蛇蝎出没的草丛中穿来钻去。她们顶着星星上山、披着月光归来，饿了啃口干馒头，渴了喝口山泉水，像刺猬一样的火箭草刺得她们浑身起疙瘩。风吹日晒，她们的脸上都脱了皮，都成了“黑姑娘”，几个月下来，姑娘们累得喊爹叫娘，屋子里不时传出哭泣声。

听说姑娘们最近几天总有人哭，月光下，亓伟又来到姑娘们住的席棚外，他徘徊了很久很久。天蒙蒙亮，姑娘们挣扎着起了床，可亓伟早已等候在门口，笑眯眯地说：“你们好长时间没休息过了，别累坏了身子，今天不上山了。”

“不，建房这么紧张，许多盖房点还等着茅草用啊，不能耽搁！”几个准备出门的姑娘说。

亓伟看看其中有几个情绪不高、低着头缓慢出来的姑娘问：“你们几个咋了，生病了吗？生病就别出去割草了。”

班长李祥志歉意地说：“她们想妈妈了。”

“噢，我都忘了，姑娘们出来这么久了，应该想妈妈了。”亓伟坐到门前的一个土坯上，又说，“今天上午不出去割草了，咱们坐下开个想妈妈的会吧！”姑姑们一听，你望望我，我望望你，又都把眼光集中到了亓伟脸上，看亓伟关切地望着她们，便一个个搬出小凳子或挪过一块土坯坐了下来。

姑娘们七嘴八舌地谈起了自己的母亲，谈起了母亲的嘱咐、父亲的关切。小李说起母亲出嫁时，为了向那家人借件蓝布衫穿三天，去帮那家人打了50天短工的事，她一字一泪地把这些讲给同伴听，惹得姑娘们一个个地抹起了眼泪。亓伟也深情地谈起了自己的母亲，他说:“我小时候，也和你们一样，一离家就想母亲想得心里慌。后来投身革命，四海为家，时间一长就好多了。我希望你们在想念自己的母亲时，更多地想想祖国这个伟大的母亲，想想怎样使她富强，想想怎样为她做贡献！”寥寥数语，说得姑娘们心里一阵亮堂。看着亓伟染霜的双鬓，姑娘们似乎明白了革命需要付出、舍弃、牺牲，建设也同样需要付出、舍弃、牺牲的道理。

这以后，花木兰班的姑娘们，似乎一夜间成熟了许多，每天每人都能割草上百斤。她们日复一日，一干就是一年多。人们无法准确计算她们的功绩，但人们知道，那金沙江畔16个片区的200多栋干打垒、土坯房都顶着或充填着她们割来的茅草。她们的工作虽然平凡，却不愧是宝鼎矿区建设的功臣。

1966年2月19日，花木兰班班长傣族姑娘李祥志，光荣出席了渡口市先代会，并被命名为“六金花”之一。花木兰班被矿区党委赞誉为英雄集体，亓伟亲自为她们披红戴花。

“六金花”等先进妇女代表合影

2.4 花木兰班的铁姑娘李祥志

被采访人李祥志，1944年5月出生，1964年12月到宝鼎矿区，1966年被评为原渡口市“六金花”之一，被誉为“傣族铁姑娘”。

1964年11月，20岁的李祥志随同从云南华坪县、永胜县招工来的80多个年轻人，步行三天，又乘顺水船坐到渡口摩梭河口上岸，顺着河沟走到了太平公社。李祥志来前心想：太平、太平，一定比华坪更平！可是到了太平一看，四面八方全都是山，先来建设的人就住在河沟边。有人给他们拿来了茶缸，拎来了一壶热水。可作为姑娘的李祥志却在想：今晚住在哪里呢？

当时没有住房，年纪大一点的老工人睡帐篷，而且要每15个人才能领到一顶帐篷。女工人少不发帐篷，被安排住在仓库。仓库里面堆的全是扁担、箩筐和草帘子之类的东西，李祥志她们晚上睡觉就用草帘子裹着睡。后来女工班满了15个人，才有了一顶帐篷。从四川广元来了70多个瓦工，他们取得当地农民同意后，把圈里的猪和牛赶出去，用泥巴糊了糊四周，住了进去。虽然女工们来得早，但因年轻，还没有住猪圈牛圈的资格。再后来，要盖干打垒和土坯房，当时1000多人，单位名称叫“四号信箱”土建处，主要工作就是修房子，基本上一夜修一栋。干打垒盖完之后要等一段时间才可以住进去，土坯房盖上茅草抹上泥就能住人。从1964年冬至1965年春，矿区修建干打垒宿舍、办公室、食堂53栋，约2万平方米。在小宝鼎、陶家渡、太平场、供应处、干巴塘等16个片区、25个点，盖席棚房6万多平方米。

1965年7月，小宝鼎煤矿、大宝顶煤矿通车了，从云南省永胜、丽江、大姚以及四川木里招工来的人也全是修房子，大家以连队、班为单位。1965年8月等东北招来的瓦工到了时，就开始烧砖修砖房了。在花山片区搞竞赛修砖房，刚开始修砖房时只有 4 个连，其中 1 个连由南方人组成，3 个连由北方人组成。李祥志说：“我们女工班所在连修的房子，现在还在，如花山煤矿的老卫生所、摩梭河老商店。”

那时，女工们洗澡、洗衣服全是用摩梭河里的水，河里常常漂浮有牛粪、马粪。她们就在岸边挖个凼凼（水坑），从中获取饮用水。她们当时吃45斤粮，饭够没菜，每顿就是一坨红豆腐乳，还是骡马从仁和那边驮来卖给她们的。当时招工男性和女性比例是15比1，女性就组成女工班。那时李祥志20岁，其他女工十七八岁，最小的16岁，李祥志因为年长些当了班长。女工班的工作就是外出割草，挑回来盖房子。她们每天的工资是8角钱，要脱出400个土坯。她们割茅草割成段、挖泥巴脱土坯、码土坯，不停地干，如果任务没完成，当晚太平公社大村有露天坝电影也不能去看，借着月光接着干，有时候要干到夜里10点多。她们第二天早上7点半又开始了新的一天的工作。

女工班的姑娘们来矿山之前几乎都没干过割茅草的活。她们为了建房子，要割长度超过1米的茅草，要到大水井、大宝顶、大村、红石崖这些地方的山上去找。她们每天早晨出去割一趟，没通车时全靠走路，下午四五点钟回来时一身灰、满身茅锥子（火箭草），吐的痰都是黑的，工作十分辛苦。

开始时，大家都是用绳子把割好的草捆好背回来。最初每个人的任务是40斤，她们完成了；后来增加到80斤；再后来增加到100斤，茅草要背很高才能达到定额。她们用绳子背茅草，身上扎满了茅锥子，扎得血淋淋的，扯都扯不干净。后来单位从同德招来一个木工，给女工班做了当地老乡使用的背夹。女工班的袁名贵来自城市，被割茅草弄得哭过好几次，班长李祥志就帮她割、帮她捆。有一次袁名贵背着草走在营盘山顶，风一吹，因为缺少背背夹的经验，连人带草一起滚到了山下，摔得血淋淋的。李祥志说，这些女人多数出生在贫苦地区，在家乡女人是没有地位的。解放了，共产党来了，男女平等了，把她们招来当了工人。当了工人，有了地位，她们愿意把工作干好。为了超额完成任务，她们都能背超过自己身高的100多斤的草，班长李祥志背到了180斤。

割了将近两年的茅草，矿区建起了砖厂瓦厂，就不用再割茅草了。那时，从四川内江和云南永胜、南华等地方又招来了许多女工，开始组成女工排、女工连并开展会战。那时会战就是竞赛，每个连队修一栋房子，比谁修得快。当时她们不知道从哪来的力气，凌晨 4 点就出去干活，没有钱也要偷着干、抢着干，就图黑板上的表扬台出现自己的名字，怕去晚了得不到表扬了。那会儿已是副连长的李祥志，每次出工都抢在前头，希望自己的名字总能排在第一个。因为“三通一住”大会战，女工们除了割草还要去大宝顶搞会战，修建800吨水池，要去江边（沿江吊桥）搬砖，一块砖5斤重，有些人只能搬2块，多的能搬4块，李祥志则背30块150斤。李祥志因为表现突出，提前3个月的预备党员火线转正为正式党员。亓伟了解李祥志的情况，准备让她当党支部书记，领导已找她谈过话了，单位上都开了三次欢送会，还没正式上任，“文化大革命”开始，就搁置了。

李祥志回忆说，那会儿，亓伟经常来给连队开会。亓伟来太平这边，都是从小宝鼎过来，穿着草鞋，戴着草帽，拄着棍子，翻山越岭走来做形势报告，讲建设渡口的重要意义。那时的口号是“红在渡口，专在渡口，死了埋在渡口”。亓伟说渡口是保密地区，要建钢铁大后方，但不上新闻不登报。李祥志家庭条件还可以，有一次，她从老家探亲回来时穿的是比较新的红条绒衣服、蓝条绒裤子，直接就到大江那儿修房子。亓伟来开会看见她穿得鲜艳，把她叫到会场中间，问参会者，李祥志像不像干活的样子？从那以后，李祥志她们那些女孩子就不敢穿艳丽的服装和灯芯绒了。由于渡口属于艰苦地区，亓伟当时规定有“四不准”：不准谈情说爱、不准穿皮鞋、不准戴手表、不准穿裙子！

李祥志她们班最初不叫花木兰班，就叫女工班，主要负责割茅草。那是1965年，亓伟在职工大会上说李祥志她们女工班工作干得出色，像男同志一样能吃苦，干脆就叫花木兰班。

当时，女工们常常学习“老三篇”——《为人民服务》《愚公移山》《白求恩》，她们一心想着先苦后甜，把国家建设好。女工们将学习到的精神，落实到行动上，她们干活不嫌累，不管做什么都抢在前头。三个小时的午休时间，花木兰班都在外面学雷锋，做好事。她们自己买洗衣粉肥皂，给老工人洗衣服。老工人上班去了，她们把他们兜里的粮票、现金这些东西掏出来做个登记，衣服洗完晾干后，又把衣服折叠好，把东西放回去。她们自掏腰包，买《毛主席语录》送到周边农村去。男工们睡觉了，她们帮他们把工地上的砖头码放整齐，还尽可能地把砖头担到建房的架子上去。一天中午，李祥志赶在男工们上班之前，自己又和灰又砌砖，帮男工们砌了7层砖。

800吨水池会战之后，1966年2月，渡口市召开万人参加的群英大会，授予了全市的“革命渡口八闯将”和“革命渡口六金花”，煤炭指挥部占了两个，井下的男职工戴世森是“闯将”，女职工李祥志是“金花”。“六金花”每个工种有一个，有驾驶员、话务员、保管员、砖瓦厂工人、渡口市招待所工作人员等，这些被选的人平时就是单位的五好职工、先进生产者、劳动模范。大家不相信一个女同志能背那么重的东西，渡口的计

1966年3月15日，“六金花”在大渡口十三幢门前和李井泉、杨超女儿合影。后排从左至右：李祥志、王燕秋、杨桂兰、吴德素、吴修润、张莲花

件员让李祥志现场背砖过磅，她背的砖和她人差不多高。记者照了相，登了报。那时候枣子坪还没有房子，就在那里搭了一个舞台，贺龙、邓小平都来了，歌唱家郭兰英也来了，“六金花”还和李井泉、杨超等首长的女儿们合过影，合影的地方就在大渡口十三幢那里。

晚年的李祥志还住在宝鼎矿区的老楼房里，每天雷打不动的活动就是早上8点半到渡江公园和一帮老太太跳坝坝舞，要跳到10点才买菜回家做饭。每次见到，她那布满皱纹的脸上总洋溢着笑容。她说：“最可惜的是我们的好领导亓伟书记走得太早了！不像我，熬过了年轻时候那许多的苦，至少现在享受到了新时代的幸福生活。现在日子好过了，我要加强锻炼，所以每天都来跳坝坝舞。”

当年的“傣族铁姑娘”李祥志老人提到亓伟时流泪了

2.5 戴世森和他的“闯将队”

被采访人戴世森，1936年2月出生，1965年4月调到宝鼎矿区，1966年2月被评为原渡口市“八闯将”之“掘进闯将”。

1936年11月出生在山东半岛的戴世森，因家里困难，父亲和哥哥常年给地主种地扛活，一到春天闹饥荒的时候，家里九口人连用点水搅一搅少量面粉的“糊涂粥”都喝不上。

1960年，24岁的戴世森从山东老家去了吉林蛟河创营区的一个建筑公司盖房子，才干了几个月，他们的公司就下马了。他们这批人被分配到了一个建井处，专门建井，建好井就交给地方采煤。1963年上级下命令，把他们那个建井处调到辽源煤矿，建新安竖井。因为原来巷面的煤基本上采完了，需要建井延伸。那会儿，戴世森就已经是掘进班的班长了。

1964年毛泽东提出“备战备荒为人民”，要开发建设三线。1965年4、5月份，煤炭部派张川到吉林辽源把他们六十一处建井公司的人要到四川攀枝花。因为妻子刚在医院做了骨科手术，领导照顾戴世森不让他去攀枝花了。但是，当戴世森听说攀枝花是党中央、毛主席最关心的地方，“攀枝花建设不好毛主席睡不好觉”，他就急切地找到领导要求去攀枝花。

他们从东北坐火车到成都，再从成都乘解放牌无篷大卡车，颠簸了七天坑坑洼洼的泥巴路，来到攀枝花仁和太平公社的云盘山。先到的人，一看四周都是高山荒地、杂草树丛，这与他们原来所在的东北平原和所在的城市天壤之别，哭的哭叫的叫，都不肯下车。

戴世森一看这情况，就带头下了车，配合煤矿建设指挥部的人给大家讲，这是“毛主席最关心的地方”，咱们要听党的话、听毛主席的话。慢慢地人们思想都转过弯了，就都陆续下了车，搭起帐篷、席棚子、草窝窝，总算安顿下来了。1500多人，一部分去了矿建，一部分去了土建。可攀枝花的天气非常热，刚来的他们受不了，头晕、流鼻血、睡不着觉、吃不下饭……有的就哭闹，说受不了，有的就装病不上班，有的回了原籍。

戴世森回忆说，亓伟书记真是老革命，真关心这些工人！他到宿舍里，看看工人们住的怎么样，是否铺盖齐全、铺得软乎。到食堂检查看看给工人准备的饭菜怎么样。虽不能顿顿有肉有新鲜蔬菜，却要求厨师尽量改善伙食。亓伟白天来了遇见大家正在盖房子，就拿起锹，参加到平地基、盖房子工作中，还不时地给大家讲三线建设是毛主席最关心的地方，将来是祖国的大后方，如果“帝修反”有什么侵略战争，就撤到这里，“深挖洞、广积粮”；四川是“天府之国”，这里有铁、有煤、有钢铁、有钒钛。他这样说着，大家好像真是坐在聚宝盆中，盼着很快把攀枝花建设起来。

战士爱驰骋疆场，农民爱耕耘的沃野，掘进工爱延伸的井巷。

1965年下半年，戴世森开始参与到矿井的掘进工作中。

太平煤矿是设计能力为年产75万吨的大型矿井，于1965年6月破土动工。加快太平煤矿的建设，对于整个攀枝花工业基地的建设具有重要意义。当时参加施工的单位以煤炭部第六十一工程处为主，山西阳泉四队，吉林〇一、〇二、〇三队，煤炭部第十五工程处一队，云南羊场队、恩洪队、来宾队，煤炭部第十工程处一队，相继参加建井会战。

1966年2月，太平煤矿主副平硐的施工是矿井建设的“重头戏”。这是一场比技术、拼意志的攻坚战。

建设时期工人掘进巷道

当时，太平这边六十一处一队在施工，摩梭河这边六十一处二队在施工，两个队对着打巷道。当副井掘进到300米处时，遇到了罕见的断层涌水，每段长达40多米，涌水量达每小时20立方米。不停喷出的涌水有时能把钻眼里的钎子杆冲出来。施工艰难，时间紧迫，亓伟几乎是每天都要冒着倾盆大雨般的淋头水，在现场检查，有时帮工人们打眼、放炮、铺轨，每天都要干十几个小时，连闯四处断层水。亓伟毕竟是年过半百的人了，一天下来，浑身酸痛，痔疮病更严重了，连走路都十分困难了。大家劝他回去休息，他说："一个党的干部不能在群众艰苦奋斗时，自己躺在床上休息。" 他坚持每天把好关，对作业要求极严格，现场的工程技术人员也精益求精，差一点点他都说不行。就这样，贯通工程一米一米地向前推进。

一天深夜，他从食堂检查了第二天的早、中餐准备情况后，又摇晃着走进了职工宿舍，一张床一张床地察看，给没盖好被子的人盖好被子。那会儿，班长戴世森恰好睡眼蒙眬地看到了这一场景，一股暖流涌上心头，亓书记心里装着咱工人，装着党的事业，不要命地扑在矿山建设上，我们来的很多人却嫌这里太苦，想打"退堂鼓"，真是太不应该了！这个近一米八的汉子，流下了感动的泪水。这一夜，戴世森想了很多很多……从此他下定决心要好好干，报答亓伟的一片爱兵深情。戴世森拉开了太平煤矿劳动竞赛的序幕，他立下了军令状，保证每天的掘进速度。劳动竞赛开展后，工作效率提高了好几倍，工人们真是不要命地干啊！接班的时候，上一班都不让下一班来接，交接班都要拉扯好一会儿。

山西阳泉调来一个掘进队，他们用机械，戴世森他们用人工，双方进行了掘进比赛。来到现场的亓伟担心地问："小戴，能行吗？"戴世森和几个工人异口同声地说："亓书记，您放心好了！"亓伟关切地说:"干活这买卖，一要猛劲干，二要注意安全啊！" 阳泉队在主井那头用装岩机一个班进6米多，戴世森他们抡大锹也进了6米多；阳泉队掘进了100米，戴世森他们也掘进了100米；阳泉队打到500米，戴世森他们也打到500米……比着比着，由于阳泉队机械老出问题，一耽误好几天。戴世森他们思想动员好、工人们自觉性强，都想着早点把煤矿建设好，让攀枝花早出铁早出钢。他们为了抢速度，原来一个班放一遍炮，后来就放两遍、三遍炮，常常是放完炮不等炮烟排完，就冲进去干。有一次炮烟还很浓，戴世森他们就冲了进去，结果被熏倒了五六个人。熏倒的人从井下用矿车推出来后，送到了医院，亓伟、张川都去医院看望他们。所幸大家全都抢救过来了，只是戴世森因为冲在最前头，被炮烟和瓦斯熏得严重些。戴世森等夜晚不打点滴了，他就又跑回矿上下井抢进度去了，有人汇报给亓伟，他被撵回了医院。那时候采访他的人多，矿长韩国成下了命令："如果不经过我批准，谁也不能采访戴世森！"

凭着亓伟等领导与工人们的坚强意志、硬功夫以及敢打敢冲的干劲，他们月进尺始终保持在200米以上，苦战8个月，硬是使联通太平场与摩梭河相距3000多米的主副平硐于1966年9月24日贯通！贯通的主副平硐腰线误差不到10厘米，中线误差几乎为零。10月1日这天举行庆功会，市里发来了贺电，省里发来了贺电，煤炭部发来了贺电并通报表扬！后来，戴世森被评为矿区劳模，成为攀枝花市（当时称渡口市）著名的"八闯将"之一。

党的事业是人民的事业，人民群众是党的事业的基石，党对英雄的儿女们从来都是珍爱的。1966年2月的一天，亓伟接到通知，要他带着劳模去市里见中央领导同志。这天中午，他们来到渡口市十三幢，中央来的首长彭真、李井泉和市委书记徐驰等请"八闯将""六金花"跟他们坐在一起吃饭。给他们夹菜时就说："是毛主席派我们来看你们的，你们'八闯将''六金花'做出了很大成绩！因为你们在渡口，不便把你们的事迹宣传出去，这个地方是个保密的地方，你们辛苦了！毛主席说了，将来建设好了，他要来看看渡口，要来看看你们！"亓伟看着首长们满面春风地给戴世森、李祥志他们夹菜、添饭和签名留念的情景，心里那个甜啊，他的眼眶渐渐地潮湿了。

太平煤矿的主平硐贯通后，六十一处在当时两个队的基础上，又成立了三队，为的是多拉掌子面，多开工作面。戴世森成为三队的队长，三队被称为"闯将队"。

后来，全国三线建设誓师大会在渡口市召开，亓伟又带着他们二人去，戴世森、李祥志他们骑着高头大马、胸挂奖章、肩披大红花，那个光荣啊！那个幸福啊！

戴世森在会上还进行了表态发言："钢铁需要煤，祖国建设需要煤，我们为我们是煤矿工人而自豪和光荣！这次会议后，我们将进一步发扬一不怕苦、二不怕死的革命精神，抢时间，争速度，多出煤，出好煤！"会后，亓伟还领着他们参观了攀钢钢厂等。

路上，亓伟说："你们敢想敢干敢当，在平凡的岗位上创造了不平凡的奇迹，我为你们骄傲啊！"戴世森挠了挠头说："我觉得，要敢想敢干，才能把工作干好。要是畏缩不前，一辈子也干不好工作！"

接下来，大宝顶煤矿的建设，对于戴世森和闯将队来说，又是另一场硬仗。

大宝顶煤矿1967年5月动工，先后有煤炭部第十、第三十九、第六十一、第六十二等四个工程处和渡口建工指挥部参加建设。施工中，集中了10个掘进队、5000名职工，开辟13个洞口，20个掘进工作面同时施工。

为了早日建成大宝顶煤矿，确保夺煤保钢会战的最后胜利，必须要有一位有担当夺煤保钢会战的主帅！刚刚从龙洞会战胜利的硝烟中脱身出来的亓伟，还拖着疲惫瘦弱的身子，但为了毛主席最关心的地方早日出钢，又领命挂帅出征了！

那会儿，戴世森他们的闯将队，在太平矿、在矿务局也是出了名的。他们来到大宝顶后，就住在干巴塘往烂泥箐方向垭口山坡上的席棚子。他们参加大宝顶建井工程施工，一干就是两年。一次施工中，戴世森带着副队长下井，放完炮他俩就进去了，进到井巷时突然一块石头掉了下来，戴世森被砸倒了。副队长用尽力气把那块桌面大的石头掀开，那次戴世森的四根肋骨被砸断！

说起遇到的事故，戴世森笑呵呵地说：“我这个人命大，这是我遇到的第三次事故了：第一次在吉林辽源打巷道时，放完炮后，我们就进去继续打眼，电钻一下钻到一支哑炮，‘轰’的一声我就什么也不知道了。等在医院醒来，发现指头炸断了一根，脸上崩嵌了许多的煤渣；第二次在太平煤矿被炮烟熏倒一回；在大宝顶这是第三次了。”

在矿山井下30多年，戴世森从不后悔投身攀枝花的宝鼎矿区建设生产，他觉得他这辈子值了！人生该轰轰烈烈的时候，就该猛冲猛打；人生该为祖国创造价值的时候，就该兢兢业业！人生在为伟大的事业奋斗的时候，就该无怨无悔！

“掘进闯将”戴世森

2.6 “只有毛主席的指示才是理由”

被采访人李继业，1934年9月出生，1965年7月调到宝鼎矿区。

“一定要做好统战工作”

那时候，李继业的主要工作是负责团组织工作，把团员青年组织起来，组织突击队，修干打垒，建砖厂。他说亓伟是个老干部，很能吃苦。当时条件很艰苦，没有蔬菜。大家伙上顿吃粉丝炒海带，下顿吃海带炒粉丝，再就是吃咸菜。有时泥巴山塌方，粮食都得断。

李继业说，亓伟很重视少数民族工作。当时从老区调来了几千人，后来又上来一大帮民兵，都是从凉山一带来的，有很多少数民族同胞，包括彝族、藏族、拉祜族等20多个民族，亓伟嘱咐李继业，一定要把他们安顿好。亓伟很有耐心，总在思考如何带好这支队伍。

响应毛主席号召支援三线建设的人们

那时候调来的都是青年人，亓伟指示李继业要深入少数民族青年中间，要做他们的工作，要给他们讲三线建设的意义。在做好单位青年工作的同时，亓伟要求李继业他们还要到农村去，开展“四清”运动。李继业来到太平大村里面的红石岩水库、大村山上，通过翻译，给当地的乡民做工作，给乡民做报告，告诉乡民为什么他们来到这里、要做些什么事、要求乡民怎么办。那时候的乡民，很多都是彝族，日子过得很苦。李继业说现在的人真的无法想象当时的穷，乡民们吃的是苞谷粒，住的是干打垒。他每次去了，在干打垒前喊三声：“有人吗？”好半天，才有人从稻草堆里钻出个脑袋。一户人家几口人，只有一条裤子，谁出门谁穿，回去了又钻到稻草堆里。

亓伟做民族统战工作做得好。他在搞好生产建设的同时，还时刻想着如何做少数民族的工作，让他们支持三线建设。亓伟对李继业说：“一定要做好统战工作。”他们把山上的少数民族村民请下来，请他们吃饭，每个处级干部陪一桌，给他们敬酒，给他们讲共产党为什么要搞三线建设，向他们宣传党的政策。

调来的工人中少数民族不少，其中有回族。李继业记得，整个指挥部当时有30多个回族员工，分布在十几个厂矿，由于习俗的差异，他们跟汉族员工一起吃饭是不可能的。因为他们在饮食上有禁忌，导致这些工人思想波动。这一切，亓伟看在眼里，急在心里。后来亓伟找到李继业，让李继业把所有的回族员工调到六十一工程处。当时调来有30多个人，亓伟让李继业给他们办了回民食堂，给了他们几百块钱的流动资金，让他们到周围农村买了牛，回来杀了吃。就这样，把这批回族员工安顿下来了，他们吃饱了饭就不想家了。有人管他们了，他们就很高兴，很感谢党的政策，也很支持三线建设。

当时，许多少数民族职工因为矿区地方偏远，而且没有矿井工作经历，生活也不适应，有的到了食堂，就把头上的帽子摘下来，让师傅往里面打饭，到外面的树上折两根树枝，拿回来就当是筷子，吃完把帽子翻过来，拍一拍，又扣在脑袋上。他们不会刷牙，也没见过肥皂，更不曾使用过浴池这类设施，他们升井以后，就连人带衣服一起跳入池子里。调到食堂工作的彝族姑娘，不知道怎么洗手，早上起来直接和面。来自一个寨子的职工，依然保持着男女混居的习惯，说寨主要他们团结在一起，不能分开。针对这些情况，亓伟说慢慢来，耐心些，一件一件来解决。

李继业还记得，他把少数民族的女职工调进食堂帮助北方来的厨师做馒头、洗菜、做菜。亓伟告诉李继业，你要亲自到食堂教她们生活中的细节，有什么不懂的，要耐心给她们讲解。李继业到食堂给彝族姑娘做示范，将双手先抹上肥皂，再在盆子里洗，接着用手巾擦干净，最后去和面；给大家讲民族政策，说各个民族平等，他们拥有和汉族员工一样的待遇。

“你就是用牙啃都得给我啃出来”

李继业印象最深的是亓伟对他的批评和表扬。当时亓伟安排李继业到煤炭指挥部六十一工程处当处长，也就是到现在的太平煤矿，主要负责打太平煤矿的井，那是指挥部打的第一口井。亓伟对工程进度要求严格。由于当时的工程进度上不去，亓伟很着急，他对李继业说：“我不管你怎么弄，你就是用牙啃都得给我啃出来，因为毛主席着急建设大三线！”

井口的长度是3100多米。这边是太平，那边是摩梭河，要在21个月的时间内把它贯通。

亓伟每天晚上12点组织开调度会，要求每天汇报进度。那时候，运输条件差，作业班次组织不好，进度慢。有一次，工作面没有进度，亓伟半夜打电话给李继业。当时路还没修通，李继业拄着一根大棒子，戴着矿灯，从太平煤矿走到摩梭河指挥部调度室，太平到摩梭河大约三里路程。一见到李继业，亓伟便毫不留情地说：“不出煤，毛主席都睡不着觉，你还睡得着？你为什么打大鸭蛋（工作面进度为零）？”

李继业就给他说理由，亓伟不让李继业讲理由，心里只装着工程进度的亓伟，他说没有任何理由，只有毛主席的指示才是理由。

等亓伟发完火后，李继业告诉亓伟，压风机设备老化，三天两头坏。坏一点修一点，转一天又修一天。这风机坏了，不压风，风枪不能转。风枪不能转，就不能打眼。不打眼，就不能放炮，能有进度吗？如果把工停下来，花两天时间把风机彻底检修好，这样就不会停产了，进度反而会更快了！他反问亓伟道：“是不是这个理？亓伟同志。”

听完李继业的解释，亓伟说：“给你两天时间修风机，能把进度赶上来吗？”李继业说，他不仅要赶上还要超过原来的进度。亓伟说：“那可以，我等着呢！如果你做不到我就拿你是问。”李继业说，那一次谈话大概有半个多小时，亓伟对他批评很严厉。

回来后李继业就召集工人开会，并趁工人下班之前赶到井口，李继业告诉工人们先修压风机。压风机修好后，李继业跟着大伙一起干，他规定一个班打6米道，一边干活，李继业一边告诉工人们说，亓伟同志在指挥部调度会上把他狠狠批评了。他说亓伟同志批评得对，这反映了毛主席的指示多么重要，大家一定要好好干。那天，一个班算下来，干了6米多。晚上再开调度会，亓伟表扬说：“李继业，你说话还算数呢。”

下了调度会，亓伟像变了一个人似的，他笑着对李继业说：“我批评了你，你不发牢骚，还到工人中做生产动员，还说亓伟批评得对。”李继业听了回答道：“领导批评是动力，我传达了，职工都跟我一心一意往前冲。”亓伟对李继业说：“你这个思想还行，就应该这样！”李继业说：“你批评不是为你自己，我也不是为自己，都是为了三线建设，是吧？亓伟同志。”

后来，太平煤矿在亓伟的带领下，从两边同时推进作业。一方面，先把运输条件创造好，前面运输打出的矸石渣先到翻渣处处理掉，以便矿车循环，这样得以加快进度；另一方面，将三班作业改成四班作业，8 小时制改成 6 小时制，多挤出一个班次，这样每天能多打 6 米道。在技术上推行“深打眼，少装炮，崩不到棚子，多进道”。最终井口提前一个月贯通。

1969年10月，太平煤矿建成投产

“这事党着急，毛主席着急啊！”

亓伟是一个政治立场很坚定的人。“文化大革命”被批斗期间，没有的事、不是事实的事，他绝不承认。他自始至终都在关心矿山建设的进度，即使在批斗的时候见着李继业，仍不忘问李继业，矿山的工程建设怎样了？不能太慢了！

1967年，太平煤矿还在搞贯通的时候，亓伟被打倒了。

那阵子指挥部施行“白天抓生产，晚上抓革命”。所谓的抓革命，就是有些处级以上干部晚上要陪着亓伟挨批斗。

造反派污蔑亓伟在矿区搞“亓家王朝”，手下有“八大金刚”“四大干将”，还有不少“爪牙”“狗腿子”，共有几十人。对此，亓伟一概不承认。李继业当时是六十一处的处长，被说成是“四大干将”之一。另外三人是小宝鼎的韩宗顺、地测处的李秀荣和矿建安装工程处的李玉斌。

“牛鬼蛇神”们头上戴高帽，胸前挂铁牌，低着头站在舞台上。造反派找来一个法兰盘，在上面糊了一个驴头的形状，为亓伟“专门”做了一顶高帽子。李继业端过，大概有十七八斤重。

最初，亓伟身体还吃得消。那天，一场批斗会下来，他悄悄问身旁陪斗的李继业：“太平矿的井打得快不快？”

“比过去慢了。”

“那怎么行？”

“我说了不算，工人不干活。”

“那你想办法呀。这事党着急，毛主席着急啊！”

两人的对话被造反派听见了，造反派踢了亓伟一脚，又踢了李继业一脚，吼道：“你俩搞什么串供？”说起这些，李继业声音有点哽咽：“亓伟同志被打倒了还在关心矿区的生产建设啊……”

朝着钢铁厂的方向

亓伟病重期间，李继业在大宝顶矿担任党委书记和革委会主任，他下山来看亓伟。

当时亓伟的病已经很重了，戴着氧气罩，一般人去都不让见了。

见到李继业，亓伟对李继业说：“我快不行了，我要见马克思去了，你们还年轻，你们要使矿区尽快地达产、投产。”他问李继业，大宝顶矿什么时候能达产投产？李继业说，再有半年就可以达产了。

亓伟去世之前几天，李继业去看他，他又嘱咐李继业这事：“继业，好好抓，争取早日出煤。”

亓伟也和李继业谈道，他死了把他埋在大宝顶山上最高处，朝着钢铁厂的方向，他要看到出煤、出铁、出钢。

2.7 立下军令状的李振声

被采访人李振声，1933年10月出生，1967年1月调到宝鼎矿区。

那些会战的画面

1970年春节刚过，渡口十几摄氏度的天气让人出行倍感从容。大渡口13栋2楼，市革委会主任徐驰、副主任叶自强、军代表顾秀，以及各指挥部的负责人，齐刷刷地坐满了会议室。煤炭指挥部亓伟坐在前排，李振声、张正喜坐在亓伟后面。

会议在紧张严肃的气氛中进行。革委会主任徐驰说，周恩来总理要求在建党49周年的7月1号，渡口必须出铁，这是死命令。目前的情况是，我们的焦炉是按法国的一个型号设计的，只能承受每平方18千克左右的膨胀压力，而煤炭指挥部太平矿生产的主焦煤，燃烧时膨胀压力每平方超过30千克，容易把焦炉烧坏。只有掺了气肥煤燃烧时，才能使膨胀压力降到焦炉所能够承受的程度。成昆铁路线还没修通，贵州六盘水的气肥煤进不来，因此，为了保证“七一”出铁，煤炭指挥部必须千方百计尽快地在这个地方找到气肥煤！

坐着嘎斯六九吉普车回来的路上，亓伟掏出他那块老怀表看看，回头说：“李振声，你是搞地质的工程师，找气肥煤这事就交给你了！”李振声回答：“行，我试试看。”亓伟以不容置疑的口气说：“这是军令状，必须弄到！”李振声说：“头几年，我在咱们这里跑了很多地方，华坪、永胜、宁蒗这些地方基本上都找过煤矿，哪个地方有煤，我大概清楚。亓书记，回去你给我安排一辆车，我带几个人再去查找，保证弄到！”回来后，李振声带着6个河南焦作矿院分来的学地质的年轻技术人员，带了几箱洗煤厂新烤的面包，乘上既会开又懂修的王老九开的解放牌卡车，就往云南华坪县、永胜县方向去寻找。他们翻山越岭下沟，饿了啃面包，渴了喝山泉水，汗水和灰尘让衣服变成了“花衣”。找了半个月，一个钻孔没打，李振声凭着多年积累的经验，在华坪的腊石沟发现了一处有气肥煤的煤田，在仁和区格里坪镇龙洞又发现一处有气肥煤的煤田。他们觉得距离渡口市西区最近的龙洞更适合开采，并且预估可开采10年。回来后，他们画了个图，弄了个《简易开发龙洞矿井方案》：挖龙洞这个气肥煤田，五个巷道同时进行，标高的地方打个洞，降下来50米再打个洞，再降下来50米再打个洞，一直打到主体下半山，等打进去，一打上山，就把这五个巷道沟通了。按方案一算，时间要120多天。亓伟说：“不行，还要加快！”接着，亓伟给市里打电话，说气肥煤找到了，也拿出了《简易开发龙洞矿井方案》。当晚亓伟就带着搞地质的李振声、搞采矿的张正喜去市里汇报。当时是渡口市革委会副主任的叶自强接待了他们三人，并说：“什么六盘水、七盘水，铁路不通就是一碗水！……明天，你们带市革委会生产组的几个人去现场看，该定的马上定！”第二天，他们就在西区乌龟井那里集合，等原陕西延安县的县长、当时调任渡口革委会生产组长的刘秉温以及电力指挥部的、交通指挥部的、供水指挥部的、仁和区的人来。等人到齐了，大家一路走走停停、商议察看着。李振声建议：“要建得快，就沿着通华坪这条路，挖坑立电杆到龙洞，一万伏就够了；因车要拉煤，路就以这条路为基础，进行一下扩修和完善！”走到龙洞牵涉工业用地和生

工程技术人员规划选址

活用地，仁和区政府人员答应回去就办。刘秉温立马拍板说：“你们说出话必须算数，就这么干了，你们煤炭讲的是进度，你们仁和讲的是地皮的事，不要扯皮，明天就开始干！”

“夺煤保铁”的龙洞会战开始了。三十九处的人来了，六十一处的人来了，开拓队的人来了……各路人马齐聚龙洞。在“先生产、后生活”的指导思想下，他们住席棚、喝浑水、吃盐拌饭，不分昼夜地打五个巷道，盼着早日打通，把气肥煤挖出来。

一个星期天，亓伟来到李振声家说：“我们到龙洞去，再去看一下那个大巷的进度。”李振声答应：“好！”亓伟又说：“怎么搞的？！有两个领导带着家属到河门口，买东西逛商店去了。龙洞会战到这个时候，基层工人干部们拼命地干，多紧张啊，怎么还带着家属去逛商店呢？！”那天正好是过节，到了龙洞以后，亓伟带着李振声先到食堂，问厨师：“今天做什么菜？过节了，有没有肉？给我们的工人吃什么？”他一个菜一个菜地看了后，满意地离开。到了龙洞的放电影坝兼篮球场，一看没有人，就找到龙洞矿工会主席史忠林说：“今天过节，工人休息，怎么不打打球呀？你们有篮球吗？拿两个过来！”工会主席赶快去拿了两个球。亓伟问李振声：“你会打吗？”李振声答：“会，但是打不好。”亓伟运球上篮。一会儿，一些工人围了上来，也都跟着打起球来。打了一会，亓伟说：“我有事，先走一步，你们接着打吧。”这样工人们就组织起来打篮球了。接着，亓伟就带着李振声到住在席棚的书记王运平家，说：“王书记，我今天中午在你家吃饭啊。”亓伟又转到住在席棚的革委会主任陈文彬家说：“陈主任，今天中午在你家吃饭啊。”到了中午，亓伟谁家屋也不进，就让他们在席棚外摆上个桌子和碗筷，每家端两个菜，就这样随便坐坐、随便吃点就完事了，吃是次要的，坐下了解了解情况是主要的。

龙洞会战，工人们就是凭着风镐、铁锤、钢钎、炸药、木柱、木梁和刮板，凭着他们争速度的冲天干劲与火热激情，凭着那些铁骨铮铮愿为共和国鞠躬尽瘁英雄们无私的付出，75天就把这气肥煤挖了出来，保证了攀钢“七一”出铁，105天建成了年产21万吨煤炭的龙洞矿！这在中国是一个奇迹，这在世界上也是一个奇迹！

随着各方人马一个接一个会战的胜利，地处祖国西南大裂谷中的渡口市迎来了巨变：高山深涧有了一座座横跨江水的钢铁巨桥，荒坡野岭上有了一座座工厂矿山，崇山峻岭中有了一片片夜晚不熄的灯火，乱石茅草地上有了一条条喧闹的街道公路……

而当时被称为渡口“四号信箱”的第四指挥部，于1968年5月下旬，由

渡口四号信箱革命委员会

摩梭河迁至陶家渡。1970年9月14日，占矿区职工城镇户口家属十分之一的700户城镇户口职工家属，被批准迁入矿区。1969年10月10日，指挥部总医院开工建设，1971年6月25日竣工，1971年7月5日正式交付使用。1971年6月，渡口设计队编制出矿区中心综合商业楼——宝鼎商场的设计施工图，当年7月10日施工，12月26日竣工。

随着渡口条件的改善，建设者们当年立下的“不出铁，不搬家”的誓言，已经实现。

把给我留的血浆拿出来

1971年冬天的一个早晨，李振声的儿子一早陪着母亲钱正杏去上厕所，回来后忙对父亲说：“爸，我妈屙黑便，身体有问题了！”正在屋内忙着做早饭的李振声一怔，丢下手中的活儿，赶快带着妻子去陶家渡新建的煤炭指挥部总医院看病。

到了煤炭指挥部总医院，内科副主任张平和相邻的儿科主任于清江赶紧接待李振江两口子。张副主任给钱正杏检查病情时，钱正杏突然嘴一张，一股血“噗”的一下喷出，把张副主任的白大褂弄得上下全是血。大家一阵慌乱，镇定下来的张副主任顾不上自己身上和周边到处的血迹，继续给钱正杏检查，初步确诊钱正杏为胃溃疡大出血。钱正杏以前只是便血，现在已严重到吐血，马上被安排住院。看到躺在病床上脸色惨白、缩着身子、半昏迷急需输血的妻子，李振声急得团团转。

正在住院的亓伟得知钱正杏生病的消息，急匆匆地来到病房，看了看钱正杏，说：“走走走，李工跟我走，去广播站！”到了广播站，这时已晚上9点多，亓书记让广播站紧急通知，号召陶家渡地方的职工群众赶快到医院献血。播完通知，亓伟又拽着李振声回医院找到医院的姚万清书记说：“姚书记，献血的这会儿还没来，你把给我留的血浆拿出来，赶快给李工妻子用上！”看到已患癌症晚期的亓书记这般做，手足无措、担心害怕的李工，泪水顿时从眼眶里滚落下来。

看到这般情景，既为钱正杏着急、又为亓书记担心的姚书记解释说：“亓书记，给您留的血与钱正杏的血型不配，您的血浆用不上呀，还是等血型相配的职工来献血吧！”通过广播，很多职工陆续赶到医院，终于找到了血型相配的血浆。

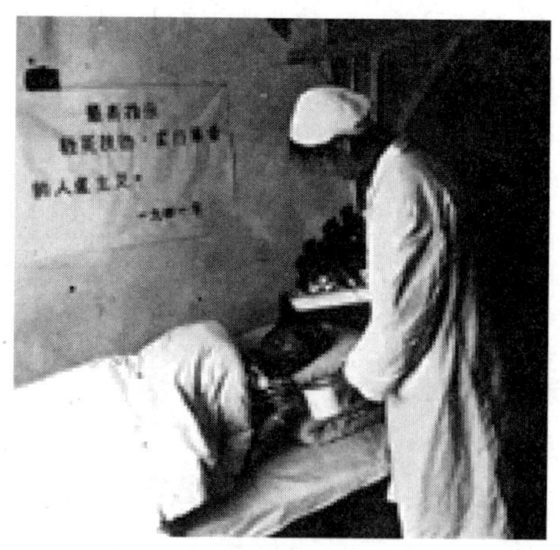

当年简陋的医院

2.8 “自己能解决一点是一点”

被采访人齐仲义，1941年10月出生，1967年5月分配到宝鼎矿区。

修旧利废也是一条路

1970年春天，作为煤炭指挥部花山煤矿办事组副组长的齐仲义，跟随花山煤矿革委会副主任贾振江，到指挥部太平煤矿云盘山，参加由渡口市革委会副主任安以文主持的“抓革命、促生产、夺煤保铁”会议。

当时，参加会议的人不多，除了安以文、贾振江、齐仲义，还有指挥部革委会副主任亓伟、太平煤矿革委会副主任阎康义等七八个人。

1967年5月，齐仲义从辽宁阜新煤校毕业来四川渡口参加建设，住在煤炭指挥部江边招待所，造反派让他们新来的职工参加给戴着高帽子、挂着牌子、矿区最大“走资派”亓伟的批斗会。

参加云盘山这次会议是齐仲义第二次见到亓伟。花山煤矿正在进行的基本建设出了一些工程问题。安以文在会上讲了攀枝花建设的形势，讲了此次来的目的就是督促“夺煤保铁”，因为渡口受“文化大革命”的影响，生产建设秩序不正常！布置完任务以后，亓伟把贾振江和齐仲义叫住了，亓伟说：“老贾，你们别走，陪着我去三十九处看看。”大家从云盘山坐亓伟的吉普车到了指挥部三十九处。亓伟带着他们两人，一边走着一边说：“现在物资供应很紧张，火车还没通，物资都是靠汽车从成都、昆明运过来！”进了一间房子，亓伟把那个废矿灯呀、废蓄电池什么的呀，让现场工人拿过来看。原来，他是让贾振江、齐仲义两人参观一下三十九处在修旧利废这方面的做法。看完了以后，他又向贾振江说：“老贾呀，现在建设需要的材料、配件，许多时候不能及时供应，不能总是指望指挥部供应处随时都有现成的物资提供，很多时候，咱们就得靠自力更生、就得靠修旧利废，自己解决一点是一点。”

回到花山煤矿后，贾副主任立即向矿革委会主要领导做了会议内容的汇报，并把亓伟关于自力更生、修旧利废的指示精神利用各种形式，广泛向矿里各连队宣传介绍。花山生产技术组的张福祥找到贾副主任说：“渡口只有一座水泥厂，全市单位这么多，水泥常常要排几个月才能买到。咱们花山矿搞基本建设，需要用水泥的地方太多了，干脆咱们自己弄个水泥厂。”张福祥又分析说：“水泥厂用的三种原料，一个是石灰石，一个是黄土，一个是焦炭，前两样咱们这到处都有，而焦炭是咱们自己可以生产的。”贾振江在革委会上取得一致同意后，就让张福祥弄了一帮人，在花山井口远处的山坡上建了一个水泥厂。生产出的水泥虽然标号低了一点，只能达到200号，但是打个地面、砌堵墙，做个简单的东西，还是可以的。为了把花山煤矿的水泥厂搞好，张福祥还把自己的名字改叫张立华，意思是立志花山，取花山的“花”的谐音为“华”，水泥厂也被称为立华水泥厂。

丢掉幻想，干部就在眼前

1966年上半年，花山煤矿来的除了一些技术骨干、两个掘进队、一个土建队，加上后勤和其他人员，全矿也就几百来人，采煤人员没有，主要是些搞基本建设的。

齐仲义来的时候，住的算是好的房子——老建材厂江边招待所，但也是简易房子，就是把板条抹上白灰，房顶板条上再扣上瓦。下雨天，水直接从瓦缝往屋里淌，条件十分艰苦。看到这里的条件那么差，许多人来了不安心工作，打算找机会溜走。花山煤矿打1030米平硐时，一些人连工资关系、粮食关系都不要就跑了。

1970年夏天，矿井基本建设就要完成了，却还缺少采煤队、缺少各方面管理人员，贾振江着急了，向亓伟提出：“指挥部能不能给我们花山煤矿调派来些干部和工人，再有几个月就要投产了，得来人呀，许多事没人做呀！”亓伟说：“贾振江呀，你把那个《毛泽东选集》第四卷好好看看，里面有篇文章，叫作《丢掉幻想，准备斗争》，其中有一句话，就叫‘不要以为胜利了，就不要做工作了。还要做工作，还要做很多的耐心的工作，才能真正地争取这些人’。只要你丢掉幻想，干部就在眼前！现在基本建设就要胜利了，下一步人才的培养，就得靠你自己抓啊。你说现在全国这个形势，一个是调不来人，二是调来的又不安心，现在你就别再

花山平硐

想着给你来多少个干部、多少个工人啦，现在就得靠你自己培养、自己弄！”亓伟又说：“你看京西队（北京西边门头沟京西队，来渡口打花山主井、主平硐）的任成书，他们京西队主巷打完了就撤回去了，他就是不走！他的工资关系、粮食关系都被带回去了，可他就要扎根毛主席最关心的地方。我们不但把他的粮食关系给解决了、户口解决了，还给他评为‘四川省职工劳模’，我们要用荣誉来吸引人、用关心爱护留住人！”

亓伟的话，似乎对贾振江起了作用，后来花山煤矿克服了机器设备、人才干部缺少的困难，于1970年10月1日顺利投产，花山煤矿逐渐发展壮大起来。

第三章

他很不一样

另一面的真实

3.1 “就叫我老亓头”

被采访人高文忠，1939年12月出生，1965年7月调到宝鼎矿区。

把工人装在心里

“关怀备至”“体贴入微”这是两个普通的词语，但对一个领导干部来说，通过这两个词语就可以看出他是不是把群众的利益放在第一位，把自己摆在什么位置上了。是做官当老爷，还是为人民服务，这可是人生观问题。

亓伟经常提醒干部：让别人做的事情，干部必须先做到。如当时局机关，就那么两栋干打垒平房，既是办公室，又是宿舍，有些事大家都能看得到，晚上谁的办公室灯亮着，就说明他没睡，仍在工作或者看书。当时亓伟办公室的灯熄得最晚，因为大家都向他看齐，晚上工作的时间较长，有的过了11点了还亮着灯，他就走到窗前敲敲窗户，或轻声说一句：该睡了，明天还要做早操呢。第二天，他第一个起来先到操场，6点多起来时也不打铃，他路过职工窗户的时候，就咳嗽两声，大家就知道他起来了，也就赶快起来去操场做操。

建设初期食堂往往会出现这种现象，食堂门一开，人就呼啦啦地向里挤，挤在前面的，就能享受到“老三样”，落在后面的，怕是“布丁汤”也没得喝了。亓伟把这看在眼里，记在心上。为此，除了尽量解决食源问题，专门给干部下了两道命令：一是领导干部要以身作则，不准搞特殊化，不准在食堂吃小灶和多吃多占；二要求干部抽时间先下厨房帮厨，等到工人都打完了饭，领导干部再打。最后，他还风趣地说，这叫“先天下之忧而忧，后天下之乐而乐”嘛。而他自己，总是端着碗最后一个出现。

按理说，亓伟是矿区的党委书记，也是国家行政12级的干部，人也50

多岁了，而且身体又不好，开个小灶是合乎情理的。可是他不这么想。有一次食堂管理员看他身体不好，特意给他炒了盘肉菜，他拒绝了，并批评说："群众没肉吃，你给我吃，这是让我脱离群众……"通过这些事情，使得干部群众之间关系非常融洽，大家都非常敬佩这位老书记，都亲切称他为"贴心书记"或"老亓头"。

他要求机关这些工作人员，每天跟工人一样，买一个5分钱的菜，尝一尝味道怎么样。那时，不管工人还是干部，每天有2毛钱的补助，一个月6元钱。他不准把这6元钱发给大家，他说煤矿工人都是吃大苦出大力的，营养跟不上去是不行的，他要求把这份补助钱全部放在食堂。

亓伟常讲：战争年代，士兵需要有敢于冲锋陷阵的勇气！建设年代，工人需要有甘于奉献的精神！他还常讲：建好攀枝花，就是"备战备荒为人民"，就是"备战备荒为国家"。在亓伟的鼓励带动下，工人们忘我工作，有的人连轴干，经常不讲报酬地干。

1965年10月，渡口第四指挥部革委会成立

亓伟生活俭朴，吃东西简单，平时就跟工人们一样。他待工人特别温和，待干部要严格一些。冬天他下基层，看到工人身上穿得薄了，他竟掉下眼泪，觉得是自己失职了。为此，他还特意到云南省军区，通过关系弄来了几百套棉大衣发给工人和干部们。

平易近人的老亓头

1966年4月的一个早晨，略带干草味的凉风，吹着公路边的火箭草和低矮的灌木丛。一位头戴草帽、肩挎背壶、脚穿草鞋、手拄木棍、身上穿着一套已褪色的灰蓝中山装的五六十岁男人，黝黑稍胖的脸上，透着温和与刚毅，时不时地用山东口音，与旁边随行的三五个人谈笑风生。

这位老人的嘎斯六九吉普配车，一直停在摩梭河指挥部车库里。他喜欢与年轻的工程技术人员，每天步行三四十分钟去太平煤矿建设工地，边走边谈中，感受一下他们的活力，了解一下他们的思想，也思考着下一步工作打算。

只听一个操着江苏口音的人问：“老亓头，4月1日西南三线建设委员会副主任彭德怀到我们摩梭河平硐视察，你给我们讲讲当时的情景吧！”

身为副厅级和指挥部党委书记的亓伟，怎么会被人喊成“老亓头”？

这是多年深入群众工作的他，要求身边的人：“除了党内的会议你们叫我书记，其他时候就叫我亓伟、老亓、老亓头。但叫亓老不行，那是资历很老的人才被叫亓老！”

听有人问起彭德怀来太平煤矿平硐视察的事，老亓头沉默了一下说：“把我知道的告诉你们吧。彭副总指挥来时，穿了一身卡其布黑衣服，非常低调，提出不传达、不欢迎、不叫首长的‘三不要求’，让工人干部们该干啥干啥，你办你的公，他施他的工。看到山上用石头摆着‘备战、备荒、为人民’字样，彭副总指挥严肃地说这样做不适合保密，让人把山上的鹅卵石大字去掉！”

几人听后，哦了一声，不再打听。

“二老把关”

太平矿1965年6月破土动工，到了1966年2月，主副平硐贯通工程成了重头戏，在当时没有大型施工设备条件下，地质科的李小非等人靠着经纬仪等简单仪器，工人们凭着风钻、炸药、锄头等开展工作。作为指挥部党委书记的亓伟，与伪满辽源时就是采煤工人、时任指挥部安监办公室负责人的曹怀清，二人一人一头，把关施工，被称为“二老把关”。曹怀清负责太平云盘山这边主平硐，亓伟负责摩梭河这边副平硐。

当副井掘进到300米处时，遇到了罕见的断层涌水，施工艰难，时间紧迫，亓伟同工人们顶着淋头水，打眼、放炮、铺轨，连闯四处断层水。

一天下来，他几乎站立不住，行路困难，大家劝他回去休息，他说：“一个党的干部不能在群众艰苦奋斗时，自己躺在床上休息。”

凭着他们的责任心、意志力和硬功夫，苦战近8个月，使联通太平场与摩梭河相距3000多米的主副平硐于1966年9月24日贯通！贯通的主副平硐腰线误差不到10厘米，中线误差几乎为0。

10月1日这天举行庆功会，市里发来了贺电，省里发来了贺电，煤炭部发来了贺电并通报表扬！

3.2 “表现好的同志理应得到表彰”

被采访人张庆吉，1941年1月出生，1965年6月调到宝鼎矿区。

张庆吉说，亓伟和蔼可亲、爱兵如子是出了名的，尤其是对年轻人关爱有加。

建设初期，亓伟给年轻人讲话，总在讲：听党话、跟党走，红在渡口、专在渡口、死了埋在渡口。常讲毛主席的那句话：你们年轻人朝气蓬勃，好像早晨八九点钟的太阳，希望寄托在你们身上。

帮老亓头买烟

1965年2月15日，煤炭工业部决定，吉林省辽源矿务局基本建设公司和营城煤矿基本建设公司成建制调到宝鼎矿区。1965年7月15日，辽源矿务局基建公司1071名职工抵达矿区，分别组成第一建井工程处、土建工程处。1965年8月19日，营城煤矿基建公司582名职工抵达矿区，改称煤炭部第三十九工程处，先后投入花山、大宝顶矿井等矿建工程。

爽健利落的张庆吉，就是从吉林省辽源矿务局调到宝鼎矿区的，他当时才24岁。张庆吉在辽源时就从事土木建筑工作，是工区里的团部书记，来了攀枝花后仍然从事土木建筑工作，并担任团支部书记、副连长。

亓伟作为渡口第四指挥部党委书记，班子内有指挥长、副指挥长，下面有各厂矿处的厂长、矿长和处长。

张庆吉刚来时，被安排住在小宝鼎煤矿大食堂，睡上下铺。不久，张庆吉他们又被调到只有四栋茅草屋顶干打垒房及少量板皮房、席棚子的摩梭河煤炭指挥部附近。建房子，对于当时不断涌入建设队伍的煤炭指挥部来说，是急迫的大事；修公路，对于需要建井设备及勾连各个矿井来说，也同样是急迫的大事。而张庆吉他们，就像春天花盛时繁忙的蜂群，前半年在修大宝顶垭口至供应处的公路，头半个月又在小宝鼎矿建房子，这个月又在摩梭河抓紧盖楼房了，每天都以火热的激情投入的宝鼎矿区的建设中。

当时，张庆吉与亓伟住得比较近，就是四栋干打垒房子，张庆吉与亓伟隔两栋房子，亓伟住第一栋的第三个门，张庆吉住第四栋的头一间。他们工作上虽然没有直接的接触，生活上却有些来往。

“小张，忙不忙？”有一天刚从外面回来的亓伟笑呵呵地喊道。

“啥事？老亓头。”张庆吉应答着。

“不忙的话，帮我买包烟去。”亓伟一脸疲惫地微笑着说。

“好啊，拿钱来吧。”

“在床铺下面，自己去拿。”

当时亓伟一个人住一间干打垒土屋。张庆吉把烟买来往桌子上一放就又回自己的宿舍去了。亓伟喜欢这个爱说爱唱、热情实在、工作干得漂亮的年轻人，所以烟没了时，就支派张庆吉去跑跑腿。亓伟和蔼慈祥，张庆吉在他的面前也从不拘束。

那时亓伟喜欢抽两三角钱一包的“大重九”，一天大概要抽两包烟。

当大家休息时，若亓伟也正好没出去开会什么的，就会拿着他那个半导体收音机，来到张庆吉他们那帮年轻人身边，给大家放歌听，让大家一起跟着唱。那时，张庆吉他们最喜欢的歌曲是《打靶归来》《大海航行靠舵手》《工人阶级硬骨头》等。大家唱歌时，亓伟也会操着他那浓浓的山东口音跟着哼起来。

这时，张庆吉他们里面几个比较调皮的小伙子就会学着亓伟的山东口音，跟着“老亓头”唱。亓伟不但不生气，还常常被张庆吉他们逗得哈哈大笑。

表现好的同志理应得到表彰

1965年下半年，张庆吉带领着一帮年轻人，有半个多月要去小宝鼎煤矿建房子。那会儿，亓伟也正好在小宝鼎煤矿蹲点。每天早上6点多钟，只要看到老亓头戴个大草帽、光着脚穿着草鞋、拄个棍子、背个水壶、咳嗽着从他们门前走过，不用喊，这些年轻人就一个个地跟在他后头，从摩梭河翻过沟，爬到供应处再往山上爬，到了垭口，再上山下山。只用了一个多小时，太阳露头时，他们就来到了小宝鼎矿。干完当天的活儿，下午六点半再从原路返回摩梭河吃晚饭。虽然亓伟有一辆专用吉普车，但他很少坐。他似乎习惯了老八路作风，带领着一帮年轻人，靠两只脚丈量着到达目的地。

大宝顶矿设立建矿筹备处时，只有几个人，没有水用。指挥部要在大宝顶矿建800吨蓄水池，亓伟要求所有职工下班后，尤其是党员干部和团员要带头，每人从花山煤矿井口背30块砖（每块5斤，共150斤），顺着大宝顶矿那条沟把砖背上去，背到垭口，才能回来吃饭。

那时的人不讲条件，只讲贡献，党叫干啥就干啥。很多人先搬10块，走出一段距离，回来再搬10块，如此反复地来回倒腾着搬。张庆吉一次性直接背30块，中间歇三四次就背到了垭口。完成了自己的任务，他又下到山腰，帮落后的人往山上背。张庆吉作为处里的团干部，人年轻，精力好，常常会搬两趟。当他回到摩梭河指挥部时，已错过了开饭时间，便默默地去摩梭河小商店买一袋饼干，对付对付自己的胃。

后来，张庆吉任六十二处团委书记，他工作积极、表现突出，还代表宝鼎矿区团员青年参加了在市里召开的“共青团三线工作会议”，《渡口日报》报道了张庆吉怎么教文化、传授瓦工技术、带领团员青年搞突击劳动等一系列事迹。

1965年底，六十二处根据张庆吉的平时表现，评选他为第四指挥部先进个人，可张庆吉却坚持把名额让给了别人。

名单报到亓伟那里，亓伟问六十二处相关领导，为什么先进里没有张庆吉？六十二处领导说明了原因，并解释名额已满，再替换恐怕会打击他人的积极性。

“不能无视张庆吉的表现，表现好的同志理应得到表彰，名额已满就增加一个‘技术能手’的称号。”亓伟这样表了态。

文化“扫盲班”

搞建设没文化不行，学“毛选”没文化更不行。宝鼎矿区最初建设时，在亓伟的倡导下，办了许多文化“扫盲班”。

在摩梭河时，张炳臣跟张庆吉同在一个宿舍。张庆吉小学六年级毕业，还被送到吉林省四平团校学习过半年，而张炳臣目不识丁。当时，张庆吉就在六十二处办的“扫盲班”里，当过业余教师。

平时，给家里写信，张炳臣都是请张庆吉给代写。处里或工区里组织的学习活动，张炳臣就像是一个“睁眼瞎”。这让张炳臣很是尴尬，也常常为此苦恼。“近水楼台先得月”，张炳臣在参加每天晚上的“扫盲班”学习后，只要看张庆吉有空，就请教张庆吉。张庆吉从吉林来渡口经过成都时，曾买了本杂志，晚上没事时就带着张炳臣念杂志上的字。张炳臣为了记住刚学过的字，不管在哪儿都反反复复地念。有一天傍晚他上厕所，蹲在厕所里拿着那本杂志，魔怔般念叨着：“刀不磨要生锈，人不学习要落后……”

亓伟没事时，就爱这转转、那看看，检查检查卫生和安全状况，了解了解职工冷暖情况。亓伟转到厕所旁听到有人念念叨叨的声音，走进厕所一看，见张炳臣仍不抬头地捧着那本杂志在念“刀不磨要生锈，人不学习要落后……”，亓伟笑了。

菜地里学习毛主席著作

在六十二处的一次大会上，来参加会议的亓伟表扬了张炳臣：“不是没有文化的人就不能学习毛主席著作，你们处里瓦工张炳臣没有文化，还知道‘刀不磨要生锈，人不学习要落后’！”后来，张炳臣被树为渡口市学习毛主席著作积极分子，到煤炭指挥部各单位讲如何学习毛主席著作的，还到市里和攀钢介绍学习经验，不久，张炳臣被提拔为六十二处五连的连长。

张庆吉教过的工友里，除了张炳臣外，还有“革命渡口六金花”之一的李祥志，张庆吉也可以说是“桃李满天下”了，这也成为当时矿区的一个佳话。至今想起来，张庆吉还很自豪，他说，亓书记重视职工学习，还特别善于树先进典型，还给了他一个当“扫盲班”老师的机会呢！

严厉又温情的老亓头

亓伟严肃认真、不徇私情尽人皆知。他不喜欢人奉承拍马，不喜欢围在身边尽说好话的干部，他不允许身边哪个干部做失职的事，要是做了让他知道了，那是不行的，不管什么场合，他都会把你批得狗血淋头。

白小芬，时任渡口第四指挥部六十二处管生产的副处长。

白小芬听起来像女性，但人却是一个极富个性的男同志，踏实肯干、不惧困难，是亓伟从云南那边带来参加建设的骨干。

白小芬在云南靠近四川的地区剿过匪。他曾在战斗中受了伤，子弹从他的脸颊穿过，脸上至今还有一条深深的沟。白小芬平时乐观爽快、爱开玩笑，时不时还找张庆吉摔跤。

一天，白小芬与六十二处的一名职工发生争吵，两人还冲动地动起手来。白小芬打不过那工人，就在地上捡起石头来砸。有人报告给了亓伟，亓伟知道后，让人把白小芬喊来："你身为一个处长，跟工人打架，在公路上引起人们围观，影响太坏了！"

白小芬并不认同亓伟的批评，顶撞道："一个巴掌拍不响，又不是我一个人的错。"

"还敢狡辩，我不看在你对革命有贡献的份上，我就撤销你的职务！"白小芬头也不抬地回嘴："要撤就撤，反正我能力有限，也不想干了。"

亓伟批评完了，让白小芬回去好好反省一下，写出书面检查交给他。同时通知他的小车司机把白小芬和同行的张庆吉送回住处。实际上，从摩梭河指挥部到白小芬、张庆吉他们住的摩梭河石头楼不远，可亓伟还是让小车司机把他们二人送回了住处。

事后，白小芬写出了书面检讨，并主动找到那名职工进行了道歉。这次打架的经历，也让白小芬对亓伟这个老上级更加敬重了，说他处事公正，绝不护短，为自己树立了带兵的榜样。

亓伟下现场检查工作，从来不声张不打电话，说去就悄无声息地去了。他说只有这样做，才能看到真实情况，才能发现弊端、问题。

有一次亓伟到六十二处检查工作，他转来转去，来到了职工食堂，看见一个厨师正在烧火做饭，灶膛里熊熊燃烧的是一根成材的方木头。他一看就急了，走过去把那根方木头迅速从灶膛里拖了出来扑灭，并叫人立即喊来管食堂的行政科负责人修长友，指着那根木头问："这是怎么回事？渡口建设物资这么紧张缺乏，竟敢这么铺张浪费？！"亓伟对厨师和修长友严厉批评后，命令修长友停职检讨，每天扛着那根被烧黑了一块的方木材，到各厂矿现场去检讨，以儆效尤。

这件事在矿区广为传播，为矿区上上下下艰苦创业、勤俭节约，起到了较好的警示作用。

我为老亓头修墓地

亓伟经常下现场检查工作，经常到各单位给职工做形势任务报告，以鼓舞士气、凝聚人心、稳定队伍。张庆吉他们在修指挥部摩梭河砖木结构的商店、澡堂时，亓伟看到勤快开朗、健硕高挺、才20多岁就领着大家干活的张庆吉，甚是喜欢。有时候就会停下脚步问张庆吉，多大年龄了，老家哪里的，是不是党员？随意聊上几句。

亓伟几次到六十二处为职工上党课，他想以这种方式统一思想、增强党的战斗力、凝聚力，改变一些职工心思涣散、不安心建设的情况。从抗日战争、解放战争走过来的亓伟，以自身的经历号召建设者们安心渡口、扎根渡口，活着就要建设好渡口，死了就埋在渡口。坚信中国共产党、坚定跟党走的信心，为渡口辉煌的明天多做贡献！

后来，亓伟被打倒了，张庆吉没有机会同亓伟来往。再后来，亓伟平反了，因为工作上的原因，张庆吉也很少见到亓伟。

亓伟临终前，张庆吉接到为亓伟在宝鼎山修建墓地的任务。张庆吉他们十来个人一边将水泥、沙子、砖块、水从烂泥箐山上的公路边挑到山顶，一边按照设计方案进行墓地修建，整个过程大家心情沉重，谁也不愿意多说一句话。墓地建好了，一向乐观开朗的张庆吉突然失声痛哭，坐在地上抽泣起来，呜咽着说："再也见不到老亓头了……再也见不到老亓头……"

青松翠柏掩映下的亓伟墓地

3.3 禁酒令

被采访人周衡杰，1938年8月出生，1965年初调到宝鼎矿区。

司机周衡杰

1964年，作为云南省煤炭工业管理局党委书记、副局长的亓伟，经常下到各个市县的煤矿检查指导工作。每次到一平浪煤矿，因为与山东老乡，又是一平浪煤矿党委书记的康玉发（后为指挥部党委副书记）熟识，就经常乘坐周衡杰为康玉发开的华沙牌轿车，下到矿里或同到昆明开会。

1965年3月，周衡杰调到渡口宝顶山煤矿建设指挥部小车班当司机。指挥部一共有3台车，一辆嘎斯六九吉普车、一辆英吉普、一辆救护车。周衡杰回忆说，当时亓伟一般不坐车，经常步行走山路到厂矿建设工地。如果要赶时间，或者距离太远，比如去市里十三幢开会，除了坐党委的配车嘎斯六九吉普车，有时也会坐周衡杰开的英吉普。

亓伟很随和，从不摆架子，路上遇见煤炭指挥部的人或到矿区销售日用品百货的售货员，只要车上有空座位，就会让周衡杰停下车来，捎上一程。

指挥部车少人多，因为要随时出车接送领导开会办事，周衡杰他们几个司机通常都是睡在调度室里。无论什么时候，哪怕是夜晚十一二点回来，都要把车检查一遍，有问题立即修理，以保证出车安全。

有一次，亓伟在昆明云南省煤管局开完会，让周衡杰去接他。看到刚开了长途车的周衡杰，亓伟坚持让周衡杰跟他到家里吃了饭再走。亓伟爱人陈书兰看到来客，立刻去厨房里忙活上了。周衡杰打量亓伟的家，面积不大，陈设简单。亓伟的几个孩子也很有礼貌。

还有一次，亓伟坐周衡杰的车到云南省煤管局开会，他告诉周衡杰开了会还有一些下矿学习取经活动，周衡杰也需要在昆明待几天，等东北来的几个职工家属到昆明了，接上这些家属再回渡口煤炭指挥部。亓伟告诉周衡杰不用管他，在等东北职工家属们来的这几天，可以回禄丰县一平浪煤矿家里，把老婆孩子接到昆明玩一玩。周衡杰于是利用这几天时间，把老婆孩子接到昆明玩了几天。每当一想起这事，周衡杰心里就有一股暖流。

那个时候，机关人员有出早操的规定，因为小车班司机每天起早贪黑，亓伟告知周衡杰和另一个小车司机，每天早晨不用出早操，一定要保证睡眠，避免疲劳驾驶。

有一天去小宝鼎煤矿，坐在车上的亓伟问周衡杰："矿区条件艰苦，有一些人来到矿区又走了，你们小车司机的工作强度又这么大，你能安心在这里工作吗？"周衡杰回答说能安心。

亓伟认为周衡杰没说实话，就说："你应该把家迁来。"

周衡杰摇了摇头回答："我倒是想迁家。可是咱们这有规定，要干满三年才有资格迁家。"亓伟说："为了工作，我给你特批，把家迁来。"

1966年6月份，周衡杰被批准迁家，同时在渡口第四指挥部做秘书的赵国柱和生产技术员何金也获特批可以迁家。恰巧他们三人的老家都在禄丰县一平浪，经亓伟批准，由周衡杰开了一辆客车回一平浪，把三家人及用品拉到了渡口煤炭指挥部。

赵国柱一家被安排到了太平矿住，周衡杰与何金两家人因没有住处，就在摩梭河沟边的一个小山包上搭建了一大间席棚子，中间用席子一隔，两家人各住一边。孩子们淘气，平时总爱通过隔着两家间的那道席子缝隙窥视对方家在干什么，为看清还常常用小手指掏席子缝，掏啊掏，窟窿越来越大。云南人周衡杰平时出车买回来的柚子或木瓜，每次都会拿一两个从窟窿递过去给何金家品尝。东北人何金家每次包饺子、烙饼，就端上一盘从窟窿递过去给周衡杰家人品尝。后来两家人一商量，干脆扯掉窟窿越来越大的隔房间席子，没有间隔地住在一间大席棚里，就像是一家人，其乐融融。

大家闲聊的时候都说，我们两家的缘分都是亓书记给我们创造的。

禁酒令

从抗日战争、解放战争一路走过来的亓伟，对"安全"这两个字，特别看重。

一次，在外出的路上，周衡杰遇见一起交通事故，看着那血淋淋的场面，亓伟立马叮嘱周衡杰：“你们开车的可一定要注意安全啊！出了事故，我们这些革命战争年代没有倒下来的老疙瘩可惜，你们这样的年轻人更可惜啊！”

矿区条件艰苦，文化娱乐缺乏，饮酒成了一些职工群众打发业余时间的消遣方式。然而，少饮怡情，多喝伤身。

1966年春节期间，供应处木材加工厂毕厂长因喝酒过量，不幸身亡。同一天，煤炭指挥部从东北调来一位保卫处长，处里的同事们晚上下班摆了一桌酒席给新来的处长接风，没想到新处长不胜酒力，喝多了迈出门槛蹲下去就吐，不知道脚前黑漆漆的地方就是百八十米高的摩梭河沟边悬崖，没蹲稳一下栽到悬崖下的河沟水塘里。不远处有人听见人滚落的惊叫声和有人落入水塘的响声，赶快呼救，并从小路绕到悬崖下的水塘边，救起保卫处长，将其送到了摩梭河医院抢救。

当晚，在小宝鼎煤矿蹲点的亓伟乘周衡杰的吉普车回到了指挥部。周衡杰当晚因身体不舒服，本打算到指挥部医院开点药，却发现护士长张英正在给保卫处长做人工呼吸，这才知道新来的保卫处长出事了。当亓伟听说两人同一天因饮酒死亡的事，彻夜无眠，很是痛心，认为不教育不严管不行！

第二天临近中午的时候，亓伟来到了广播室，通过高音喇叭宣布：矿区职工从今天中午起，全面禁酒！禁酒令下了后，摩梭河小卖店的酒无人问津，急得售货员挑起酒担，到公路边售卖。禁酒令下了约半年后，才慢慢解除，才有人敢喝酒。

3.4 “小鬼，帮我洗件衣服”

被采访人吕京，1939年4月出生，1964年10月调到宝鼎矿区。

矿区第一栋干打垒

1964年10月5日，吕京接到通知，让他几天内办理好离家的一切事宜，只背简单行李，跟随四川省煤炭厅基本建设局第四建井公司，由王允祥任队长开发建设的70余人先遣队伍，从成都向着西昌出发了。六天后，他们来到了一个陌生的地方，因保密要求当时也不知道具体地名，只知道是西昌南的渡口。

队伍在仁和稍事休息，10月12日走五摩路，即从仁和经五十四土路，到南山，再到垭口，爬大宝顶山顶，再下到摩梭河，暂时住在了太平供销社外的牛棚内。牛棚分为两层，下边是圈养的牛，上面是架着烂木头的柴垛，他们这群人打开铺盖卷，就睡在了柴垛上。

作为建设先遣队，他们的首要任务就是盖房子。每天早晨7点钟，吕京他们就从太平供销社向大宝顶山爬去。爬到山顶，一人扛上一根当地农民早就砍伐好堆在山坡的、大约有三四米长七八十斤重的原木，顺着来时的山沟下山，运到太平供销社码放好。因为没有路，大家都是连扛带骑在原木上滑下坡来搬运。第一个星期他们每天只能搬运一趟，而且来回要用5个多小时。第二个星期因为路熟悉了，搬运方法也熟练了，每人每天可以扛两趟原木。

有一天，他们在山顶搬运原木，远远地看见有三个人朝他们走来。三个人走近了，经带队领导介绍，才知道是宝鼎矿区党委书记亓伟和两名秘书，从小宝鼎矿爬上山来，准备下到太平场和摩梭河查看情况。

1964年10月26日，施工队伍开赴宝鼎山

当时已53岁的亓伟卷了卷袖子，将一根原木扛在肩上，然后一手拄棍、一手扶着肩上原木，跟上了扛原木的队伍。两名秘书，一个人挎着两个包抱着其他用具，另一人也扛起了一根原木跟了上去。这是吕京第一次看见亓伟。

来到下坡处，看到前面的职工每个人骑在原木上"哧溜哧溜"十几二十米地往下滑，肩上原木被跟在后面的另一个秘书接过去的亓伟，喘着粗气笑着说："这办法好！"并接着嘱咐道，"小伙子们，要注意安全啊，别伤着人啊！"在搬运原木的那两个月里，亓伟和秘书还有两次碰到了吕京，他们一起滑着原木下山，让欢笑、汗水和嘱咐声，洒落在了山谷里。

到了1964年的11月，他们就在云盘山到大村一处较平缓处，用扛来的木材，搭了4顶帐篷、两座草房，然后从供销社牛棚那儿搬到了草房里住。11月中旬，从云南华坪那边招来的男男女女80多个年轻工人，加上吕京他们先遣队70多人，太平场及营盘山一下子热闹起来，招呼声、歌唱声、号子声此起彼伏。

为了给后面来的人创建更好的居住条件，吕京他们开始向附近的农民学习建房方法，又从供销社那儿买了几把锄头，向老乡们借来了打墙的夹板，一个月的时间，就盖出了矿区第一栋约100平方米有5间屋的干打垒房子。

"小鬼，帮我洗件衣服"

1965年3月，指挥部党委书记亓伟、指挥长张川以及来检查工作的煤炭部基建司司长范文彩等一批人，就从小宝鼎矿搬到了摩梭河，吕京见到亓伟的次数就多了起来。

吕京住的这栋干打垒房窗户正对着亓伟那房间的窗口。亓伟总看到，吕京有了空就蹲在门前洗衣服。

1965年的夏天，亓伟正从干打垒房间门前急匆匆地走过去，突然回过头来说："小鬼，帮我洗件衣服怎么样？"吕京回答："好啊。"跟在后面的秘书就跑回去，把亓伟要洗的已有一片片白花花汗碱的衣服拿给了吕京。等衣服干了，吕京看到亓伟晚上回来，就把折叠好的衣服捧过来喊道："老亓头，洗好的衣服给你。"亓伟笑呵呵地谢着吕京，问吕京："你抽烟吗？"吕京不好意思地摇摇头。亓伟接着又说："你们那儿谁没烟了如果想抽，到我屋里桌子上拿就是了，别客气啊。"为繁忙的亓伟洗衣服的事，吕京做过好几次。

那时，亓伟住房的门与大家一样，平时都是日夜敞开的。有一次发工资了，吕京刚迈进自己卧室的房门，就听到施工部有一个同事喊：“吕京，快走！”看吕京没缓过神来的样子，接着又喊：“别磨蹭了，等着你呢！”吕京一听，随手把刚发的三十几元工资放在枕头上，转身穿上工装，一溜烟跟着那人就跑了。他们到大渡口建设工地施工，中午要吃饭了，吕京上下摸兜：“哎，钱哪里去了？”旁边同事一看：“算了算了，别到处摸了，我这有。”随手就把饭钱给他付了。两天后他们乘卡车回到摩梭河，吕京的房门依旧敞开着，哈，工资一分不少地仍然在枕头上躺着，他不禁站在枕头边摸着后脑勺傻笑了一会儿。吕京说，那时候虽然大家都穷，但从没出现过东西丢失的事情。

“感谢你们、感谢群众”

有一天很晚了，被几个单位批斗来批斗去的亓伟，很累、很饿、很痛地站在摩梭河黑漆漆的公路边，浑身打战，脚步蹒跚，向还需要走很远的路才能到的大江“五七”干校方向呆望着……

正愁间，吕京从公路坡下走上来，低声说：“老亓头，拿去，照着点！”一把将手电筒递到亓伟手里。亓伟一看是吕京，接过手电筒，点点头，转过身向着黑漆漆的大江“五七”干校方向慢慢地走去。

“对了，造反派让我们明天又去‘五七’干校监视你劳动改造，你可以多睡会，晚点起来。”吕京向亓伟走的方向轻喊道。

“你们这些小鬼，三天两头地借监视我的名义来看望我、保护我，我心里有数。我老亓头感谢你们、感谢群众！”

“老亓头，可别这么说，快回去吧。”吕京向四下张望了一下，催促道。

“哎，你也回去吧，早点休息！”亓伟眼中盈满泪水，转过头匆忙离去。

3.5 殷富生的遗憾

被采访人殷富生，1937年1月出生，1965年4月调到宝鼎矿区。

那个时期的简报

1965年到1966年期间，殷富生是行政办公室文书科的科长，亓伟出去经常都喜欢带着殷富生。

亓伟是一个在办公室坐不住的人，只要不是开会和出差，大多时候他都在现场、工地。

殷富生陪亓伟去不只是照顾他的生活，每当亓伟看到工地上或者基层办公有意思的事，就让殷富生把它记下来，回来之后就出一期简报。当时出的简报大概有两个方面的内容：一个是工作简报，一个是精神面貌简报，包括好人好事。

出的这些简报中，最多的是工作内容的简报，比如：生产的进度情况，工作中的经验，以及不足之处等，要及时把信息搜集上来，做成简报发下去，供大家学习借鉴。

下基层各厂、矿、处，发现好的经验、先进事迹等，亓伟也会让殷富生赶快记下来，殷富生自己发现新现象新情况，也赶快向亓伟汇报。比如：有一次他发现几个工人在工作中，有几项比试：一个是比效率；一个是比质量；一个是比安全。每个人都把自己完成的这些指标拿出来比，就像打擂台一样。亓伟一听这事挺好，立即让殷富生写成简报。虽然说没规定简报一定天天出，可那会儿，亓伟基本不在办公室里，他总是往下边跑。所以，简报差不多天天都出。他俩即使是晚上七八点钟回来，殷富生也得赶快把整理出来的文稿交给文印员，当晚就刻好钢板油印好，第二天

金沙江渡船

上午就下发到各单位去了。经过两人长时间的接触，殷富生对亓伟的性格和办事风格相当了解，亓伟也很信任殷富生的写作能力，对他写的材料很少提出不同意见。

因为材料多，天天都要写，30岁不到的殷富生不得不熬夜，差不多一天要抽一两包烟，并且只敢抽两毛九一盒的“金沙江”。因为工资只有50多元，还要养家，殷富生后来一忍，就把烟戒了。

“文化大革命”期间，揪斗、游街、写检查、请罪、被批判、关牛棚……所有“走资派”遭受过的罪，都加到了亓伟身上。1967年盛夏的一天，造反派又把亓伟带到一个单位去接受“批判”。长时间的“喷气式”，血水、汗水顺着头发往下滴，浸湿了好大一片地皮。记不清在批判会上被“打翻在地”多少次，也记不清背上被踏过多少只脚。批判会结束后，亓伟仿佛从地狱里走过了一遭，好不容易熬到吃饭，他一步三晃，从食堂里买了2两饭和2分钱的咸菜，蹲在食堂外面的斜坡上，艰难地吞咽着。一些职工围了过来，从他们那一双双眼睛里看到了关切、忧虑、同情和悲伤。有人张了张嘴，想要说什么，但终于憋了回去。忽然，一个戴红袖章的壮汉拨开人群，大声吼道："亓伟，刚批完你，你就在这里装蒜吃烂菜，成心欺骗群众。"话未说完，一抬脚踢翻了他手里的饭碗。"啊！"周围的群众禁不住叫了起来，劳累、虚弱、病痛交加的亓伟一下晕过去了。

当时，造反派还把亓伟他们出的简报找出一堆，堆在桌子上当成了罪证，说这些简报就是资本主义那一套，不顾工人的死活，鼓动工人们怎么怎么样地拼命干活。亓伟被打成了走资派，殷富生被打成了"亓家王朝的走狗"。

后来，殷富生以及李继业等到市里"五七"干校去了，亓伟就在煤炭指挥部"五七"干校种菜、喂猪、割草、挑粪，时不时地被揪到各单位去接受批斗。那段时间亓伟戴高帽、画花脸、游街，殷富生也同样戴高帽、画花脸、游街！

殷富生的遗憾

在亓伟的眼睛里："渡口这个地方好啊！美啊！"殷富生就对亓书记说："我怎么看不出来美呢？我看到的是穷山恶水啊！"而亓伟当时就讲："我死了就埋在宝鼎山！"殷富生感叹："这里环境太恶劣了！"

殷富生回忆："当时渡口环境艰苦，亓伟已50多岁了，他却能坚持下来，这可真不容易。他是山东人，后来又工作在昆明，昆明是什么城市？四季如春，生活条件、气候条件，宝鼎矿区都没法比！亓伟当时到这里身体也有不适的地方，来了就开始便秘，长痔疮。便秘对上了岁数的人来说，比较遭罪。后来，他又把自己的一家人搬到这里来了，这个谁看了都诧异！他叫他的家人们跟着他在这里吃苦，让一家人在这里扎根，像这样的领导，到什么地方去找？谁不佩服？！"

"这不是谁有才编出来的，是实际情况的顺口溜：三块石头架口锅，帐篷搭在山窝窝。当时住牛棚、睡杠杠床……亓伟没有特殊，官兵一样，吃饭排队。"

确实如此，当时指挥部，条件很差，车只有那么两三辆，到小宝鼎检查或开会，亓伟几乎都是从摩梭河走路，翻山越岭到小宝鼎去。他的言行，哪个人看了都不得不佩服，无论谁都会自觉自愿地服他管。

勘探设计、三通一住、夺煤保电、夺煤保铁、夺煤保钢，哪一个会战都少不了亓伟的身影，哪一个会战他都要亲自坐镇。勘探设计会战，有他对矿区发展规划的智慧；三通一住会战，有他洒下的汗滴；小宝鼎会战，他搞不成就不回摩梭河！太平矿会战，组织了一个工作组，天天在那里坐镇指挥和组织劳动竞赛！龙洞会战，他已身体有病，人非常憔悴，干瘦干瘦的，却还在不要命地干。

组织龙洞会战时，殷富生陪同亓伟时说："我说老书记，身体是革命的本钱啊！"他说："我知道，多活一天能给党的事业多贡献一分力量！人生的价值，不在于多活几年，如果不能多干一点工作，毫无价值！"亓伟对待生命的态度非常从容，他说："只要龙洞早出气肥煤，我提前一年半年死都无所谓！"他说："人谁不死啊，我死了就埋在宝鼎山，我天天可以看到出铁出钢，我为能看到出铁出钢而自豪，因为那里面有我的一份贡献！"在亓伟身上看到了为革命献身的精神。

殷富生说："现在想起来我有个最大的遗憾！那就是亓伟临终的时候，我有事不在，到太平矿了解情况去了。回来后军代表梁庆康问我：'殷富生，你上哪儿去了？'我问：'怎么了？'他说：'亓书记走的时候，念叨着要见见你！'他肯定有话要跟我说，我想到这个事就心酸！"

帮助职工解决困难

殷富生从云南宣威调渡口后，爱人却在宣威安装公司被精简下放了。按当时下放的政策条件，他爱人有肺结核病，本不属于下放的对象。但因为单位的一名干部与殷富生的关系不好，就把他妻子下放了。

为了照顾有病的妻子，为了照顾孩子，殷富生后来把妻子和孩子接到渡口摩梭河来了。看到殷富生跟着自己那么辛苦地工作，有一天亓伟就问殷富生："你有什么困难没有？"军代表也说："像他这种情况应该给他涨工资，他是工作上挑大梁的，50来块钱怎么维持生活？"后来领导们就在常委会上提出来了，有人说涨工资是政策问题，不能动的。又有人说殷富生老婆是在宣威安装公司下放了的，她原不应该下放，可是这个事一直没解决。在亓伟的关心下，渡口第四指挥部出面，到云南省煤管局去交涉这个事，后来就把殷富生妻子的工作恢复了，调到渡口第四指挥部上班了。

3.6 董世民的眼泪

被采访人董世民，1942年12月出生，1967年分配到宝鼎矿区。

1968年的清明节前，住在云盘山干打垒木地板楼房二楼的董世民，正趴在床前用井下废备板、旧檩子钉的桌子上，准备出一期有关毛泽东家里为革命牺牲的六位亲人为主题的墙报。

这时，有人推开虚掩着的门走了进来："你是不是小董？"董世民一愣，有些怯生生地回答："是！"进来的人又说："我是亓伟。"虽然董世民大学毕业刚被分配来矿区没多久，正在当见习技术员，还没见过亓伟，但是他听说过，亓伟是矿区最大的"走资派"！望着戴着深蓝色帽子、个子高高、背有点驼的亓伟，心想他可是矿区最大的官啊！董世民有些情怯，不知道他有什么事。

亓伟打量着屋内，随意地坐在了董世民的床上，跟董世民唠起嗑来。亓伟问："楼下房头墙报上的大字报是你写的吗？"见董世民点头，亓伟称赞："写得不错啊，很有文采！"董世民不好意思地低头说："那是在学校时，了解到的'文化大革命'的背景、意义、方向结合来到渡口宝鼎矿区的一个表态。"亓伟又问："你是什么时候来的？从哪所学校来的？"董世民回答："我去年12月26号那天到的。我是西安矿院毕业的。大学同班同学有4个一起来了，有个分到了二连，有个分到了四连，还有个分到了六连，都分到基层了。"亓伟说："好呀，煤矿建设需要你们这些大学生。这个地方是毛主席、党中央很关心的地方。" 亓伟停了停又说："毛主席说攀枝花不是钢铁问题，是战略问题，建设不好攀枝花，他睡不好觉。前年彭德怀也来过，还下井视察了！你看这地方重要不？！"

亓伟又说："'文化大革命'是毛主席发动的，我们都要积极响应并积极地投入到这场运动中去。虽然这场运动有一些不恰当的做法和被一些别有用心的人所利用，但是，出发点和想达到的目的是正确的。当然，这也是中国革命建设的一个阶段性的运动，国家还会朝着更好的方向发展！墙上的大字报，你要好好地办！”

亓伟跟小董聊了有一个多小时，讲了许多董世民从前不知道的事情和新词，比如什么：大三线建设，得天独厚等。亓伟扭头看到床头那边水桶里装着的浑浊的水，就问：“小董，你们喝这个水恐怕不行吧？”看着董世民一脸无奈的表情，亓伟接着又说：“我有办法。”董世民问：“啥办法？”他说：“用白矾。”

午休后，董世民又开始趴在桌子上写大字报。有人侧身走进门来，他一看又是那个高大的身躯，手里拿着拳头般大用报纸包着的东西递过来：“小董，拿去，每次放一点，在水里搅一搅，水就清了。”

董世民用惊诧的眼光望着亓伟。亓伟擦着额头上的汗说：“我路过，顺便就给你带来了。”小董接过白矾，心里不由地想：这老头从指挥部摩梭河那边过来，这滚热的天气，要走一里多地才能到这里。听说他被批斗已停止工作一年多了，却专程给我送白矾来了！自己家住陕西，从没到过远的地方，在这偏远的荒山野岭搞建设，却有人把自己这么当回事！眼泪不禁一下子在眼圈里打起转来。

亓伟又坐了一会儿，问：“小董，想家没有？”董世民眼眶一下有些红润，点了点头，又摇了摇头。亓伟又问：“你们还有啥困难？”董世民感激地回答：“没啥困难。”亓伟把董世民的被子角摸了摸、翻了翻：“嗯，攀枝花是亚热带气候，夏长冬短，而且冬天不冷，你这被子虽然薄了一点，但是过冬问题不大。”

从亓伟的嘴里，董世民又知道了关于这里的一些新词。董世民当时还是一个穷学生，刚到一个新单位，啥也没有，许多事情也不知道，亓伟就像慈祥的老父亲一样，让他心里那个暖和那个安稳！

当时亓伟被打成矿区最大的“走资派”，董世民把亓伟来看过他、给他拿白矾这个敏感的事，埋藏在心里好多年。等政治环境好转了，董世民才敢跟同学说起这事。同学们听了一惊，还有这么个事！

后来，几个同学都调回西安了，董世民却一直留了下来。他以攀枝花为自己的第二故乡，以当年亓伟的嘱咐为动力，结了婚，在矿区成长为科长、处长和副局长。董世民一直重视对大学生的关爱和培养，当时由于各种原因，很多单位不愿意拿钱送想学习深造的人到北京煤干院学习，而他却送出去好多个。

对亓伟，董世民至今念念不忘，接受采访时，忆及当年在矿区青春燃烧的峥嵘岁月，好几次禁不住潸然泪下。

3.7 吃下带毛的猪肉

被采访人卢义，1935年5月出生，1967年3月调到宝鼎矿区。

被采访人王桂荣，卢义夫人，1942年3月出生，1970年来到宝鼎矿区，原龙洞煤矿“五七”连指导员。

1970年3月，亓伟重新走上领导岗位，任煤炭指挥部革委会副主任。头一天恢复职务，第二天就去龙洞参加会战。为了在规定的时限内开采出气肥煤，确保攀钢“七一”出铁，指挥部成立了会战领导小组，亓伟任组长。

时间紧，任务重，首先要解决的就是人员问题。卢义当时正在所谓的“学习班”参加学习劳动。亓伟对卢义有印象，因为之前卢义和亓伟在摩梭河指挥部时住的是一间房，卢义曾经有问题请教过亓伟，两人还在“学习班”一起参加过学习。亓伟把卢义调到龙洞，让卢义先到龙洞矿供应科工作。有一天，卢义接到通知，要去小宝鼎矿开供应工作会，路过指挥部时，站在二楼上的亓伟叫住了他，问明事由后，让他赶紧收拾东西，先去一趟昆明，说参加会议的人员另派。卢义一时没明白，亓伟问：“你不是搞采煤的吗？”卢义答：“对呀！”亓伟说：“你继续从事采煤工作。我们才从东北老矿区调来一批采掘工人，你去昆明接他们，我马上安排车。”卢义下午3点钟出发，为了节省时间，汽车由两名司机轮流驾驶，当晚就赶到了昆明，住在火车站附近。工人们陆续到了，他们来自辽宁本溪和阜新。

工人接回来后，亓伟找卢义谈话，让他组建二连，并担任指导员。二连负责采煤，负责掘进、洗煤、通风的连，也相继组建。

那时生活条件很艰苦，住的是席棚子，喝的是用白矾澄清的金沙江水，主食是玉米面窝窝头，蔬菜几乎没有，偶尔吃的猪肉毛也没有处理干净。有些人吃不惯，就把只吃了几口的窝窝头和带毛的猪肉扔掉了。从不开小灶，一直在食堂与大家一起吃饭的亓伟，看到这种现象，在全矿召开的一次干部大会上，教育大家要发扬艰苦奋斗的精神，他说："窝窝头味道是差了一点，但总比革命战争年代，什么吃的都没有要强！"他又说："猪哪有不长毛的，不吃肉怎么来的精力，摘掉毛或者闭着眼睛吃下去也没什么大不了的。"后来，亓伟还几次下到连队做思想动员工作，向大家讲攀钢出铁的重大意义和气肥煤对于保证出铁的重要作用，号召大家一定克服困难、不辱使命。

一次吃饭，亓伟夹起一块带毛的猪肉，特意给同桌的人看了看，然后当着大家的面就吃了下去，不过吞咽时表情有些难受，那天的窝窝头也没吃几口。亓伟解释说："下咽困难不是因为猪肉和窝窝头的问题，是我嗓子发炎一直有些不舒服，今天特别难受。"亓伟一再强调，生活上的困难是暂时的，领导小组正在积极想办法。

大家认为亓伟太累了，嗓子又发炎，劝亓伟要注意身体，并说各连队会议已经把艰苦奋斗精神传达到每个职工心中了，大家吃东西已经不再挑三拣四。亓伟眼睛有些湿润，点了点头，又说会想办法尽快改善大家的生活。

会战期间，大家不分白天黑夜地干。卢义每天开3次班前会，早上7点给早班开，下午3点给中班开，晚上11点给晚班开。每次开会都首先强调安全，然后安排工作。早上通常不吃早饭就赶去开班前会，晚上12点以前回不了家。回到家，妻子王桂荣就立刻给他热饭，每天吃完晚饭都已是凌晨一两点了。当时他最大的希望，就是能吃上几口新鲜蔬菜。

各个连队开办了自己的食堂。但是因蔬菜产地较远，运输条件有限，蔬菜供应始终是个难题。亓伟思考再三，决定效仿南泥湾，率先在采煤队发动大家自力更生。

下班之后，大家就以班为单位，每个班负责刨一块地。为了给大家鼓干劲，亓伟让大家组织边刨地边拉歌的比赛，每个班轮着唱，开荒场面热火朝天。探亲回来的职工带来了菜籽，在地里种下了黄瓜、番茄、莲白等各种各样的蔬菜。他们还建了猪圈，挖了鱼塘，放养了牛羊。养殖从无到有，采煤连的蔬菜、肉制品供应困难逐渐缓解，大家在生产上的干劲更足了。后来在全市的"渡口基本建设经验交流大会"上，卢义做了经验介绍，还领回了一面印有"自给自足"字样的大红锦旗，全连上下喜笑颜开，都称赞亓伟领导有方。

生活改善了，生产不但没有耽误，反而得到了促进，看见在采煤连取得了成功，其他各连也进行了推广。

20世纪70年代初丰收季，王桂荣（中）、房桂芝（右）

亓伟在煤炭指挥部总医院住院期间，卢义还去看望他。病床上的亓伟人很瘦，脸凹下去，颧骨突得老高，但精神状态还可以，详细地询问了龙洞的生产情况。卢义后来才知道，那天他吞咽困难根本不是因为嗓子发炎！

3.8 “人闲了更会生病”

被采访人李锁栓，1944年6月出生，1970年8月分配到宝鼎矿区。

1971年5月，亓伟吃东西感觉吞咽特别困难。他发现这种感觉已经有很长一段时间了，然而紧张忙碌的工作使他无暇顾及自己的身体。可这段时间，他只能吃稀饭，觉得实在难受，他才到指挥部总医院看病。

到了医院，发现病人很多，亓伟便和大家一起排队等候。内科主任杨世铎看见亓伟站在那排队，便对亓伟说：“亓书记不用排队了，您工作那么忙，那么辛苦，先过来我给您看吧。”亓伟当即拒绝了，他对杨世铎说：“工人下井干活，时间长，比我还辛苦，我不能搞特殊，挂号排队看病最好。”

后来，轮到亓伟看病了。杨世铎说：“亓书记久等了。”亓伟连忙与杨世铎握手，并说道：“大家都在排队嘛，我不能搞特殊，病人都是平等的。”周围的病人和护理人员目睹这一切，都对亓伟投以敬佩的目光。

亓伟坐上诊断椅后，对杨世铎说近段时间吞咽困难，吃不下，睡不好，说完又问：“我是得了咽炎吧？”杨世铎看亓伟很是消瘦，便让亓伟喝水，一共看他喝了3口水，从亓伟咽水速度的快慢，杨世铎判断出他食道狭窄，建议他住院诊疗。进一步确诊，亓伟已是食道癌晚期。

亓伟在北京做完手术，去了一趟昆明，然后回到矿务局总医院住院。住院期间，他的身体更加消瘦，精神很不好。但在身体条件允许的时候，他会在医护人员的陪护下走出病房，到门诊看一看，同李锁栓聊聊天。

那时候，李锁栓年轻好学，工作积极。而亓伟最喜欢肯学肯钻、热爱工作的人。李锁栓分到医院不久，便知道了亓伟的名字，听说了亓伟的事迹。但他没想到与亓伟见面是在医院。

在医院亓伟对医生说：“我想到医院门口看看。”医生都知道，他是想走到医院门口，看看宝鼎矿区，看看来来往往的矿区人民。他身体病了，可他的心里还装着宝鼎矿区的开发建设，他想看到出煤出钢。他和医生聊天，总是时不时地自言自语道："矿上是没法去了。"李锁栓觉得他的口气有种"世事未尽，我已苍老"的遗憾。矿上的生产建设怎样了，他只能听大伙汇报。

医院的医护人员都劝亓伟多在病房休息，亓伟总是摆摆手，说他是一个闲不住的人。他说："人闲了更会生病。"亓伟无论在哪儿，都喜欢和年轻人打交道。

有一回，亓伟见到李锁栓，李锁栓同他打招呼，他却一下子记不起李锁栓的名字了，他敲敲自己的脑袋，感叹："瞧瞧我这记性。"

李锁栓笑着说出了自己的名字，对亓伟说："你的脑袋尽装着生产了。"

"不对！"亓伟反驳道，"我虽没能叫出你的名字，但你是煤炭医学院毕业的，这个我没记错吧？"

"嗯，学临床的。"李锁栓点了点头。

"矿区建设发展，你们医疗战线也很重要。年轻人就要多学习医学知识，多钻研业务技能，为矿区职工解除疾病。"

"我这病是没希望了。"亓伟感慨着，"只要你们肯努力，现在有的大毛病将来也没什么大不了的。"

这时，亓伟饶有兴趣地聊到了中华人民共和国成立后防治血吸虫病的话题。

中华人民共和国成立初期，全国有一千万余血吸虫病患者，一亿人口受到感染威胁。严重流行区，由于患病者相继死亡，人烟稀少，十室九空，田园荒芜，造成了"千村薜荔人遗矢，万户萧疏鬼唱歌"的悲惨景象。中华人民共和国成立后对血吸虫病进行了大规模的群众性防治工作，取得了很大成绩。亓伟谈到学习和工作，总有说不完的话题。直到疲倦了，才回病房休息。

亓伟回病房后，李锁栓感慨地说："亓伟书记真是宝鼎矿区的好书记，过去常听说他热爱工作，不搞特殊，爱才惜才，这次领教了。"

李锁栓最终没有辜负亓伟的叮嘱，他把亓伟的话深深地印在了心上，通过勤学苦练，他的医术越来越精湛，后来担任总医院外科主任、院长。

"我们的事业要后继有人啊"

谈起亓伟在指挥部总医院治病的那一桩桩往事，李锁栓感慨万千：

“亓书记是走到哪里，都把群众装在心里啊！”

是他，为了减轻一个老年病员的痛苦。把大夫们请在一起，商量治疗的办法。他说：“要好好想想办法，给他把病治好。就是治不好。也得设法减轻他的痛苦啊！”

是他，为了减轻医院职工的家庭拖累，支持和帮助医院筹建了托儿所，解决了医院长期未能解决的问题。

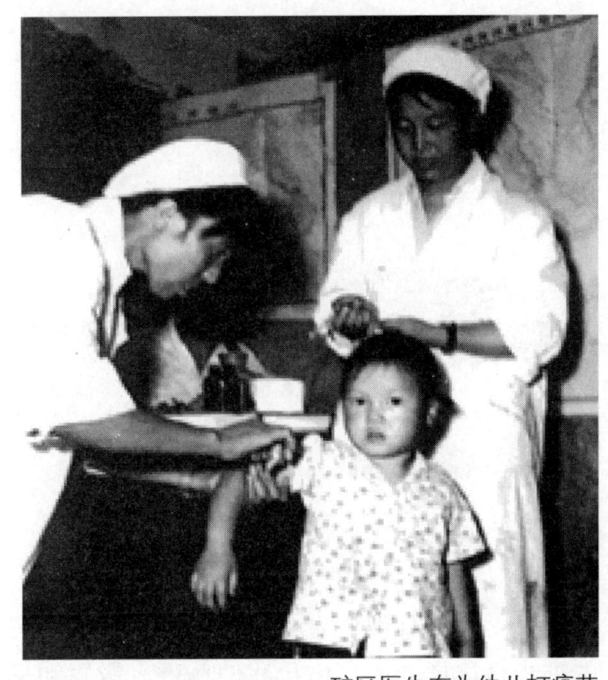
矿区医生在为幼儿打疫苗

是他，时刻关心病号的伙食，经常让食堂厨师把同志们送给自己的鸡蛋、鲜鱼做给病号吃。

一天晚上，护士发觉亓伟嘴唇发紫、脸色发青、昏死过去。经过一阵急救，吸出了堵在他咽喉里的浓痰，使他脱离了危险。亓伟苏醒后，若无其事地对医生说：“抢救这买卖不太复杂嘛，你们要教给护士，使大家都能做。”事后，他把内科杨主任叫到床前，语重心长地说：“你年岁大，技术好，要打破医护界限，实行医护结合，要好好培养人才。我们还能活多久呢，但我们的事业要后继有人啊！”

亓伟的病情一天天恶化，而他无时不在关心宝鼎矿区和“大三线”建设。他对前往医院看望他的领导说：“我最遗憾的就是攀枝花没建好就倒下了。”

亓伟病情恶化的消息很快传遍了矿区。矿区的领导、干部、职工和家属纷纷前来医院探望。为了不影响他休息，医生只允许探望的人通过门缝瞧瞧，他听到门外轻轻的脚步声，便说:“让他们进来吧，我正想看看大家啊！”

门开了，他强支起身子，吃力地抬起右手向大家致意。大家围在床前望着他苍白的脸，不禁泪如泉涌。

他笑着，断断续续地说:“同志们不要难过，我不要紧，望你们把攀枝花建设好……”

3.9 “就是要坚持”

被采访人李景阳，1943年8月出生，1965年5月调到宝鼎矿区。

为了坚持真理，为了坚持正义，为了坚持人民的利益，为了坚持社会的进步，这样的人，值得我们尊重、敬佩和学习。在我们宝鼎矿区建设的初期，亓伟书记就做到了几个坚持——

坚持扎根江南岸

亓伟坚持了煤矿建设指挥部机关的选址。1964年11月30日在云南省煤管局召集会议，决定成立“宝鼎山煤矿建设指挥部”，亓伟任党委书记，张川任指挥长。1965年3月初，指挥部机关从小宝鼎煤矿迁到摩梭河。其间曾进行过几次讨论，按照宝鼎矿区工业布局，煤矿建设指挥部机关设在金沙江北（现格里坪洗煤厂址），煤炭生产矿井设在金沙江南。当时的领导班子内，有些人赞成，有些人反对。反对方以亓伟为首。亓伟认为，指挥部机关应该离煤矿近、离井口近，方便下现场，方便职工群众来机关办事，再说，也符合当时先生产后生活的建设策略，符合当时交通状况。当时去宝鼎矿区，要么从省道310金沙江北岸坐轮渡到对面陶家渡进入矿区；要么就从小宝鼎煤矿翻过大宝顶山，再下山到太平或陶家渡等地。

亓伟有次从太平矿回来的路上，对身边人说：“我以前是带兵打仗的，打仗从来都是要靠前指挥。把指挥部搬到格里坪，交通、生活的确要方便一些。但是，煤炭大多储藏在江南，在江北指挥江南开矿、建厂，来来回回还得坐船，还是不方便。”

去摩梭河沟洗澡时，他接着对大家说：“干革命是一个先苦后甜的过程。现在，一切应该以生产建设为中心，生活和交通上的困难是可以克服的。等以后生产建设搞上去了，我们矿区也会修砖房，还修通往江北的桥梁，我们将有自己的电影院，有自己的大商场。”亓伟的话让大家深受鼓舞，干劲更足。

最后，亓伟等人的意见得到了多数人的支持，煤矿建设指挥部机关选址定在了离太平矿较近的摩梭河。

坚持索道运输

关于如何更好地解决宝鼎矿区煤炭运输的问题，在1965年，当时讨论的有三个方案：第一个是用铁路运输；第二个是用汽车运输；第三个是

运煤索道

用索道运输。因为干打垒房间没有较大的会议室，就在外边搭了个大席棚子，参加会议的领导有指挥长张川、副指挥长苏汉任、黄旭东、王英，还有康玉发、韩国陈等人。

大家在席棚里面都提出自己的看法和依据，讨论啊、争论啊，很激烈，讨论了好几天！因为当时国内汽车工业发展滞后，会上基本形成了两种观点：以张川为主的坚持修铁路；以亓伟为主的坚持修索道。亓伟从深刻理解毛主席“建设要快，但不要潦草！”“备战备荒为人民”的讲话精神出发，认为用索道运煤，是在空中，飞机炸不掉，也炸不着索道、煤斗、钢丝绳。铁路容易被炸坏，而且炸坏了不好抢修！加之宝鼎山沟壑纵横，落差较大，建索道比修铁路的优势明显，由于亓伟的极力坚持，大家不再争论，最后方案报请渡口总指挥部被批准，决定用索道。

也正因为亓伟的坚持，宝鼎矿区先后建有太平矿、花山矿、小宝鼎矿、大宝顶矿至巴关河洗煤厂以及巴关河洗煤厂和格里坪洗煤厂排矸索道。

坚持自己不是“走资派”

亓伟坚持自己不是“走资派”。1966年12月26日，亓伟被停止工作。1967年1月20日，亓伟被第一次批斗。1970年3月15日，亓伟被任命为煤炭指挥部革委会副主任，他在矿区被批斗无数次，罪名就是“走资派”。当每次戴着纸糊的尖帽子，或被强迫弯腰90度，或被强迫跪下低头“认罪”时，或被踢打推下舞台，或被关在小黑屋被询问时，他都坚持说：“可能我工作上有失误，但我不是走资派。”是的，坚持建设好矿区，坚持发展好生产，每天大量烦琐的工作，怎会没有失误！“攀枝花建设不好，我睡不着觉！”这是毛主席说过的话，亓伟始终牢记！

坚持锻炼年轻人

亓伟无论走到哪里，都喜欢和年轻人打交道，关心年轻人的成长。他说年轻人思维活跃，富有朝气，是矿区建设和发展的希望。

当时从事团委工作的20来岁的李景阳和亓伟住在同一栋干打垒的隔壁屋，屋子隔音效果很差，大家也没有什么小秘密。休息期间，李景阳他们在这边说笑，亓伟在那边听见了有时也会跟他们一起呵呵呵地笑。

亓伟有时也会来李景阳屋里坐一坐，给团委的小青年们开开会。亓伟让年轻人平时不要叫他书记，叫他亓伟、老亓都行。李景阳总觉得这样不够尊敬，有次喊了一声“亓老”。亓伟听了，收住了脸上的微笑，严肃地告诉李景阳：“某老可不是随便能喊的，只有资历很老，德高望重的人才称得上‘老’，比如众所周知的‘延安五老’。”

李景阳一时有些尴尬，不知所措地望着亓伟。亓伟拍拍他肩膀：“我就是一名普通的干部，不过是年纪稍微大了点，你们干脆叫我老亓头，这样大家还亲切些。”

在小宝鼎指挥“夺煤保电”的时候，亓伟经常带机关人员下井，有时一去就是十几个人。李景阳第一次下井，没有什么经验，不会穿戴劳保矿工服，一行人都在等他。那时的矿灯大，灯盒重，压得李景阳头也疼，腰也疼。走在大巷里，感觉还将就，爬了一段上山掌子面，李景阳就有点吃不消了。升井到了地面，亓伟鼓励李景阳：“别灰心，加强锻炼，你一定能行。”在小宝鼎矿待了一个月，李景阳学会下井了。

当时煤炭指挥部对外称“四号信箱”，除了负责矿区的建设，还要指导和兼管矿区周边农村开展“四清”运动。亓伟同李景阳的父亲商量，让李景阳到太平乡修水库，搞“四清”运动，接受锻炼。李景阳当时体格并不好，体重才90斤。亓伟亲切地嘱咐李景阳：“年轻人要能文能武，去那里后不能拈轻怕重，要把自己晒黑点，锻炼结实点。”

亓伟对大家的要求很严。每天早上，他自己带头，要求机关人员集合出操，谁要是无故不来，谁就会受到批评。有一天他发现团委的小铁没来集合。小铁是个女孩子，才参加工作不久，字写得很好，经常为指挥部办的《愚公报》刻钢板。“不像话，年纪轻轻的，就开始纪律涣散。”亓伟有些生气。收操后，亓伟让李景阳找小铁，板着脸问原因。当得知小铁头天晚上刻钢板刻了个通宵时，亓伟不好意思地笑了笑，立即向小铁道歉：“以后晚上刻钢板，记得给李海渠说一声，免得我又上门兴师问罪。”他想了想，又说：“要尽量出操，毛主席说了，身体是革命的本钱。”

事后小铁对李景阳讲：“老亓头并没有别人说得那么厉害嘛。”

3.10 “篮球要打，菜要种”

被采访人李树海，1938年1月出生，1965年5月调到宝鼎矿区。

字画蛮好嘛

1965年5月李树海第一次与亓伟面对面。当时李树海正在摩梭河指挥部写黑板报，总觉得背后有人在干什么，一回头，就瞥见有个老头站在身后，嘴里还念念叨叨。这老头长得有些魁梧，胖头大脸的。天很热，李树海想赶紧写完收摊，没想到忙中出错，错了一个字，就转过身去拿黑板擦。奇怪，黑板擦不见了。

“你要哪样？”

“黑板擦，就放……”

“这。”老人家还没等李树海说完，就把黑板擦递了过来。李树海只是点点头，算是表示谢意了。那时不讲究“五讲四美”，点个头就不错了。没过一会儿，后面又说话了：“有两把刷子嘛，字画蛮好嘛。小鬼是哪个部门的，我咋没见过你？”

“我是……”李树海有点儿洋洋得意，正想往下说，老头却开口了。“你到指挥部上班咋样，就写黑板报，别的不要干了。”

“你说了不算数，我还要办《愚公报》呢。唐部长已把我调来了。”

“晓得喽，你是和李海渠那小子一起办报的嘛。我可要进你一言，你跟着他要学好，莫学他的臭脾气。他倔起来嘛，像头驴子，拉都拉不回。”弄得李树海丈二和尚摸不着头脑。后来得知，李海渠曾任过亓伟的秘书，两个人非常要好。当时只有李海渠敢和亓伟顶撞。

“好好干，快些干，写好了我还要来看。”亓伟最后留下一句话，走了。

篮球要打，菜要种

相隔两天以后，是个星期天，共青团书记组织青年参加义务劳动——修篮球场。

当时的指挥部在摩梭河下游地段，几乎没有平地。这球场只能在靠路旁的斜坡上修半边，也只能设一个篮球筐。十几个年轻人挥汗如雨般地奋战一上午，终于垦出一片长约5米，宽不足3米的平地出来。大家那个乐，就甭提多高兴了。跳啊，蹦啊，玩命地瞎折腾，目的是踩平新开出来的土地，好架设篮球架子。

不知何时亓伟来了，站在下面笑呵呵的，突然他大声问：“你们在干哪样？”

团委书记赶紧跑过去回答：“我们在修篮球场，自己动手，丰衣足食嘛。”

“自己动手，丰衣足食，好啊，篮球要打，菜要种。”亓伟说完转身就走，没走几步就回来了。

矿区简易篮球场

小宝鼎矿职工篮球队

“这么好的一块地，咋个不种菜哪，现在大伙缺的是菜啊！”

说完这话，亓伟走了，边走边唠叨，种筒筒菜，种小白菜……团委书记像挨了一闷棍——垂头丧气地说，完了，白忙活了。没想到事情有了变化，据说是李海渠和他斗了一阵嘴，拯救了这个球场。

后来，这球场发挥的作用可大了：白天开会做主席台，晚上放电影。放电影时路上和坝子里坐满了人，两面全能看；有时开讲演大会，搞联欢晚会，它又是最好的场地了。

不行，你换个人去噻

有一天李树海到唐部长办公室去取稿件，见亓伟正和他谈话，不便打扰，未敲门，却隐隐约约听到亓伟说：“不行，你换个人去噻。”这是领导之间的事，李树海就没有在意。第三天后的上午，唐殿阁部长气势汹汹地到李树海的住处，对李树海说：“小李子，你赶紧搬行李卷儿走人。”

“我……让……我上哪？”李树海以为自己犯了啥错误，要被送回原单位。

“上哪，你小子这下可高升了，升到渡口总指挥部去了。”

“唐部长，你和我开玩笑吧，这怎么可能……”

“谁有闲工夫和你开玩笑，下午有去渡口总指挥部的车，你赶紧去，到《火线报》报到，要不我又得挨批。”

渡口总指挥部接待李树海的是一位姓郭的科长，东北人，见面用异样的眼光瞥了李树海一眼，漫不经心却也笑嘻嘻地问：“你见过刘续伟吗？”

“见过，前几天他在“四号信箱”和我睡过一张床。”

“啊，这就对了。嘻嘻，你们指挥长和我玩了个偷梁换柱的把戏，总指挥要的是你，来报到的却是一个姓肖的同志，我可不敢张冠李戴，立马把他退回去了……”

原来都是亓伟自己惹的祸。在一次研究改善职工业余生活会上时，他大发感慨，说他们办了张小报《愚公报》如何发挥作用，又说钢板刻得很好等，说者无意，听者却留了心。因为总指挥部也办了张油印小报《火线报》，是山东车队刘续伟在主持，可是他要回山东了，走前要有人接替。说来就那么巧，他下去采访就和李树海住在一起，刘续伟对李树海发在《工人日报》上的木刻极感兴趣，就暗中摸了底，回去后就立马推荐了。

当时会上，亓伟二话没说，行。就这样把李树海给圈定了。回去后一打听原来李树海就是那个写黑板报的人。亓伟惜才不愿意放，就换了那位姓肖的同志去报到，最终也没换成，就这样，李树海成了四号信箱调往渡口总指挥部机关的第一人。

第四章

走进内心
亲人的思念

4.1 “他的性格我了解”

亓伟和陈书兰是一对革命夫妻。陈书兰是山东文登人，1923年生，1942年参加革命工作。

陈书兰家境好，人漂亮，字也写得漂亮。她和丈夫亓伟一样，是知识分子，两个人观点一致，理想相同，在处理家里家外具体事务方面，从来都是夫唱妇随，心心相印。在亓鲁光、亓鲁明、亓鲁杰三个孩子看来，父亲无论是从济南到徐州，从徐州到昆明，还是最后从昆明到攀枝花，能够没有后顾之忧，放开手脚地去开展工作，这与母亲在背后默默地付出、支持是分不开的。用女儿亓鲁明的话说：“既是父亲的事业成就了我的父亲，也是我的母亲成就了我的父亲。”

徐州以前的事情，三个孩子因为年纪小，记忆不是太清楚。

从徐州到云南这一段，亓鲁明依然记得。亓伟先走，陈书兰就领着鲁光三人，带着个装有行李的箱子，还小心翼翼地保管着两支手枪（当时亓伟和陈书兰都有配枪），随后到达昆明。

具体路线怎么走的，亓鲁明说不清楚，大概记得到了一个地方，总是下雨，孩子们想下阁楼走走时，母亲陈书兰让他们不要下去，说鞋子打湿了就没有换的了。他们穿的是布鞋，在徐州时保姆给做的。多年后，亓鲁杰出差办事，感觉似曾相识，才告诉姐姐亓鲁明，当年他们路过的地方应该是贵阳。徐州到昆明，行程几千公里，孩子们都很累，而且水土不服，亓鲁杰有些闹肚子。招待所休息的时候，孩子们表示很怀念在徐州的日子。母亲陈书兰只是轻轻地说了一句：“爸爸在昆明。”她和亓伟一样，同子女说话时总是轻言细语，孩子不懂事，她就用眼神告诉孩子什么事情可以做，什么事情不可以做。

到了昆明后，亓鲁明记得那是1960年，国家经济出现困难，毛主席带头降工资，号召各级高干也跟着降，亓伟作为当时的省煤管局负责人，自然没有例外。当时陈书兰虽然是煤管局下属单位的干部，但没有达到下调工资的规定级别，但亓伟对陈书兰说：“我们是双干部家庭，虽然你没在下调工资的规定级别，但是现在国家困难，你也少拿一点国家工资，对家里的生活影响不大。”陈书兰欣然答应，于是她主动申请降了一级工资。

亓伟到攀枝花支援三线建设的时候，陈书兰一边照顾着家庭，一边忙着工作。而她那时已经是云南省物资局煤焦公司的经理了。

1967年，亓伟在攀枝花受到了不公正的批斗，陈书兰和三个子女也遭到冲击。当时陈书兰带着三个子女住在云南省煤管局的老宿舍，一共有三间房，造反派把他们全部驱离。陈书兰被关了牛棚，亓鲁光到保山下乡，亓鲁明和亓鲁杰各自东躲西藏。毕竟还有敢说话的老同志，提出拿出一间房子给陈书兰他们住，另外两间房子给造反派住，说这样便于监视陈书兰，造反派同意了，陈书兰和亓鲁明这才有了落脚之处。慢慢地造反派也嫌麻烦，在屋里待烦了，就撂下陈书兰母女出去“闹革命”。这样一来，屋里相对自由了，但外面仍然不安全。

物资公司有一位搞保卫的同志，陈书兰外出时，因为担心有人加害于她，就总是跟着她，暗中对她进行保护。有一回，陈书兰才到家一会儿，那位同志突然跑来敲门，问陈书兰回家没有。亓鲁明以为哪一派又要来揪斗母亲或者抄家什么，害怕极了，她努力保持冷静，坚称母亲没回来。陈书兰听出是那位同志的声音，走出房门。那位同志说：“您回来我就放心了。”原来那人在路上跟着时，思想打了一个岔，抬眼一看，陈书兰走出了视野。那位同志走后，陈书兰给亓鲁明说明了情况。亓鲁明心有余悸，很为父亲亓伟的处境担心，陈书兰平静地安慰女儿：“爸爸不会出什么事，这个世上还是好人多。”

在孩子们的心目中，母亲陈书兰是一个知书达理，坚强乐观的人。亓鲁明只看见母亲伤心地哭过两回，第一回是陈书兰最疼爱的弟弟，也就是亓鲁明的舅舅大学快毕业时，生病去世；第二回就是那位暗中保护她的同志突遭车祸。

几经波折，亓伟职务恢复了，却慢慢病倒了。去北京就医时，亓伟提出要孩子们一起去，因为孩子们没去过北京，而且自己很可能从手术台上下不来，希望孩子们到时能在身边。陈书兰当时转告孩子们时，只是说顺便去北京走一走、看一看，对亓伟手术可能失败的事情只字未提。她希望孩子们面对现实，但又不愿意孩子们活得太沉重。

后来，为了满足亓伟迁家到攀枝花的心愿，也为了照顾亓伟，陪丈夫度过最后的时光，陈书兰很快就和孩子们来到了攀枝花。组织上安排她担任渡口煤炭指挥部总医院党委副书记，从级别上讲，比她在昆明的职务低了不少。组织上问陈书兰有什么想法没有，陈书兰只是说，只要能和亓伟在一起工作就很好。

20世纪70年代初期，亓伟爱人陈书兰（后排右四）与矿区妇女代表合影

亓伟不顾病情，依然忘我地工作，经常咳嗽不止。子女们心疼不已，让母亲劝一劝父亲。陈书兰摇了摇头：“由他去吧。他的性格我了解。我们把各自的事情做好就行了。”她一直很理解丈夫，知道丈夫是个什么样的人。

亓伟终于累垮了，躺在病床上，状态一天不如一天。他叮嘱陈书兰，不到最后时刻，尽量不要让孩子们来看他，他不想把自己痛苦的一面留给孩子们，陈书兰答应了。

1972年3月25日下午，家里突然来了台车，来人说是叫亓鲁杰办点事，车开到了总医院，外面很多很多人，姐姐亓鲁明也在那里。医院封住大门口谁都不让进去。

亓鲁光是大女儿，又在医院工作，就陪母亲陈书兰留在病房里。亓伟全身插着不少管子，处于昏迷状态，医生问要不要喊醒，陈书兰摇了摇头。等到夜里两点，医生宣布亓伟去世，陈书兰就让亓鲁明和亓鲁杰进去了。虽然早有心理准备，但此时三个孩子仍然接受不了这个事实，哭得很伤心。陈书兰就告诉孩子们：“打仗的时候，一群人出去，一场战役，很多人都牺牲了，那时候，你能不去作战吗？跟你爸爸一起出来参加革命的同志已经牺牲得没剩下几个了，你能每次就在那儿掉眼泪哭吗？”至今几个孩子讲起这段回忆，仍然对母亲肃然起敬，他们的母亲是多么坚强的女人啊！

那年亓鲁杰才十多岁，没办法理解死亡，母亲对他说：“生活还是得往下走，还得自己扛过去。”

亓鲁光当时在医院工作，有一个单纯的想法，学医给父亲治病，但是亓伟的离世，使亓鲁光为自己无法亲手治好父亲的病感到遗憾。陈书兰鼓励她好好学习：“爸爸虽然走了，但是还有其他等你看病的人。”亓鲁光听后，奋发努力，当年考入了成都中医药大学。

亓鲁明到了谈婚论嫁的时候，她告诉母亲，说自己的对象只是普通家庭的孩子。陈书兰说：“没关系，只要你觉得合适就行。”

陈书兰从来不显露自己的功绩，而是站在亓伟的身后，默默无闻地工作，平平实实地做人。丈夫亓伟去世后，很多场合，大家称陈书兰为“亓伟夫人”，亓鲁杰常常为此感到有些不平，他认为，母亲出身书香门第，姥爷1927年就参加了革命，有个舅舅16岁参加革命，母亲自己也曾独当一面，资历也很老，只是被父亲的光芒遮挡住了。

1972年3月，亓伟夫人陈书兰在亓伟追悼会上致辞

2005年6月，陈书兰去世，女儿亓鲁明的悼词这样写：

“妈妈，您很温柔却无比刚硬，父亲的早逝，是您承受的巨大的悲痛，因为您温存的母爱抚慰着我们受到重创的心灵。您用柔弱的双肩支撑着我们，用刚毅的品质让我们学会了刚强。让我们在人生道路上能从容面对各种波折，您是一个坚定，乐观，博爱的人。您一生对人对事豁达开朗，宽大为怀，能包容和化解一切不和。非常时期对您身心的伤害，没有摧毁您的信念，您依旧将爱带给您身旁的每一个人，我们从来没有听过您对世事不公的抱怨……妈妈，您一生勤俭、清贫，但从不以自己老革命的身份向组织提出任何要求，您没有留给我们什么物质财富，却留给我们巨大的精神财富，留在我们心中的是一个坦坦荡荡、光明磊落、高风亮节的伟大的母亲形象……”

念到这里，亓鲁明已经是泪流满面。

矿区妇女代表大会合影（陈书兰，前排左五）

4.2 永远的怀念

——纪念父亲一百周年诞辰

亓名超，亓伟长子，1930年10月出生，1947年2月参加革命工作，1949年3月加入中国共产党。先后担任过南阳团地委副书记，南阳云钢厂党委书记、革委会主任，原中共南阳市委书记、市革委会副主任，原南阳市市长，南阳地区经济委员会党组书记、主任。1993年9月离休，享受地专级待遇。2013年因病去世。

本文是他在2011年9月写的文章，以纪念父亲亓伟一百周年诞辰。

在举国庆贺建党九十周年之际，恰逢先父百年诞辰，心情无比激动。先父在党的正确领导下，一生为革命，数十年如一日，他那种不怕牺牲、艰苦创业、无私奉献的精神，令人钦佩，感动涕零。现以诗词的形式学写十首，寄托哀思。

亓名超夫妇在家中祭奠父亲亓伟

缅怀先父

亦仰高山亦仰松，千秋屹立郁葱葱。
枪林弹雨功勋著，冰清玉洁情谊浓。
戴月披星为大众，鞠躬尽瘁献攀城。
父亲仙逝音容在，万古流芳映碧穹。

投笔从戎

少壮从军主义真，舍生忘死抗倭人。
同仇敌忾野狼扫，万里征程守国门。

泰安县任

建立老区根据地，迂回游击显神奇。
三山压顶泰然处，唯有人民化险夷。

严于律己

正气一身两袖清，严于律己拂尘风。
安家创业荒山上，教子从军历练兵。

率先垂范

临危受命赴三线，涉水登山不畏难。
露宿风餐何惧苦，为开宝矿着先鞭。

煤田会战

川蜀边陲别有天，群英际会战犹酣。
钢都煤矿山川矗，自力更生嘉誉传。

忘我工作

为谋矿业身先士，不顾沉疴拄杖行。
亮节高风众人仰，国强民富赖群英。

丰碑永存

宝鼎山峰赤帜扬，丰碑屹立耀荣光。
清风沐浴春常在，雨露攀枝吐艳芳。

渔家傲·恸悼

宝鼎陵园天地肃，丰碑矗立情倾注。当报英雄心血铸。春风沐，喜看煤矿前无古。

清酒一杯挥洒墓，泪飞顿作倾盆雨。先父谆教情好笃。凭吊处，承前继后高标树。

沁园春·攀枝花放

峻岭披霞，碧水扬歌，无限风光。望攀枝花市，钢花飞溅；金沙江畔，煤海珍藏。四海倾销，五洲惊叹，影视传媒宝鼎扬。喜今日，看边陲故地，遍饰新妆。

丰碑矗立山岗，赖三线群贤绘画章。父起家白手，群山觅宝；披荆斩棘，百炼成钢。心系神州，鞠躬尽瘁，留得青山万古芳。华诞日，禀先贤遗志，续写辉煌。

作为先父的长子，心潮澎湃，思绪万千，特著文表达对父亲深切的怀念之情。

父亲的一生是倾力革命的一生，无私奉献的一生，光明磊落的一生。他在几十年的奋斗历程中，有苦难，也有辉煌；有挫折，也有成功。他的一生同党的发展历史足迹是分不开的，在党和国家危难的风口浪尖以及辉煌的历程中，我们都能看到父亲的身影。父亲在青年时代就投笔从戎，经历了烽火连天的抗日战争和解放战争，不惜抛头颅洒热血，转战南北，开辟并建立革命根据地，为全国人民的解放事业做出了应有的贡献；在几十年波澜壮阔的革命和建设中，父亲被锻炼成为忠诚的共产主义战士；在建国大业的奋斗中，他艰苦创业，无私奉献，建立了丰功伟绩，被誉为“焦裕禄式的好干部”。他的先进事迹曾先后在《渡口日报》《四川日报》《中国煤炭报》《人民日报》等报刊上登载。近期，又荣获了中共攀枝花市委授予的“感动攀枝花十位共产党员”荣誉称号。他不仅是我可敬可爱的好父亲，更是忠实的人民公仆、杰出的老一辈革命家。在我父亲诞辰百年之际，攀枝花人民没有忘记他，以不同形式来缅怀他、纪念他。相信父亲在九泉之下，看到攀煤的发展、攀枝花的巨变、人民的幸福，定会感到无比的欣慰。

不畏艰险，弃文从戎

父亲生长在中国的革命战争年代，从小就受到了严父慈母的教诲，并立志为国尽忠、驱除倭寇。1937年10月他参加了中华民族解放先锋队。

1938年参加了八路军山东抗日游击队，1939年加入中国共产党。不论是在抗日战争和解放战争的战场上，还是在新中国的建设中，父亲始终坚守党的信念，立场坚定不怕牺牲。他转战南北，勇敢战斗，积极开辟新区，建立革命根据地。1943年受组织委派担任泰安县县长，来往穿梭于泰安和莱芜县边区之间，同日伪军周旋战斗，钻山沟藏山洞，组织发动群众，英勇作战，建立武装根据地，同敌人做坚决斗争。我清楚地记得，父亲面对日寇对解放区大扫荡，烧杀掳掠的悲惨情境，无所畏惧，带领广大群众开展反扫荡，进行武装斗争，同仇敌忾，一次次粉碎了敌人对解放区的进攻，巩固和发展了革命根据地，为老区军队和政权建设做出了重要贡献。

一心为国，严于律己

父亲是一位一心为国、胸怀全局、志存高远、严于律己的人。他总是以国家和人民的利益为重，围绕党的目标，果断处理问题。不论在战争年代还是社会主义建设时期，凡是让别人做的事，自己首先做到，率先垂范。20世纪40年代，在日寇、国民党对解放区封锁进攻的白色恐怖下，为了扩大队伍壮大力量，培养年轻干部，巩固发展革命根据地，父亲亲自带领八路军一个班的兵力，夜晚突破敌人的封锁线，把我和几位青年护送到泰山中学，学政治、学文化，提高素质。日本投降后，我回到家乡担任儿童团团长。1947年，国民党重点进攻山东时，我仅十几岁，离家参加革命。那时父亲在泰安县任县长，组织上让我到财政科工作，得知后对我说："儿子和父亲不要在一起工作，你应该到前线最需要的地方去学习锻炼成长。"遵照父亲的嘱托，我毅然离开了政府部门，跟随第三野战军转战南北，突破封锁线，渡过黄河从齐鲁到豫皖开辟建立新区。我离开父亲，一别就是10年。弟弟亓名哲大学毕业后，父亲也没有让他留在大城市，而是让他到福建前沿的企业工作，其他弟弟和妹妹也都没有在他身边工作。父亲不仅对家属及子女严格要求，而且对其他亲属也是这样，教育亲属带头参军到前线。早年，正值八路军动员青年参军之际，有位亲属对参军有顾虑，找到父亲询问，当时父亲耐心地给他说："国家正处在危难关头，大家都有责任，有义务到前线保卫胜利果实，不仅要动员你，我还要送子参军。"后来，这位亲属积极报名参加了八路军，在战争中还成为一名优秀的机枪手，直到中华人民共和国成立后转业。在父亲的带动教育下，抗日战争和解放战争期间，我的家人中，就有我的二伯亓同和堂兄亓名达等5人参加了革命。父亲一切从革命事业出发，严于律己，无私奉献的精神，给我们留下了深刻的印象，可谓终生难忘。他的模范行为不论是在战争年代还是社会主义建设时期，都激励着我们在革命的道路上健康成长。

情系群众，严教子女

我的父亲是位平凡而高尚的人。在我的记忆中他严肃活泼、和蔼可亲、办事认真、公而忘私，是一心干事业的人。他所到之处，总是和群众打成一片，关心同志的学习、生活和群众疾苦。父亲还有着一颗金子般的心，他生前始终把焦裕禄、张思德和雷锋作为自己学习的榜样，他对工作兢兢业业，艰苦奋斗，对同志像春天般的温暖。他公而忘私、助人为乐，全心全意为人民服务。他与群众亲密无间，对待身边的警卫人员、工作人员像家人一样，他关心他们的生活和学习，经常在生活方面资助他们。和父亲一起工作过的老同志们回忆说："亓伟处处严格要求自己，对同志不摆架子，平易近人，赢得了大家的尊重和爱戴；亓伟关心别人，胜过关心自己，是有口皆碑的典范；他不顾自己的身体，带病坚持工作。"有一次，他的警卫员家人有病，他得知后立即送钱、送物，并让其赶快回家探望。

父亲对子女也是关心备至，不断写信教育指导，他很关注我的健康成长。1964年春天，我在郑州参加河南省召开的团地委书记会议期间，恰好父亲从北京开会，返程途中，我们在郑州相见，他语重心长地对我说："共青团的工作很重要，你一定要做好，按照青年朝气蓬勃、英勇积极有余，但缺少经验、知识不足的特点，积极组织团员青年学习，勇于实践，充分发挥团员青年在建设社会主义中的积极作用，当好党的助手。"当时父亲还亲自送给我一块手表并与我合影留念。四十多年来，每当我看到这块手表和这张珍贵的照片时，父亲慈祥而高大的形象就浮现在我的眼前，

1964年春，亓伟（左）与大儿子亓名超（右）在郑州合影

激励着我对人生的不断追求。虽然我与父亲长期不在一起工作，但我每次工作变动，他都十分关心。在我从基层到走上领导岗位工作期间，他都以亲身阅历，教育我作为领导干部要心里时刻装着人民群众，要一身正气，团结好一班人，以身作则，廉洁从政；要一切走在前头，多学、多看、多问；提高理论水平，树立正确的世界观、人生观和价值观；要胸怀大局，高瞻远瞩，多谋善断，既要有光和热，又不要太耀眼；既要大胆勇敢又要谦虚谨慎，要懂得“光而不耀”“谦受益满招损”的道理，才能立于不败之地。父亲多年的言传身教，使我深深领悟到做人、学习、办事、行为的道德原则：做人重在德，厚德载物；学习重在悟，悟中求道；办事重在恒，有恒事成；行为重在度，把握好度，进退自如。父亲的谆谆教诲成为我们做人的座右铭。所以，子孙后代不负众望，都做到了廉洁从政，成为人民的公仆。

鞠躬尽瘁，死而后已

父亲的一生不辱使命、公而忘私，鞠躬尽瘁，死而后已。他为了攀煤事业，不顾年事已高，主动放弃城市舒适稳定的工作，到攀枝花荒山野岭开辟三线建设。1966年“文化大革命”爆发，“造反派”罢了父亲的官，并给他戴上“走资派”的帽子，使父亲遭受残酷迫害，无情打击，家庭和子女都受到牵连。父亲虽受尽折磨，但仍信念不变，继续同群众一起奋战，夺取一个又一个辉煌胜利。由于在艰苦的条件下工作，又受到严重的身体和精神上的摧残，终于积劳成疾，身患癌症。在北京动手术时，我和家人去看望，他见到久别的儿女们非常高兴，详细询问了我们的工作、学习和生活情况。当得知我正在领导数千人建设钢铁厂，进行会战时，父亲对我说：“我没事，你放心，抓紧回去领导大家搞好建设，力争尽早把钢厂建成投产。”

他为落实党中央开发攀枝花战略决策，呕心沥血，指挥会战，身患癌症后，仍坚持工作，带病指挥，日夜奋战，建成小宝鼎、龙洞、太平、花山、大宝顶等矿，保证了攀枝花建设的需要。在他癌症后期，明知癌细胞已经扩散，但他仍坚持继续奋战，参加大会战，拄着拐棍，不分白天黑夜下基层，听汇报，研究工作。他把家属和子女也迁到了矿区，以老愚公的精神，子子孙孙“挖山”不止，教育子孙努力建设攀枝花。由于他操劳过度，病情一天天加重，只得再次住进医院。在弥留之际，他向组织交代，“死后把我埋在宝鼎山上最高处，让我日日夜夜看着攀枝花出煤、出铁、出钢。”他这种高尚的精神境界，感动着攀枝花人，鼓舞着攀煤飞跃发展。父亲一心想着事业，在病危时还再三交代不让我们耽误工作。在父亲病逝前我没能见上最后一面，甚感遗憾。我为有这样的父亲感到无比自豪。

英灵长存，泽被后人

父亲用实际行动诠释了一个共产党员的英雄本色。他的艰苦创业、无私奉献精神，代表着攀枝花人的思想境界，不论过去、现在和将来，都深深地激励着我们。攀枝花市委和政府从来没有忘记他，以《燃烧的攀枝花》为名的电视剧在全国宣传。最近，为大力弘扬攀枝花精神，由市艺术剧院编排的一部以攀枝花第一代开发建设者亓伟为原型的情景剧《为人民服务》，在攀枝花市庆祝建党90周年专题文艺演出上首次公演，重现了父亲放弃大城市舒适的生活，到攀枝花艰苦奋斗无私奉献的故事；为缅怀父亲的丰功伟绩，在他百年华诞之际又塑像作为纪念。父亲只是许多先进人物的杰出代表，我们作为亓伟的后代，今后也一定会继承父亲的遗志，同攀枝花人民一道，遵照党中央精神，为建设中国特色社会主义而奋斗！

我尊敬的父亲，转眼间已经离开我们近40年了。虽然，他生前没有给我们留下物质遗产，但是，他的崇高品德，坚强的革命意志，留给了我们子孙后代取之不尽，用之不竭的宝贵精神财富。他永远是我们做人的楷模，将永远激励子孙后代奋勇前进。

敬爱的父亲，您永远活在我们的心中！

1990年，亓名超夫妇与亓鲁明一家去宝鼎山祭拜亓伟时合影

4.3 “父亲母亲潜移默化的教诲，才是我这辈子最大的财富”

证 书

亓鲁光同志：

为了表彰您为发展我国 [illegible] 事业做出的突出贡献，特决定发 [illegible] 特殊津贴并颁发证书。

国务院

2007年，亓鲁光获得国务院特殊津贴

在搜索引擎里输入“亓鲁光”三个字，会看见这样的介绍：“亓鲁光，女，成都中医药大学教授，主任医师，博士生导师，享受国务院特殊津贴专家，四川省名中医，第五批国家名中医师带徒导师，美国医师学会荣誉教授……”

如此耀眼的光环，在她看来，自己取得的一切成就，和父亲亓伟、母亲陈书兰言传身教、潜移默化的教育是分不开的。我们在采访她的时候，她和蔼可亲，没有一点名人的架子，在谈到父母亲时，她娓娓道来。

亓鲁光1951年在济南出生。几年后，亓伟去了徐州，那时她年纪小，与父亲相处的时间不长，对父亲的印象不是很深。后来她随母亲来到徐州，记忆里，父亲很忙，每天早出晚归，很少和家人在一起，但毕竟能见到面，那段时光全家人都很珍惜，也很欢乐。但接着父亲又去了云南，一家人又搬到云南。

大概是1964年，有位中央领导找过父亲，说他文化层次较高，组织能力很强，而且特别能吃苦。但谈话之后不久，父亲就撇下一家人，只身去了攀枝花支援三线建设。那时的亓鲁光对攀枝花没有什么概念，只知道父亲毅然决然地接受了任务。

和前几次离别一样，父亲不让家人为他送行。“我去那边搞建设，你们还要学习，还要工作，大家都有事情，就各忙各的吧。”父亲转过身，走向等在不远处的秘书和司机，留给子女们的是他那高大魁梧的背影。

亓鲁光从母亲那里得知攀枝花条件很艰苦，没有像样的住处，饮用水也是浑浊的，但是大家热情都很高，因为攀枝花是毛主席最关心的地方，攀枝花建设搞不好，毛主席他老人家睡不好觉。

1967年，亓伟在攀枝花受到了不公正的对待，家人在昆明的生活也变得不再平静，房子被贴了封条，母亲被关了牛棚。亓鲁光也离开了学校，到保山下乡，成天忙着务农，没时间看书学习，条件与昆明城里相比差距很大。亓鲁光把这个情况写信告诉了父亲，亓伟鼓励她在农村好好干，并告诉她，如果回不来就在那里扎根当农民。亓鲁光照做了。

1970年，亓伟被平反了，第二年因为要去北京治病，路过昆明，得以和家人团聚。为了一路陪伴父亲，亓鲁光请了假，从保山赶回。父女重逢，与七年前相比，父亲老多了，也瘦多了。亓伟问起女儿下乡的经历，亓鲁光说，困难是可以克服的，她一切都很好。亓伟点了点头，其实看得出来，他也知道女儿在乡下也吃了不少苦。

在北京做完手术，亓伟再次回到昆明。这时亓鲁光也正式结束了下乡生活，分配到云南省电视台。当时，亓伟已经谢绝了云南省委让他在昆明安心疗养并继续治疗的挽留，决定重返攀枝花，准备把为时不多的余生留在宝鼎矿区，就同妻子陈书兰商量迁家的事。妻子欣然同意，只是说，“但是要征求孩子们的意见。”为了能和父亲多待一些时间，亓鲁光毫不犹豫地离开了电视台，跟随父亲来到攀枝花。

攀枝花的生活比亓鲁光想象的更为艰苦，马路不像马路，房子不像房子。“甚至赶不上保山的乡下。”亓鲁光说。

“一切都会好起来的，我刚来的时候这里都是荒山野岭，完全白手起家。”亓伟说。

亓鲁光跟着父亲去过大宝顶，去过小宝鼎，去过太平矿。她见过父亲过问生产建设细节问题，见过父亲检查职工食堂饭菜，与工人师傅交流谈心。父亲虚弱的身体和时不时地咳嗽很让她揪心。

分配工作的时候，亓鲁光要求去矿务局总医院。

“可你并不懂医。”妹妹亓鲁明说。

“不会可以学，没什么大不了的。”亓鲁光回答。她此刻心里只惦记着父亲的病情，只有一个单纯的想法，学医可以给父亲治病。

亓鲁光被安排到了药房，业余时间，除了陪伴父亲就是学习。

1972年亓伟去世，同年亓鲁光考入了成都中医药大学。从1975年毕业到现在，她在成都中医药大学附属医院从事内科临床、科研、教学工作，一干就是45年。

“有许多想象不到的困难，但我都在尽心尽力地克服。”如今身边同龄人早就开始安享晚年了，亓鲁光依然坚守在工作岗位上。

45年里，亓鲁光培养了近30名博士和硕士，完成科研10项，发表论文数十篇，主编《中国医疗糖尿病》在德国埃斯维尔科技出版社出版。尽管工作任务很重，每天很忙，但是她都会像父亲当年与工人师傅交流一样，耐心地为患者诊断治疗。

“想想父亲当年的痛苦，就能体会到患者和家属的心情。我没有理由不为他们服好务。”亓鲁光说。

亓鲁光（中）一家与大哥亓名超（右二）夫妇合影

她回过几次攀枝花，每次回来都要到宝鼎山上为父亲扫墓。亓鲁光为人很低调，矿区人民对父亲的怀念让她很感动，但她不愿意过多谈及自己的成就。亓伟几乎不给子女买礼物，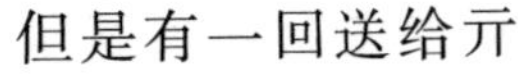但是有一回送给亓鲁光一个半导体收音机，后来因为“5·12”汶川地震，收音机再也找不到了。亓鲁光说，自己与父亲相处时间很少，在一起的时候父亲说话不多，礼物并不重要，父母潜移默化的教诲才是她这辈子最大的财富。

4.4 “我们不能老麻烦人家”

1971年，亓伟去北京治病前与家人的合影（前排右一亓伟、右二陈书兰，后排右一亓鲁光、右二亓鲁杰、右三亓鲁明）

父亲的目光

在亓伟的子女中，小女儿亓鲁明和父亲待在一起的时间最长。

多年以后，当亓鲁明想起父亲时，眼前浮现出的仍然是父亲追随儿女身影的目光。那目光温柔而沉静，持久而温暖。当她回忆起父亲时这样说：“父亲是爱我们的，虽然父亲不常在我们身边，但他生病我们陪在他身边时，他的目光满含慈爱，就像要把欠我们的爱全部用眼睛传达出来一样，使我们的屋子熠熠生辉，充满爱的空气笼罩着我们全家，那些日子里，他让我们多待在家里，哪怕多一个晚上。我感觉得到他的不舍，他的眷恋。”

2008年“5·12”汶川地震时，亓鲁明位于成都都江堰的住房严重损毁，她和其他人一起被紧急疏散到了别处。在这期间，她最放心不下的是父亲亓伟留下的那些老物件。

等情况稳定，重返家园时，亓鲁明发现家中失窃，屋里的东西所剩无几，平时爱说爱笑的她一时感到欲哭无泪，很长时间没法在床上睡觉，因为只要一上床，那些大到桌椅床柜，小到针头线脑的东西全都想起来了。令她多少感到安慰的是，从残垣断壁的危房中找回了三个老式木箱、一个茶几、一个立柜、一个平柜和一把小椅子。

亓伟从山东到江苏，从江苏到云南，从云南到四川。用亓鲁明的话说，父亲从北方到南方，地方越走越偏远，越走越艰苦，越走越落后，生活条件越来越差。跟随亓伟辗转各地的，除了一家几口人，还有三只棕红色的老式木箱。木箱是家在山东时添置的。当时亓伟和妻子陈书兰都是干部，那时一家人住的楼上楼下。

后来因为工作需要，亓伟来到昆明，一家人住进了云南省煤管局的房子，也是有厕所，有厨房，不过不是围在一起，是贯通的。单位为亓伟配备了家具，床、沙发、五斗橱……一应俱全。

1964年，亓伟再次告别了家人来到攀枝花，投身宝鼎矿区建设。艰苦的条件、繁重的工作，再加上“文化大革命”期间无情的打击和摧残，亓伟的健康状况越来越差。亓伟决定把家迁到矿区， 1971年下半年，一家人离开昆明来到了攀枝花。

当时煤炭指挥部派了一辆挺长的货车去给亓伟搬家。到了云南省煤管局，工作人员把房里的家具行李都搬了出来，装在车上。从外面办事回来的陈书兰看到这一幕，让大家把家具全都搬回去，只留下这三只老式木箱。她说：“这才是我们的私人财产，其他都是公家给配的，不能带走。”大家虽然无奈，但也只能照做。

亓鲁明指着照片中一把老式小靠背椅说，从昆明带过来的还有这把小靠背椅，可能是当时帮忙搬家的人顺便搬到车上的，也忘记搬下车了，这算是我们家唯一的属于公家的东西了。这把小椅子是弟弟亓鲁杰小时候在昆明上幼儿园的时候用的。亓鲁明说，弟弟小时候，就喜欢坐这把小椅子，可能是在幼儿园坐着椅子吃饭习惯了，在家不坐那把椅子就不肯乖乖地吃饭。亓鲁杰对这把椅子感情很深，这把椅子陪伴了他的整个童年。椅子后来被重新刷过漆，现在已经摇摇晃晃的了。

“你们家怎么就这么点东西？”当时司机不解地问。

“真的就这点东西。”陈书兰回答。

家搬到攀枝花之前，亓伟一直住的是宝鼎矿区那间小办公室，吃、住、办公都在那里。后来把家搬来了，一家人就挤在一间破旧的简易的楼房里，里面的陈设就只有公家的床、两把小椅子，还有昆明带来的那三个箱子。那时，格里坪开了家木材加工厂，矿区不少人去那里做家具。亓伟和妻子陈书兰也去买了几套，亓鲁明记得家里陆陆续续地添置了一个平柜、一个立柜（就是现在用的卷宗柜）、一个吃饭用的小方桌。当时，还准备买一套沙发和茶几，因为房子面积太小，摆了沙发就摆不下茶几，亓伟只买了茶几，又买了四把方凳子。

后来还买了一对藤椅、一个长藤椅、四把圈椅。四把圈椅中，亓伟留了两把在家里，将另外两把放在了他办公室里，遗憾的是，这些后来都丢了。

家具是分批交付的，有的亓伟在定做的时候就交了钱，发票上填的他的名字；有的是亓伟去世后才到的货，钱是陈书兰付的，发票上填的名字就是陈书兰。发票如今早已泛黄，还保留在亓鲁明的家里。

亓鲁明印象中，当年家里还有一盏小台灯，很小，机关办公用的那种，上面是一根蛇形管的日光灯。亓伟去世后，办公室通知陈书兰去收拾东西，陈书兰什么都不要，只是说这盏台灯是亓伟生前用过的，留在家里多少让人有点念想。

这是1971年和1972年的事，那三个箱子，亓伟给亓鲁光、亓鲁明、亓鲁杰一人留了一个。后来为了便于保管，都存放在亓鲁明在都江堰的家里。

虽然地震中丢失了一些老物件，至少还有这三个老箱子和一个立柜、一个平柜、一个老茶几保留下来了，这都是亓伟生前用过的东西。而亓鲁明在都江堰的家里，进门口那个三屉桌和那个老式衣柜，虽然亓伟没有用就去世了，但这是父亲去世前为他们定做的。细心的亓鲁明还保存着父亲

1971年11月亓伟订家具凭证

亓鲁杰的小板凳

定做这些家什的收据，上面清楚记着亓伟是在1971年10月22日和1971年11月30日定做的。可以想象，亓伟当时定做这些家具时的心情，他当时已是癌症晚期，清楚地知道自己的生命垂危了，他一生为革命四处劳碌奔波，临终之前对自己的家庭是满含依恋和内疚的。

珍贵的照片

在亓鲁明眼里，父亲亓伟是个豁达、乐观的人。

1970年，亓伟去成都四川省煤管局开会，在那里照了一张单人相，这张相片后来用作了他的遗像，相片里的亓伟穿着黑色的中山装，戴着黑色的帽子，胸前一如往日戴了一枚毛主席的像章，眼睛注视着前方，神色安详。他照完这张相片之后，冲洗出来，就给各地的家人都寄了封信，寄到山东老家，也寄到昆明家里，每封信里都是这张照片。亓鲁明多年后听她在山东老家的姐姐说，当时打开信封，只看到相片，没见到信纸，感觉很纳闷。其实亓伟并没写信，他用这种方式告诉家人：我“解放”了。亲人们收到这封信，无不喜极而泣。

这时的亓伟，已经很瘦了。

不久之后，亓伟要上北京开会，这是他“解放”后第一次上北京开会，他连夜从攀枝花赶到昆明，却没有买到去北京的飞机票，就在昆明的家中住了一晚，准备第二天动身。那时亓鲁光还在下乡，亓鲁杰年纪还小，亓鲁明就自己去办事处看父亲，打算接他回家休息一下，办事处提出派车送亓伟回家。

“不用，有闺女陪着我。”亓伟拒绝了。

父女二人一路慢慢走回去，煤管局的老同志奇怪地看着他们。亓鲁明认识这些人，同他们打了招呼。他们这才问亓伟：“怎么会这样呢，瘦成这样，要不是因为你姑娘在跟前，我们根本不敢认你。”

就在那一次，妻子陈书兰就对他说：“你瘦成这样，是不是病了，去检查检查。”亓伟说他没事，又说他比刚“解放”时还胖了几斤，实际上这时他已经病了。

1971年5月，亓伟吞咽都困难了，在指挥部总医院查出可能是癌，建议他到大医院治疗。亓伟知道自己病已经很重了，这才决定去北京的医院看看，从攀枝花路过昆明的家，亓伟跟陈书兰商量：“我这些年亏欠家里太多了，孩子们没上过北京，就让他们一起去吧。我等他们。”亓鲁光立即从乡下回来，亓鲁明还在上学，需要请假，因为假期太长，学校不予批

亓伟从山东调到徐州之前和家人合影（前排右一亓鲁光，右二亓伟抱着亓鲁明，右三陈书兰，右四保姆抱着亓鲁杰；后排右一亓名英，右二亓名哲，右三陈书兰弟弟，右四亓名云，右五保姆）

假。为此，亓鲁明跟学校老师闹别扭，宣称自己不上学了，要求退学。学校老师就找到了陈书兰，陈书兰冷静地与老师做了沟通。老师同情亓鲁明，给她用笔画了一张学生证，然后盖上钢印，这样可以买半价车票。亓鲁明回忆说，这是他们学校复课后办理的第一张学生证，她当时就读于昆明十中，“文化大革命”开始，学校曾暂停教学，这时已经复课，但是还没有正规的学生证。

亓伟与家人总是聚少离多。亓鲁明回忆说：

“一生只和父亲有两张合影。

“一张是在年幼时的全家福，我依偎在父亲的怀里，父亲的大手紧紧地搂着我。这是父亲即将远离我们，远离温馨的家（山东济南），踏上新的工作征程（徐州）时，临行前在济南拍摄的。那时生活条件比较优越，家里还有两个保姆跟着一起照的相。

“另一张是我将成年时，父亲在去北京治病的途中，父亲与家人照了一张合影，我和姐姐亓鲁光、弟弟亓鲁杰站在父母的身旁，父亲平静地望着镜头，其他人微笑的神情中掩着淡淡的忧伤。每一个人都知道父亲的病已经很严重了。只有我自己不知情，为与父亲能团聚傻傻地微笑着。

“两张与父亲的合影，记录了我将要经历的和父亲的生离死别……我的父亲，将儿女情长深埋于心，把个人安危置之度外，投身宏伟大业，献身于事业，大爱无疆……快半个世纪了，时间没有冲淡我对父亲的怀念，我仍似能感受到父亲那双大手的温度，仍能体会到父爱如山的力量……”

一本泛黄的户口本

亓鲁明珍藏着一本户口本，是1959年2月26日在徐州办的。户主是亓伟，户口本记载着当年2月16日从济南迁到徐州时的家庭情况，当时亓伟在徐煤基建局工作，家庭成员依次是妻子陈书兰、女儿鲁光、次女鲁明、儿子鲁杰，以及一位姓张的保姆。

年幼的亓鲁明当时并没觉得异常。她后来听母亲陈书兰讲，他们三兄妹从小就没有姓。听母亲说，1951年，生姐姐亓鲁光的时候，亓伟对妻子陈书兰说：“我们都是共产党员、革命同志，我们的孩子不应该属于我们自己，孩子是国家的，所以说，孩子不一定要跟着哪个家族姓。她们出生在山东，那就干脆姓鲁吧。”于是就出现了这样一本奇怪的户口本，三个

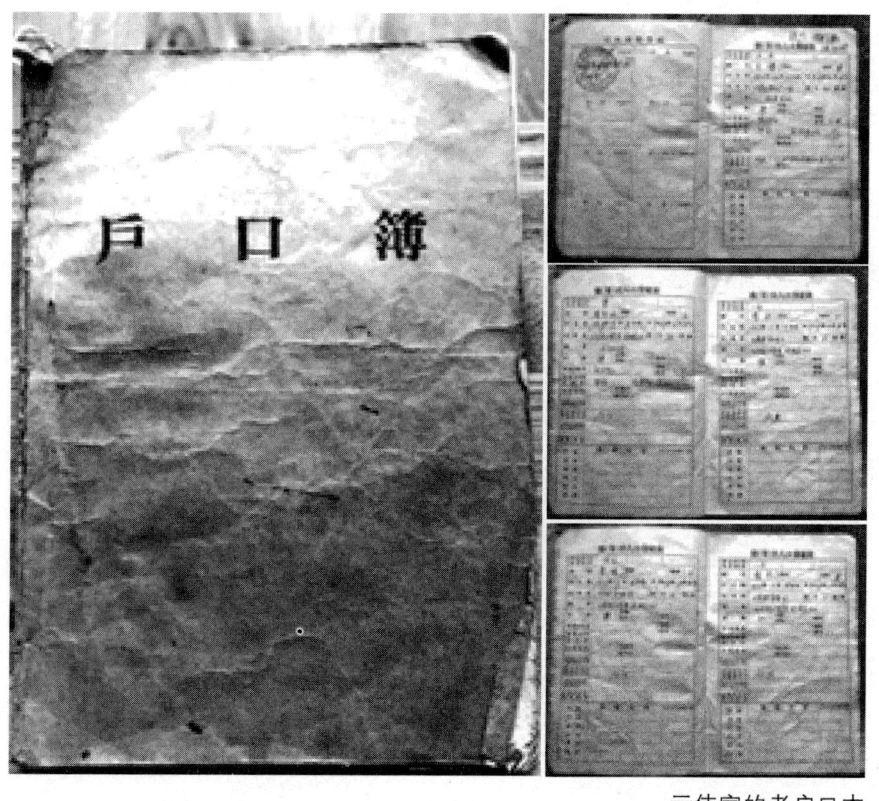

亓伟家的老户口本

子女既没随父亲姓亓，也没随母亲姓陈，依次叫鲁光、鲁明、鲁杰。

后来亓伟因为工作需要调到云南，一家人准备再次搬家。因为云南地方偏远，保姆张阿姨（张慎言）年纪大了，她的孩子不同意她跟着去云南。张阿姨是在亓伟山东济南的家里开始做保姆，后来又随亓伟一家到徐州，亓伟一家人非常尊重她，把她当家人一样，现在就要离开了，总觉得舍不得。

因为今后不在亓伟家做保姆了，张阿姨的户口需要迁出去。有一天她拿了户口本来到当地派出所，迁出自己户口的同时，自作主张地把亓伟三个子女的“亓”姓加上去了。“孩子没有姓像什么话。”她说。

新户口本办下来了，三个孩子这才跟着父亲姓了亓。

把家迁到攀枝花

亓伟得知自己得了癌症后，给云南制药厂生产部一个姓崔的朋友写了封信。亓伟在信上说，自己得了癌症，据说云南白药对治疗有帮助，让对方能不能帮忙弄点这个药。信是让亓鲁明送的，亓鲁明这才知道，父亲得的是癌症！

亓伟患的是食道癌，要在接近胃贲门的那个位置进行切除，前后都要开个大口子。在当时这是一个大手术。亓伟就在当时的北京肿瘤医院做手术。

医院有一个活动室，亓伟常去那里，每次都是谈笑风生。他给病友讲，说这个医院是癌症攻关的鼻祖，周总理曾指示他们，要找到癌症发病的原因，攻克癌症这个难关，大家要乐观。

亓伟住的病房，每天规定只能有两个人探望。家里人却想去探望，护士拗不过了，就叫他们别吱声，只能安安静静待在那里。很多人谈癌色变，亓伟没有。亓鲁明回忆说，亓伟还主动和医生护士交谈，医生护士给他讲病情的时候，亓伟表现得轻轻松松，特别乐观，完全没有悲伤，没有说过自己倒霉之类的话。

手术后不久，亓伟说自己没啥了，只需要慢慢休养。他让妻子陈书兰带孩子们回一趟老家看看，孩子都没回去过。那是陈书兰参加革命后第一次带着子女回她的祖籍山东文登老家。

不久后，一家人陪着亓伟回到昆明。云南省委安排亓伟在安宁温泉疗养院疗养，并介绍他到昆明延安医院，还为他推荐了一名上海来的专家。家人在场，亓伟并没回避，直接与医生进行交流，医生对他讲明利害，建议他继续治疗。亓伟想了想说，在北京的时候，他问过医生手术后还能生存多久，医生给了他8个月的时间，后续治疗的意义不大。这些话，亓鲁明他们听得清清楚楚。

亓伟谢绝了云南省委的安排。7月份，亓伟做出决定，既然他的生命不长了，而且没有更好的治疗方法，与其白白养着等着，不如回到他日思夜想的攀枝花宝鼎矿区，“一定要回去，而且要尽快”。他跟妻子陈书兰商量，让陈书兰做准备，把家搬过去。

陈书兰也是一名老干部，办手续需要时间，就安排亓鲁明8月份就跟着父亲先去攀枝花，说亓伟吃饭吞咽困难，要亓鲁明照顾好他。

当时学校在放暑假，开学之后，同学们发现亓鲁明突然音讯全无，担心她出了什么事。直到多年以后，亓鲁明与老师同学重新取得联系，才告诉大家实情。

1971年10月，亓伟全家正式搬迁到了攀枝花宝鼎矿区。

慈爱的父亲

到了攀枝花，亓伟并没有让女儿亓鲁明守在身边，而让她参加工作，为矿区建设出力。亓鲁明到了当时的巴关河洗煤厂工作，每个星期回一次家。

亓鲁明发现，父亲喜欢在别人面前夸孩子的优点，孩子有什么成绩他都特别自豪。

有一位从龙洞来的唐师傅，也住在机关食堂上面。唐师傅的爱人会做缝纫活，家里有台缝纫机，亓伟的衣服从前都是拿给她缝缝补补的。

等亓鲁明到了攀枝花，亓伟说：“我闺女也会用缝纫机，补衣服补得也漂亮。”从那以后，亓伟的衣服就都交给亓鲁明补，亓伟告诉女儿：“我们不能老麻烦人家。”

亓鲁明这才注意到，父亲没有一件像样的衣服。

其实亓鲁明从小也舍不得穿新衣服，从来都是自己补衣服，只要她自己补过的衣服都舍不得丢。好像那时的布料不结实，衣服常常补丁连补丁。她的缝纫活就这样越学越好的。

2005年，陈书兰去世时，子女准备把她与父亲亓伟形式上合葬在一起。就去翻找亓伟的衣物，旧衣服虽然没扔，但没有合适的。他们就将亓伟用过的一顶黑色的矿工帽，还有亓伟认真读过，上面有亓伟签名的书跟母亲合葬了。

亓鲁明快20岁的时候，还是长期穿布鞋，穿补丁裤子。多年后，通信方便了，亓鲁明和老同学在网上互发照片，同学说她："都几十年了，你还是没变，还在穿有补丁的裤子。"

亓伟特别喜欢听京剧，以前在云南省煤管局工作的时候，礼堂里面经常有职工演出，亓鲁明跟父亲去，她最喜欢歌舞类节目。到了矿区，亓伟没时间听京剧了，但他仍然不忘让亓鲁明没事唱唱歌。

有一次，指挥部学校一位教音乐的女教师不知道受了什么委屈，就跑到亓伟办公室哭诉。亓伟听完原委之后安慰女教师："唱唱歌心情就好了。我闺女唱歌唱得也好，你看她成天开开心心的。"这一幕恰好被亓鲁明撞见了。亓鲁明说自己确实继承了父亲乐观向上的性格，一直都是爱说爱笑的人。

在特殊年代，老干部亓伟和陈书兰都配有手枪。亓鲁明对枪很感兴趣，但亓伟夫妇坚决不让她碰一下自己的手枪。

"我会小心的，再说没装子弹。"亓鲁明哀求道。

"没子弹也不行。"

亓鲁明小学时候被选进了昆明少年体校练过几年射击。到了矿区，亓伟有一次给当时的武装部长韩国成谈起亓鲁明练习过射击的事呢。

有一年，渡口市搞了一次全市民兵大比武。宝鼎矿区组建了男子射击队和女子射击队。韩国成说，听说亓鲁明枪打得不错，女子射击队成员就从巴关河洗煤厂选拔。比武期间，亓鲁明被选为副队长站在了宝鼎矿区女子射击队的最前面。当时紧急集合进行了两次，第一次结束后，把所有的射击能手集中起来又进行了一次，因为亓鲁明枪打得比别人好，她就被安排代表整个射击队站在最前面。回忆起父亲对自己射击技术的肯定，亓鲁明至今还很自豪。

那时候每周只休一天。亓鲁明星期天上午回家，晚上回厂，以便第二天上班。亓伟预感自己时间不多了，有个星期天就跟亓鲁明说："你能不能明天早上早点走，今天晚上住在家里？"亓鲁明答应了。那天晚饭，几姊妹围在桌前。亓伟尝了一点饭菜，夸亓鲁杰、亓鲁明菜烧得不错，然后在旁边静静地看着，平时有些威严的眼神里全是满满的慈爱。

第二天天还没亮，亓鲁明就高一脚低一脚地从指挥部走向洗煤厂，好几次踩到水坑里。一想到父亲昨晚的眼神，这个爱说爱笑的小姑娘哭了。

"父亲就是父亲，我们就是我们，一切顺其自然，该怎么做就怎么做，不浮躁，不张扬，不急功近利，而是实实在在地做普通人，扎扎实实地做实在事，一切都自然而然。"

2011年9月19日，在“感动攀枝花市的十位共产党员”电视颁奖晚会上，主持人现场采访了亓鲁明。对着镜头，亓鲁明含泪讲述：“说起父亲，实际上在我印象里面是既模糊又清晰。模糊的是因为他走得太早了，那时候我们岁数还不大，还不懂得他的追求，不懂得他的事业，只知道他和我们生活在一起，时间很短很短，他在生活中留给我们的东西很少很少，既没有多少印象，也没有多少影像，所以非常不清晰。父亲走了快40年了，他热爱他的事业，他带我们全家来到了攀枝花，因此我就成为攀枝花的第二代建设者，加入了他的事业，在他生活的地方，工作的地方一块战斗。我和他的同事们，和他工作的地方，有共同的脉搏，共同的跳动。我听前辈给我讲父亲的故事，听很多人讲他们当年创业的事情，逐步地一点一点的父亲的形象真正清晰起来了。所以我感谢我的父亲，是他把我带到了攀枝花，让我成为攀枝花的建设者，让我真正懂得父亲的追求、真正懂得了他为什么这样奉献，为什么这样献身，他没有亏欠我们，而是给予我们更多精神上的鼓励和支持。”

2011年9月19日晚，亓伟小女儿亓鲁明（左）在“感动攀枝花市十位共产党员”电视颁奖晚会上接受主持人现场采访

颁奖现场，观众无不泪目。亓伟走了，他永远活在儿女心中，活在攀枝花人民心中！

清明思亲

又是一年清明节！本书编撰组给亓鲁明留言告知，攀煤公司领导和老同志们又上亓伟墓地祭奠英雄去了。亓鲁明表达了真诚的谢意后，发过来三张照片和一段文字。现如实摘录于此：

这两天，我一直在回忆我的父亲、母亲。我的父亲，对我的生命中有很重要的引导，但他在生活中却缺失太多。我一生受我母亲影响很大。2011年，我参加父亲塑像落成典礼写过发言稿，那是真实的情感和对我父亲的认识，他真的就是把身心都献给伟大事业的人。而我的母亲真的就是一个能叱咤风云，能忍辱负重，能宽宏大量，能牺牲自己，能成人之美，非常有大爱的人。

我的母亲是个很柔美又刚毅的女性，我母亲的性格不像我父亲那么刚烈，正是她的柔美在辅助着我的父亲，她的刚毅在支撑着我们的家，支持着我父亲的事业。我母亲1942年参加工作，自己也有事业，但支持我父亲是义无反顾。我们从山东到徐州再到昆明到攀枝花，从来都是我父亲在前先行，我母亲带着我们随行，我的记忆中只有母亲带着我们在旅途中，父亲是缺席的。“文化大革命”中，我母亲同样受到批斗摧残，但她更牵挂我的父亲，也担心我父亲刚直不阿的性格会备受打击。在“文化大革命”中，给父亲的家书都是我母亲口述让我写的。在我记忆中信中的内容没有政治，没有对她所受到的迫害不公的诉说，她让我写给爸爸的更多的是我们儿女们生活中的一些琐事，一些在当时的环境下的一些有欢乐的事。我记得我写过我养过的几只鸡，我姐姐下乡时我们杀了一只大鸡煮了一大锅汤都是信中的内容。对于这些，我当时是不解的，之后才慢慢明白我母亲的心。我想我父亲看到这些有温度的家书，一定也很温暖，也是支撑他坚强的力量。说到我母亲的刚毅，可能很少有人能想到，在我父亲去世的当晚，我母亲对我们讲述的是他们在战争年代面对战友牺牲而更勇敢的战斗的过去，让我们不要哭，要坚强。

随文附上四张照片。

手表

照片中的手表是一块上海牌手表，是我工作后父亲送给我的。我在昆明正在高中就读（学生证上有记录）因父亲要急于回攀枝花，我就在1971年8月先随我父亲到了攀枝花，原想继续就学，无奈那时还没高中，就被迫辍学就业。当时父亲送给我一支钢笔，老式的黑杆不包尖的，他让我自己在工作时继续学习。我父亲的口音是把笔发音为bei（近似北）这个发音一直在我脑海中。

这块表是我工作后向我父亲要的。一是因为我从事的煤质化验工作，严格精准的记时记量是工作的要求；二来当时的我也有虚荣心，我回家看望父亲时，父亲会关切地了解我的工作情况，也会问到我有啥需求，我就提出了要块表。当时我父亲很耐心地听了我的想法，但没有立刻满足我。可以说我当时的回答是以工作需要掩饰着我的虚荣心的。我父亲应该是一清二楚的，他并没有很严厉地批评我，而是把他当时佩戴的手表给了我，他让我不要在生活上去攀比，但要认认真真工作。我父亲把钟、表都统称为“时间”，他给我这块上海表时，也是说给你一个时间，好好珍惜。

另外三张照片是我父亲生病后进京治疗时，我当时所在的学校昆明第十中学特别为我手工制作的学生证，此事前已提及。这张临时学生证是“文化大革命”复课后我们学校的第一张，也是特事特办专为我手工制作的，我很感谢学校，就一直珍藏，今年是昆明十中建校百年，我准备捐给学校了。

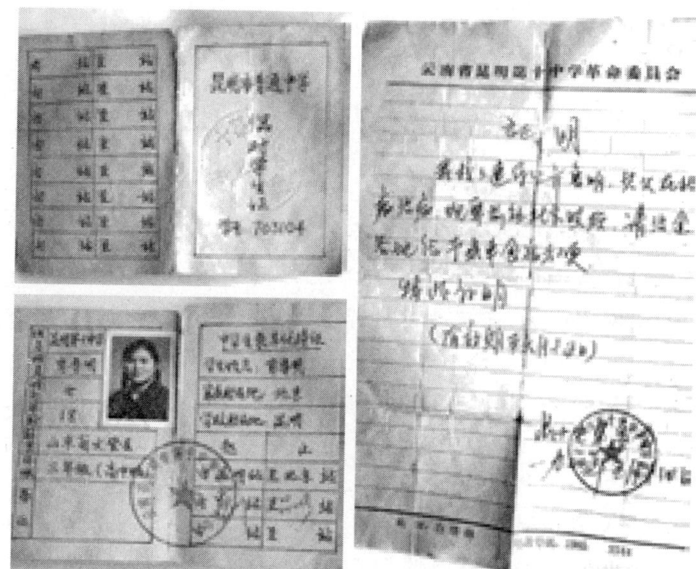

亓鲁明当年的临时学生证、特制乘车优待证及证明

那一张证明，也是学校为我开的证明，证明了在1971年5月我父亲进京治病我们随行的事实。如若出版时能编入，也算是历史真实再现吧。

学生证记录的进京和返回昆明的行程。去时是从昆明直达北京。在北京陪伴我父亲手术治疗一段时间后，父亲让我母亲领着我们回了一趟山东，看望我的姥姥姥爷。这是自我们离开山东后我母亲第一次回家乡，我们也是第一次回到老家。回到昆明时，从济南到郑州不属学生半价优惠线路，故回程在从郑州转车时才买的半价学生票。

2020年的清明节到了，我更思念天堂的双亲，故赋诗一首致我在天堂的亲人：

天堂什么样？
我不知道。
我想那儿一定十分美好，
否则怎么会有那么多那么多的人不顾亲人撕心裂肺地挽留，决绝地撒手人寰，直奔天堂而去。

天堂有什么？
我现在还不知道，

我想那儿一定十分美好。
天堂一定没有疾病，
天堂一定没有痛苦，
天堂一定没有事故，
天堂一定没有灾难，
天堂一定没有别离……

天堂只有团聚，能与先祖永远在一起，所以到了天堂的人谁都不肯再离去。

天堂怎么样，
我今后会知道。
天堂那么美好，我一定要去。

你们走了，我天天在心中思念着您，天上人间我们心路相通魂牵梦绕；

你们走后，我年年手捧鲜花去看您，我要用鲜花铺就一条美丽的通天路，到时我们在花海中欢聚。

天堂一定很好，
我一定去。
待我化作一缕青烟飞天来，你们记着来接我，
我们在天堂团圆永聚……

2011年，亓名超、亓鲁明、亓鲁杰等亲人到亓伟墓地祭拜

4.5 “我也没给我爸丢脸”

亓伟的三个儿子合影（中亓名超，左亓鲁杰，右亓名哲）

亓鲁杰生于1956年，是亓伟的小儿子，他仍然记得，那时的生活是无忧无虑的。

一家人在徐州团聚的那段日子里，父母早出晚归，成天忙忙碌碌。亓鲁杰还能回忆起，每天晚饭后，保姆张阿姨收拾家务，两个姐姐亓鲁光、亓鲁明就要么陪当时才三四岁的他玩玩具，要么给他讲故事。家里的玩具就那几样，有时候，玩具玩腻了，故事也找不到讲的了，姐弟三人就安安静静地看着父母在桌子上写东西。

后来一家人先后到了昆明。在那里，亓鲁杰开始上幼儿园，读小学。父母都算是高干，有配枪，一人一台专车，亓伟坐的是华沙车，陈书兰坐的美国吉普车，家里有警卫员，还有保姆。

不过，枪绝对不允许孩子们碰，看着孩子们，特别是亓鲁明和亓鲁杰实在眼馋，亓伟就送亓鲁明去了少体队练射击过枪瘾，陈书兰给亓鲁杰买了把玩具枪哄他开心。

车是绝对不允许孩子们坐的。因为这是公车，父母只用它们办公事，当时在大院其他干部家的小朋友也没坐父母的车。

小时候亓鲁杰觉得，司机、警卫员和保姆在家里的地位比他们三兄妹要高，可以上桌吃饭，而他和两个姐姐不是每次都可以在桌子上吃饭的。

慢慢地他们就习以为常，以为本来就应该是这样的。

姊妹们最开心的时候，莫过于姐姐亓鲁光向父母汇报自己的学习成绩，或者三兄妹跟着父亲去职工剧院看节目，全家人回来之后，爱说爱笑的姐姐亓鲁明要在家人面前聊很久。对于亓鲁杰来说，他更喜欢昆明五华山游园的时候，爸爸或妈妈能有空带着自己去看热闹。

在亓鲁杰的记忆中，父亲的身材很魁梧，但脾气很温和，从不和母亲争吵，也不对子女和身边工作人员说重话。小时候他也有淘气的时候，但父亲从来没打过他。“不是舍不得，是他根本没时间打。”他说。

再后来，亓伟到了攀枝花，陈书兰和姐弟三个留在昆明。姐弟三人虽然有时候想念爸爸，但日子过得也算平静。

1967年，亓伟被打成了“走资派”，一时间昆明闹得乌烟瘴气。一家人被从房子里赶出来，母亲被关进牛棚，姐姐亓鲁光到保山下乡，亓鲁明也联系不上。“走资派”的孩子犹如过街老鼠，别说学校，昆明都没法待下去了，无依无靠的亓鲁杰想到来攀枝花投奔父亲，认为攀枝花的日子应该会太平一些。

有一天，一辆货车从昆明回宝鼎矿区，亓鲁杰搭了一天的车，又坐轮渡来到宝鼎矿区。等到了矿区他才发现，这里也好不到哪里去，白天不敢在父亲寝室里待着，天一亮就和另一个差不多相同命运的孩子跑到山上。从山上藏身的地方可以看到山下以父亲亓伟为首的几个干部遭受批斗。到了晚上天黑以后，亓鲁杰才悄悄地溜回家。11岁的亓鲁杰，那时吃饭是有一顿没一顿的。

看见父亲自身难保，亓鲁杰又只好回昆明。当时是一个同情父亲的干部，想办法联系一辆去昆明办事的车，悄悄地把亓鲁杰捎上的。

昆明依然举目无亲，亓鲁杰依然需要东躲西藏。妈妈被批斗后，被送到基层煤场劳动改造，姐姐亓鲁明在昆明粮食局榨油厂去劳动锻炼不能回家。那段时间，每天晚上造反派搞宣传，闹武斗，只要广播一响，亓鲁杰就趁着街上混乱，没人注意赶紧跑回家里睡觉。当时很多干部被打倒，下放的下放、关押的关押，煤管局干部楼整栋楼都是空的，只有亓鲁杰晚上自己住在那里。街上闹哄哄的，楼里却很安静，他经常在又困又饿中睡着了。

为了填饱肚子，白天在外流浪的时候，亓鲁杰就挖地瓜、摘胡豆……没有地方也没有工具加热蒸煮，多数时候都是吃生的。

流浪了一段时间后，姐姐亓鲁明回家了，姐弟俩紧紧拥抱在一起。于是一个人流浪变成了姐弟俩相依为命一起流浪。后来从山东老家支边的车队中有父亲亓伟的一个远房亲戚看不下去了，伸出援手将弟弟接去跟着车队在全省四处奔波。

煎熬了三年，形势终于有所好转。这期间，母亲陈书兰搬回煤管局的家里，后来亓鲁杰发现周围人开始对自己客气了，自己又可以光明正大地出门打开水了，再后来亓鲁杰才知道，独自一人远在攀枝花的父亲解放了。

学校复课了，亓鲁杰和姐姐亓鲁明都进了昆明十中学习。这时，亓鲁杰离开学校已经三年多了，现在“摇身一变”成了一名初中生。恰逢学校开展“学工学农”运动，他就和同学们一起进行滇池“围海造田”。

满打满算，亓鲁杰只上了四年学，初中课程跟不上，又不可能回头再去念小学。他觉得，既然求学无望，就应该找一个工作干，1970年，他又回到了攀枝花。

那时亓伟才解放，想把耽误的时间补回来，每天都很忙，根本顾不上照管亓鲁杰。

亓鲁杰记得，父亲要抽烟，每天一包左右，有时还要喝点儿酒。家里很长时间都没酒了，有一回，父亲拿出半斤酒票，让他去打酒。

那时亓鲁杰和父亲住在陶家渡指挥部，打酒要去三十九处。亓鲁杰拎着一个玻璃瓶子，穿过河沟，来到小商店。小商店前买东西的人排了一长串，等轮到他时，他拿出酒票。

“对不起，没有了，酒已经打完了。”小商店营业员告诉他。

亓鲁杰只好拎着空瓶子，从三十九处走回了陶家渡，虽然买不到酒不是他的错，但他心里总觉得对不起父亲。

第二天，亓鲁杰又去，而且去得特别早，终于把酒打了回来。

饭桌上，他给父亲往杯子里倒酒的时候，失手洒了两滴在父亲手指上，父亲立即用嘴把酒舔干净。

“不能浪费，家里粮票也不多了。”亓伟说。

一个人的粮票两个人吃，亓鲁杰正是长身体的时候，饭量又大，用他后来的话说“我老头那点粮票还不够我一个人吃”。

亓伟也为儿子的就业和家里粮食问题纠结，他认为儿子不能在家吃闲饭，得参加劳动，有份工作，但亓鲁杰读书太少，可以做什么呢？

“什么粮票多，我就做什么。”这是亓鲁杰当时的愿望。

“那就下井干掘进，每月可以吃45斤供应粮。”

亓鲁杰兴冲冲地来到大宝顶矿报到，矿上一问他的年龄，不同意，那时他才15岁，是嫌他年纪太小。

亓鲁杰沮丧地在家待了一段时间之后，亓伟给他安排到矿区里的一家修理厂当学徒，学修车，而学徒是没有工资的。就业后的亓鲁杰，干劲十足，舍得吃苦，技术进步得很快，根本不像一个高干子弟，修理厂的师傅们经常夸奖他。

几个月后，他每月可以领到17元的工资。不过，这17元不是修理厂发的，而是父亲亓伟给他发的，父亲给他发工资时告诉他，他正在长身体，一定要吃饱饭。17元对亓鲁杰来说，已经不少了。他还记得父亲这种级别的干部，每月能开180元，除了发给自己17元之外，还有家里方方面面的开销，遇到谁家经济出现了困难有时还要资助一些。

多年以后亓鲁杰回忆起这段“领工资”的经历，仍然是眼眶湿润，帮别人干活，而家里发工资，天底下只有父亲能做到，这就是那个在事业上钢铁一般强硬的父亲啊！其实在血缘流淌的亲情里，他和千万个普通的父亲一样，同样在心底深深地爱着每一个孩子。

后来，亓鲁杰一边修车一边琢磨，慢慢地，就学会开车了，技术熟练后就来到供应处汽车队当驾驶员，跑运输，算是有了一份正式工作。

亓伟去世后，有领导曾经找到亓鲁杰，让他去拿个文凭，好给他安排一个管理工作。亓鲁杰说自己和姐姐亓鲁光不一样，对读书没多大兴趣，“还是开车吧，开车好玩儿。”

其实开车并不好玩，亓鲁杰深有体会。他之所以坚持开车，是因为父亲在去世前，一再告诉他：“任何时候不能搞特殊，不能给组织添麻烦，有多大本事就穿多大鞋，吃多少饭。”

亓鲁杰说：“公家的东西，配给父亲工作用的，我们是不能用的。如配给他的小车，在昆明时我们不能坐，到指挥部的时候，他是一把手，按说我们搭个车应该是很简单的事吧，但是我们从来没有坐过他的小车。他的小车在矿区很多人都坐过，卖冰糕的、买菜的、职工都可以搭，唯独我们就是不行。”

2011年，兄妹三人在攀枝花合影（中亓名超，左亓鲁杰，右亓鲁明）

亓鲁杰所在的车队最初是去大宝顶林场拉木料，后来去了仁和，再后来去云南省宁蒗县。去宁蒗早上三四点钟出门，拉完木料赶不回来，需要在云南省的华坪县住招待所。招待所工作人员换洗床单被套时经常埋怨他们，因为他们很多时候一到招待所，倒头就睡，根本没有洗漱，理发师也训过他们，因为他们经常不洗澡，不梳头，不洗脚，说他们一点也不讲究卫生。

“哪儿有精力管那些哟，累得要命，一倒在床上就睡得像个死猪似的。”亓鲁杰回忆起当年的情景时说。

但是司机们也不是一睡下就一觉睡到天亮，往往是睡前把车停到下坡路段，半夜醒来，醒得最早的那个就悄悄地把车先滑走一段距离，然后打着火，开着就跑。亓鲁杰他们就这样相互比拼，都希望每天能比别人多拉一趟。那时候多拉一趟也不给奖金、不给补助，但大家都习惯了抢着多干活。

司机不光跑运输，有时还要参加劳动搬东西，他们称之为“扛大包”。从山下到山上，每人两包水泥，不管你什么亓伟的儿子，还是哪个处长的儿子。扛一包不行，还必须再加一包。发工资，老师傅37元，亓鲁杰21元。

“凭什么？都是干一样的活。”亓鲁杰不服气，自己抢着干活，干得最多。

“你是学徒工。”

“哦。”那时候在大家心中对师傅是发自内心的尊敬。

几年后，亓鲁杰工资也涨上去了。按规定他可以领到39元5毛。但也还有不少老师傅还在开37元，他就要求也开37元。这可能就是一家人的家风，父亲的言传身教，在不知不觉中影响着他的子女，他们吃苦争着在前，从不去追求回报。大家很敬佩他觉悟高。

“不单单是我，那时候大家都很实在。”亓鲁杰谦虚地说。

又过了些年，有一次审驾照，宝鼎矿区包括亓鲁杰在内的一部分司机的驾照面临着被吊销，原因是他们领取驾照时未满18岁。

“自己只会开车，没有了驾照靠什么吃饭？”亓鲁杰着急万分。

不过他也认为，道路交通严格管理不是什么坏事，因为在当年跑运输的时候，耳闻目睹不少交通事故的惨状。

“比如疲劳驾驶，这是开车的大忌，当年只想着多拉快跑。”亓鲁杰心有余悸地回忆道。

由于当时工地上有很多这种情况的司机，最后，政府特殊情况特殊处理，亓鲁杰他们虽然保住了驾照，但失去了继续开大车的资格。

后来亓鲁杰调到成都办事处，为前来办事处办事的人员提供驾驶服务。他说在这里自己担任了这辈子最高的职务——汽车班长。不但自己开车小心翼翼，还要求班员们严守交规。

亓鲁杰是个性格爽朗的人，退休后，当年的徒弟和从前一个班上的兄弟们有时会约他聚一聚，喝点酒。兄弟们调侃他，当年死心眼，不然凭借老爷子的威望，可以弄个队长或者科长当一当，现在退休工资会高不少。

“知足吧，我现在退休不用干活，国家还拿钱给我。”亓鲁杰笑了笑。

姐姐亓鲁光是知名医院医学专家，为了保证诊疗效果，每天挂号名额有限，病人挂号相当困难。有人曾经让亓鲁杰帮忙，条件是两瓶好酒。亓鲁杰是个热心人，但是他回绝了找他的人，说这个忙他帮不上，他们虽然是姐弟，但是同样要按规矩办事，就算他自己要去看病也得排队挂号。

提起姐姐亓鲁光，亓鲁杰总是一脸憨厚和自豪：“我没她那么有本事，我只会开车，但我既然在开车，就要把车子开好，尽量别把车子刮着碰着。”

“都是凭自己的本事吃饭，她给我爸争了光，我也没给我爸丢脸。”亓鲁杰说。

这就是亓伟的子女，在一些人看来，在当今社会他们的做法可能有些难以理解，但他们仍然按自己内心深处的想法去支配自己的言行，这就是精神的传承。

1971年秋天，亓伟在北京住院期间部分亲人探望时，在天安门前留影（前排左一孙子亓新，左二亓名超爱人张峰英，左三亓伟爱人陈书兰，左四女儿亓鲁明。后排：左一小儿子亓鲁杰，左二次子亓名哲，左三长子亓名超，左四女儿亓鲁光，左五孙女亓静）

4.6 家风的传承

被采访人亓玉华，亓伟大孙女，1953年12月21日生，河南省南阳市烟草专卖局干部，现已退休。

2011年6月16日，亓伟家人在“金色攀枝花”展览馆留影（前排右一亓伟长子亓名超、后排右一二亓伟小儿子亓鲁杰及爱人、后排右三四亓伟小女儿亓鲁明及爱人、后排左一亓伟大孙女亓玉华）

对于亓玉华来说，最遗憾的是没有亲眼见过可亲可敬的爷爷。她所了解的爷爷是从照片上，从父母亲一遍一遍地讲述中，从攀煤公司邮寄给她的书写亓伟故事的报刊中，从宝鼎矿区人们的口述中。每多了解爷爷一点，心里就更增添一份崇敬和自豪，她为有这样的爷爷而骄傲。值得庆幸的是，2011年亓玉华在亓伟雕像创作时期陪父亲亓名超来到攀枝花亲眼看到了爷爷的雕像，其次在2015年，也就是攀枝花市建市50周年之际，又再次被邀请来到攀枝花，他和妹妹亓静来到三线建设博物馆和爷爷亓伟的铜像近距离接触，跟爷爷算是合了影。

1971年10月，组织上根据亓伟的请求，把亓伟的家从昆明云南省煤管局大院搬到了攀枝花宝鼎矿区。他们一家五口先是住在指挥部招待所，后来搬到指挥部大食堂后面的二层木地板小土楼，在靠摩梭河沟方向的一楼住。当时，女儿亓鲁光20岁、小女儿亓鲁明18岁、小儿子亓鲁杰15岁，两间卧室，亓伟两口子一间、另一间中间用席子一隔，就成了两个女儿与一个儿子的卧室，门外走廊用土坯砌上，就成了一小间简易厨房，隔壁就是马书绅、韩宗顺家。二楼是指挥部维修队的单身职工宿舍，还有两间是指挥部"五七连"的服装厂，一家人就在这样简陋的环境中生活。

亓伟的妻子陈书兰为了丈夫的事业，也从云南省物资局煤焦公司的经理，变成了渡口煤炭指挥部总医院党委副书记。亓伟的早逝对陈书兰的打击极大。身体原来就不太好的她，始终坚持在攀枝花继续完成丈夫未竟的事业，还要帮助儿女去理解父亲的抱负，教育儿女去学会做人做事。巨大的悲伤和艰苦的环境透支了陈书兰的健康，高血压，心脏病，支气管炎等疾病一直摧残她的身体。1978年又因脑梗半身不遂，虽经多方治疗有了一些好转，但在攀枝花当时的医疗条件下，陈书兰健康状况是每况愈下，但她始终对宝鼎矿区满怀深情，不离不弃，直到1984年离休。

亓伟的长子亓名超，1930年10月出生，历任原河南省南阳地区经贸委党组书记、主任，南阳市市长等职。1993年9月离休（地专级），于2013年6月病故。有一首诗这样称赞亓名超的一生："凡事严谨细，为人正德宽。淡泊名和利，一尘也不染。吾尊师和长，楷模及永远。"亓名超的一位老部下为他写下的悼词这样评价他："亓名超同志的一生是革命的一生，奋斗的一生，全心全意为人民服务的一生，献身于共产主义事业的一生。亓名超同志是我们工业战线的老同志、老功臣。人的最高境界是光而不耀，他做到了！他勤勤恳恳地为人民一生，为群众取暖，为大众指路，不求耀眼夺目，不图绚丽多彩，他是党和人民群众不可多得的好公仆，是我们永远铭记的榜样和指路明星。"

亓伟的次子亓名哲，1938年9月出生，历任福建省漳州建筑瓷厂党委书记，漳州建材开发中心书记、经理等职。1998年9月退休，于2018年12月病故。

亓伟的长女亓名秀，1934年1月出生，现居住山东省济南市莱城区。

亓伟的次女亓名英，1940年12出生，原在江苏省徐州煤矿机械厂中心实验室工作，1990年退休，现居住江苏省徐州市泉山区。

亓伟的三女亓名云，1943年8月出生，原在山东省烟台市婴儿乐食品有限公司工作，1990年因病退休，现住烟台市芝罘区。

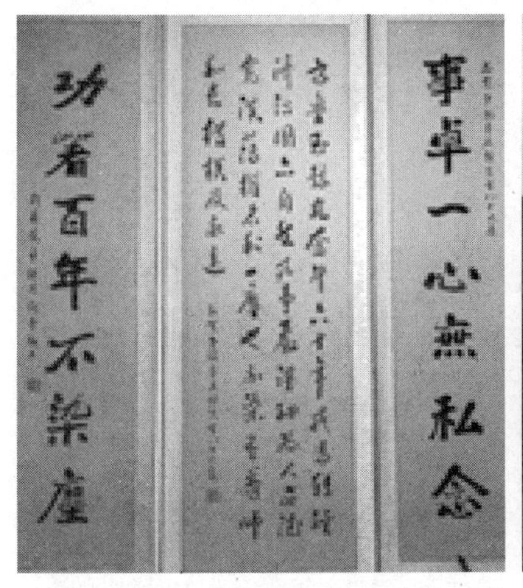

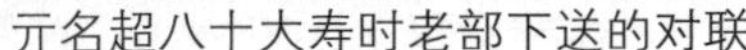
亓名超八十大寿时老部下送的对联

兄妹3人合影（左亓名哲，中亓名超，右亓名英）

亓伟的四女亓鲁光，到渡口煤炭指挥部后，在总医院当护士，后来考上成都中医药大学，成为四川省中医药大学的教授、中国糖尿病研究中心主任、博士生导师、获国务院特殊津贴专家。

亓伟的小女儿亓鲁明，亓鲁明十八岁到煤炭指挥部洗煤厂当工人，后在洗煤厂担任团委书记，后又调渡口矿务局团委、工资处、审计处任职。后为照顾年迈病重无法返回攀枝花的母亲而申请调入攀枝花矿务局都江堰疗养院至退休，她始终保持低调、自律、自觉、自强的作风，默默地在平凡的岗位上，实践着父亲的教诲“听党话，跟党走”。

亓伟的小儿子亓鲁杰，受“文化大革命”影响，初中勉强毕业。十五岁时想到大宝顶煤矿当一名掘进工，单位领导嫌他太小没有被录用。十七岁时到了煤炭指挥部供应处汽保厂实习，后考上驾照成为供应处车队驾驶员，再后来调到了渡口矿务局成都办事处当驾驶员、小车班班长，低调踏实地做好本职工作，直至退休。

4.7 “你们下一代是祖国的未来”

被采访人亓静：亓伟孙女，1956年4月12日生，原河南省南阳市旅游和外事侨务局副局长，现已退休。

2015年3月，亓伟孙女亓玉华（左）、亓静（右）在亓伟雕像前合影

在我的人生经历中，有两个人是激励我不断拼搏、进取的精神支柱，一个是我最敬佩的父亲亓名超，一个是我最崇敬的爷爷亓伟。

我清楚地记得，那是与爷爷仅有的一面，既是人生初次也是永别的一面。虽然我们相见时间短暂，但他老人家的谆谆教诲，却永远铭刻于心，融化在我的血液里，留给我的是人生最美好、最神圣、最珍贵的无价之宝——精神之魂。是它伴随着我走过多少风风雨雨，激励着我勤奋学习，努力工作，领悟着人生的真谛，实现人生的价值。

1971年的秋天，当我得知爷爷重病的消息后，随父母和弟弟赴北京看望身患癌症的爷爷。我们来到北京肿瘤医院，见到了日思夜想的爷爷。一进门父亲就急忙走上前去，看望并安慰刚刚动完手术的爷爷。我也多么想上前去说几句慰问他老人家的话呀！这是我平生第一次见到我可敬、可亲、可爱的爷爷。他面容慈祥、身材魁梧、性格乐观、说话幽默风趣、豁达开朗。

当爷爷见到我们后，他亲切和蔼地向我父亲询问：“工作干得怎么样？小孩都上几年级了？”我父亲都一一做了回答，爷爷听后，十分高兴。他语重心长地说：“你们工作要干好，孩子也要培养好，他们是祖国的未来，要好好教育，培养成材。”他接着又说：“我身体不要紧，你们抓紧回去，把党和人民交给的任务完成好。别看我现在身体这样，这只是刚刚做完手术，再过几天身体好了，我回到宝鼎矿区再工作个十年八年的不成问题，我还要亲眼看到渡口出煤、出铁、出钢呢。”听了爷爷的这一番话，我心里真不是滋味，既高兴又心疼。高兴的是爷爷为了国家建设，鞠躬尽瘁；心疼的是爷爷为了工作积劳成疾，身患癌症。他手术后，焦黄无血色的脸庞，消瘦无力的身躯，令人不安。特别令我难忘的是：在医院的病榻上，我们与爷爷依依告别时，他再三嘱咐我：“你们下一代是祖国的未来，要多学习，认真读马列、毛主席的书，为革命好好工作，为社会主义建设多做贡献。”这些话虽然事隔40多年了，但语音回萦，言犹在耳。

40多年来，爷爷的谆谆教诲成为我人生艰苦奋斗，努力工作的精神食粮，它不断激励我克服种种困难，去实现爷爷的遗言，为追求我人生奋斗目标，努力为建设有中国特色的社会主义事业，不断攀登新的高峰。

最近，攀煤集团公司正在编撰爷爷的故事出书，大致看了样稿后，我想借此机会对编撰组的同志们表达我的谢意。首先，请接受我们作为先辈亓伟的后代对你们为编纂《宝鼎英雄——亓伟的故事》一书辛勤的付出，表示由衷的感谢和崇高的敬意！感谢你们无论什么时候都没有忘记宝鼎英雄——亓伟，更感谢你们为不断地发扬和传承英雄精神所做的一切！这种精神的动力真是难能可贵！我们作为后代千言万语难以表达心情，只有汇成一句话：“感谢川煤集团攀煤公司的领导和编著者。谢谢你们！树木成长离不开阳光的呵护，花儿的开放离不开雨露的滋润。《宝鼎英雄——亓伟的故事》一书的出版见证了伟大的宝鼎人和我们后辈对英雄及其精神的崇敬和传承，寄托了你们一直以来心系国家，情牵宝鼎魂的情怀！通过这本书也让我们了解到我爷爷亓伟生活当中的点点滴滴细节，这更加激励我们铭记先辈的‘不忘初心，方得始终’的伟大使命，这更是对我们后代子孙给予的一笔巨大的精神财富！它滋养着我们后代们要继承和学习革命先辈的意志，在各自的生活和工作中为社会多做工作多做奉献的精神动力。宝鼎英雄，惠泽千秋；亓伟故事，传承万代！这本书传递一份爱，这份爱成就一个梦想，这个梦想让无限希望启航！我们相信，也请你们放心，有你们的鼓励与支持，有宝鼎英雄的精神财富，我们一定会继承先辈的光荣传统，在各自的工作和生活中做得更好，决不辜负先辈的厚望。”

第五章

铁汉有情

他们眼中的亓伟

5.1 凝心聚力，知人善用

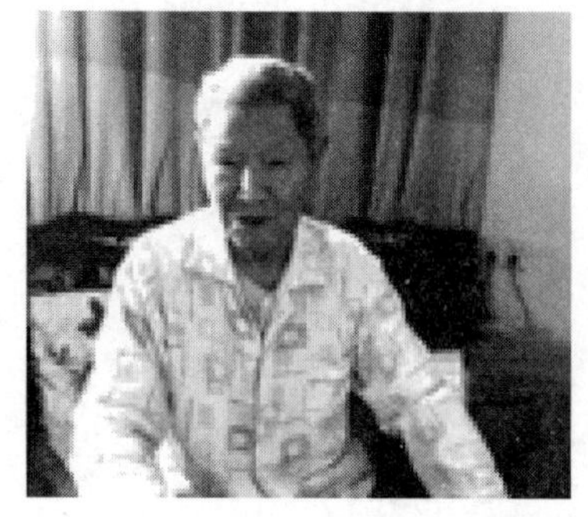

被采访人褚运恒，1935年3月出生，1964年12月调到宝鼎矿区。

凝聚人心

褚运恒1955年参军，先后参加过凉山平叛、修建铁路……1964年12月从云南省曲靖县恩洪煤矿调到攀枝花参加宝鼎矿区建设。

褚运恒第一次看到亓伟是20世纪60年代初。当时，亓伟作为云南省煤管局副局长和“肃反整风”工作组成员，来恩洪蹲点。亓伟不苟言笑、端庄严肃、说一不二的性格，给他留下了深刻的印象。

没想到第二次见到亓伟，却是同坐在一辆嘎斯客车上，而且跟以前的印象似乎大相径庭。

1964年12月，云南省煤管局从云南一平浪、恩洪、来宾三个煤矿抽调出36人，到渡口宝鼎山参加建设，客车上有亓伟等领导。当时抽调的这些人都知道攀枝花偏远艰苦，其中有一些人是带着不愿来的情绪坐在车上的，褚运恒也不想来。汽车一路颠簸，窗外越走越荒凉，空气越来越干燥。到了永仁，有些人干脆就喊司机停车不想走了，有的人吵着要回原单位，有的人开始抽泣，就连当时专门搞洗煤的技术人员吴德永也嚷着想回四川老家。

面对一片乱哄哄的局面，亓伟从容淡定、和蔼亲切。他从座位上站起，微笑着问大家：“我们成为新中国的主人，应该感谢谁？”没人吭声。亓伟定了定又问：“是谁把我们从旧社会的苦海中解放出来？”有人开始小声回答：“是共产党，是毛主席！”亓伟笑了，于是声音洪亮地说："在今年6月的中央工作会议上，毛主席提出了三线建设的主张。他老人家说，三线建设的开展，首先要把攀枝花钢铁工业基地以及相联系的交通、煤、电建设起来。建设要快，但不要潦草。攀枝花搞不起来，他睡不着觉。"亓伟顿了顿又说："我们今天和平幸福的生活，来之不易！攀枝花建设不好，毛主席睡不好觉。建设好攀枝花等地方，是为了建设国家的战略后方基地，是准备打仗，是为了打赢美蒋反动派。"闹哄哄的人们不再作声，哭泣的人也停止了哭泣，一些人还鼓起掌来。

大家来到攀枝花，先住在仁和宝灵寺那个地方，研究安排煤炭井口的建设位置，准备建设太平矿、花山矿、烂泥箐矿和洗煤厂、机修厂。当时参与的还有重庆设计院、云南地质勘探队。1965年初这些人又全部从仁和宝灵寺迁到小宝鼎矿，并在小宝鼎矿过了春节。那时就已经在修大宝顶到摩梭河、沿江矿到供应处的公路了。

1967年，这些人又从小宝鼎到了烂泥箐，选定了烂泥箐井口位置后，大家又深一脚、浅一脚地从烂泥箐下到干坝塘大拐弯。野树、荒草、沙石中，亓伟脚一滑，差点滑下脚边几十米深的悬崖，他哈哈地笑着说："如果从这滑下去了，老婆就该哭了。" 接着又说："不过，摔下去找到了井口位置，也是值得的！"大家从紧张的神情中，一下放松大笑起来。笑声中，大家找井口似乎又有了力量，就在那处悬崖的附近，确定了干坝塘井口的位置。

攀枝花的冬天，有那么几个月也挺冷。最初的建设队伍，都是带着简单的行装来攀枝花的。为了让几百号人顺利过冬，不影响建设速度，亓伟去了趟云南军分区，几经协商洽谈，弄来了几百套棉大衣，分发给了大家。

当时，虽然太平公社有个供销社，但也没什么可卖，只有点豆腐乳、烟酒、农药、农具等，对于有着良好亚热带干热河谷气候条件的渡口，当地农民也只会种苞谷、红苕、麦子、蚕豆，水果只有芭蕉、木瓜和野生的红心果。指挥部从外面采购回来的食品，也总是盐肉、海带、粉条、土豆老四样。为了改善生活、增加菜品，亓伟常常下厨房查看职工的饭菜，经常留意职工有没有剩菜剩饭，从中可以发现职工满意不满意、浪费没浪费。为了让职工们吃上新鲜多样的时令蔬菜，亓伟还专门派人从北京那边请来了种菜的专家，对当地农民进行技术指导，使当地农民的农副业生产有了较大发展和显著改观。

知人善用

在褚运恒的记忆里，亓伟留给他印象最深的一件事，是让他去丽江地区招工。当时，矿区生产建设正轰轰烈烈地进行，但人员缺少，从很大程度上影响了生产进度，尽快招工已经是刻不容缓。

褚运恒在指挥部机关办公室工作，因为熟悉云、贵、川民族地区的情况，后来调他到厂社结合办公室、浪木桥先锋生产队等单位，都是派他去做企业与当地农村一些需要协调合作的工作。1965年4月的这次丽江招工，在派谁去的问题上，开始党政领导意见是有分歧的。亓伟认为，褚运恒在丽江打过仗，熟悉当地的情况，派他去应该会事半功倍，而张川认为褚运恒熟悉宝鼎山当地的情况，适合继续做矿区与地方的一些协调工作。后来，两个领导经过协商，还是委派褚运恒去做招工工作。

褚运恒拿着煤矿建设指挥部写的介绍信来到了丽江，凭借着一口流利的云南方言，和多年与地方打交道的经验，得到了当地领导的大力支持。每到一个县，县政府都出面主持招工，然后把招到的人移交给他，褚运恒代表单位签订招工合同。

最后，褚运恒保质保量完成招工任务，招来的男男女女700多人，一批批来到了宝鼎矿区，再根据各厂矿的需求进行了分配，缓解了宝鼎矿区建设人员短缺问题。这体现了亓伟慧眼识才，知人善用。

煤炭指挥部抓革命促生产誓师大会

5.2 一碗糖水

被采访人肖国柱，1939年11月出生，1965年7月调到宝鼎矿区。

当时，肖国柱到了煤矿建设指挥部机关所在地摩梭河，那里已建有几栋干打垒平房。当地条件艰苦，老百姓耕种方式很原始，只种一点玉米，不种蔬菜。职工们主要吃茄子、萝卜、粉条，偶尔能吃到一点绿色蔬菜就是莴笋。肉是咸肉，由马帮从盐边驮来，路途遥远，驮到这里，有时有些肉长了蛆。

因为肖国柱之前是学美术的，所以被分到了宣传部当宣传干事。1965年8月底，他和另一个同事开始办报纸。那时候，渡口总指挥部的报纸叫《火线报》。亓伟给宝鼎矿区的报纸取名《愚公报》，他说艰苦地区搞建设，就得要有“愚公移山”的精神。

办报条件很艰苦，一块钢板，一支铁笔，连排带编，切纸，油印。刻钢板刻得眼前一片黑，但却干劲十足，这是一种精气神！《愚公报》只有一个版面，不定期发行。报纸后来因“文化大革命”停办了。

在肖国柱的印象中，亓伟办事雷厉风行，定下的事情就一定要完成。在解决了小宝鼎的出煤问题，保证了渡口电厂的发电所需之后，为了使太平矿能尽早贯通，亓伟从政治部抽人，成立工作组，每天由他带队下现场。为了提高效率，他安排各个单位分段施工。凡事不允许拖延，有什么问题当场拍板解决。那时亓伟已经50多岁了，天天下井，别人走了，他还留下来检查现场。身为十二级干部， 从不搞特殊。亓伟不仅关心工人，也关心干部，但对干部要求严格，看不惯溜须拍马。那时候，实行军事化管理，大家出操，他亲自带队。有一天早上，他发现有位干部没参加集合，就问原因，有人说那位干部感冒了，弄清原因后，亓伟让那位干部去看病，那人手里边有工作走不脱，亓伟就打电话给他找了医生来看病。

肖国柱最后一次见到亓伟，是他病重住院期间。亓伟已被病魔折磨得不成样子，很瘦。他知道肖国柱不喝茶，就给他兑了一碗糖水。那时的糖是稀罕物，重病号需要写申请才能买到一斤。

亓伟兑糖水的情景，至今肖国柱仍清晰地记得。每一个动作，每一个细节，以及他兑糖水的背影，那份情感，那份领导对下属的关爱，都永远地印在了肖国柱的记忆深处。亓伟患的是食道癌，说话很吃力，两人几乎没做什么交谈。肖国柱说："我只是想看看他，那碗我最终没喝的糖水，却已汩汩流入我的心田，滋润至今！"

"那碗糖水，我最终没喝。那里面装着满满的情谊，我怎能独自喝下。"多少年了，那碗糖水和着那些往事就这样萦绕在肖国柱的记忆里，任凭时光流转、岁月变迁，总是在记忆中荡漾。

20世纪90年代，为了传承和弘扬攀枝花三线建设精神，组织决定拍摄以亓伟为原型的电视剧《燃烧的攀枝花》，这部剧还是根据肖国柱他们写的剧本《魂系攀枝花》改编的呢，为此肖国柱很是自豪！

宝鼎矿区的采煤工人

5.3 比老乡都质朴

被采访人部玉山，1932年2月出生，1966年6月调到宝鼎矿区。

亓伟给部玉山的第一印象是很严肃。那时候正学“老三篇”，亓伟坐在机关食堂的舞台上组织大家学习。部玉山在东北做了多年宣传工作，但没有这种背语录的习惯。亓伟喊人上来叫别人背第几页第几条，当时部玉山就觉得这书记好厉害啊！

亓伟来的时候，很多配套设施不全。比如理发店，桌子凳子都没有，就一个木墩在那放着，亓伟就找相关负责人，说：“明天赶快买，买了给配上。”就这样工人结束了坐木墩理发的岁月。

指挥部党委决定在小宝鼎矿召开学习毛主席著作经验交流会。小宝鼎招待所的王有秀是一名学习毛主席著作的积极分子，她兼任着所长、管理员、清扫员三个岗位，工作任劳任怨，服务耐心到位。

开会的头一天，亓伟带着部玉山找王有秀谈话，让她做一下准备，第二天在会上发言，重点介绍学习《为人民服务》的体会。

王有秀感觉非常为难，说自己只是一名从云南农村招来的工人，文化很低，虽然非常喜欢学习毛主席著作，但是经常需要请教他人，当众发言会很紧张。

“要不，我就不发言了？”

亓伟摇了摇头。王有秀局促不安。

部玉山请示亓伟，要不要帮她整份发言稿，这样会上她只需要照着念就行了。

亓伟摇了摇头。他对王有秀说：“不要有顾虑，你平时做了什么就说什么，想到哪里就说到哪里。”临走时，又叮嘱王有秀一句：“晚上该睡就睡，不用专门琢磨。”

回来的路上，亓伟告诉部玉山，要多宣传像王有秀这种埋头苦干的人，他们自己不善表达，就要替他们发声，帮他们说话。

然后，亓伟又问会议具体有哪些人参加。当天晚上，亓伟忙完手头的工作之后，把能找到的那几个人都找来了，要大家实话实说对王有秀的看法。

第二天，轮到王有秀发言了，她不安地看了看亓伟，亓伟微笑着冲她点了点头。会议开得很顺利，王有秀语言质朴、内容实在的发言赢得了全场掌声。与会同志中，和王有秀打过交道的人，都对她的工作给予了积极评价。这让王有秀感觉很不好意思，连声说："这些是我应该做的。"

1971年5月，郜玉山爱人和小女儿从东北来小宝鼎矿探亲，郜玉山当时在小宝鼎矿政治部工作。住了一段时间之后返回东北，路过昆明时，当时正是亓伟从北京手术完返回到昆明家中休息，听说郜玉山爱人和孩子来到昆明，立即派小车司机到昆明站前和平饭店接郜玉山和爱人、女儿到他家做客，并准备一桌丰盛的晚餐招待他们。

亓伟书记在晚餐上面带笑容地对郜玉山爱人说："小郜来渡口工作已经好几年啦，一直没有回家探亲，你家里孩子多，年龄又小，你一个人上班又要照顾孩子上学读书，真难为你啦，我回去之后，找个机会安排小郜回家探一次亲，帮你管一管孩子，照顾照顾家，不行的话，全家搬到渡口来，住在一起就好了。"

当时郜玉山和爱人听了之后很受感动，心想亓伟这么大的干部还想着他家这样的小事，这样的领导干部真好。晚饭后把他们一家三口送到旅店，第二天派人把母女俩送到火车站。

郜玉山说，亓伟生前给他家人设了一条规定：凡是宝鼎矿区职工和家属路过昆明，有事求助亓家人都要给予帮助。

亓伟做了手术返回昆明在家没有休息几天，就和郜玉山一起乘车返回攀枝花。

在返回途中，路过昆明钢铁厂，亓伟带郜玉山进厂后，首先考察了该厂的生产经营状况，然后找厂领导协商，待宝鼎矿区生产走向正常之后，可否将宝鼎煤矿的主焦煤发一部分给昆钢搞好双方合作。临别时昆钢领导嘱咐他注重自己的身体。在回来的路上，亓伟再三鼓励郜玉山要认真学习，努力工作。他说，在基层工作有好处，是锻炼的好机会，有机会请探亲假回去看看，不行就把家搬来在宝鼎扎根。郜玉山听了之后，深受感动。

郜玉山说："在同亓伟共事的日子里，我在他身上不仅学到如何为党工作，更重要的是如何做人的道理。他是我的恩师，是我一生学习的好榜样。"

1967年亓伟被打成了宝鼎矿区头号“走资派”，造反派气势汹汹地把他带到太平矿批斗。

指挥部有领导考虑到亓伟已经50多了，担心出什么问题，决定让郜玉山赶到批斗现场，批斗完了就把他接回来。

批斗结束后，郜玉山走到亓伟身边，告诉他自己带车来了，让他坐车回去。亓伟摆了摆手，说：“不坐，哪有挨了批斗了还坐车的道理。”看见亓伟腿脚不利索，郜玉山还是坚持把他扶着上了车。

第二天，郜玉山也被造反派贴了一张大字报，说亓伟是“土皇帝”，郜玉山是“保皇派”。

有的群众在批斗之前会找机会塞点东西给亓伟吃点，只是悄悄地，趁人不注意，怕“造反派”看到。

当时的工作条件非常艰苦，亓伟根本不谈条件，批斗就批斗，需要时他再出来，批斗回来就直接去现场，还继续指挥工作，跟同事们一起拿着筷子拿个碗吃饭，戴个草帽，比老乡都还质朴。

1970年，亓伟“解放”后，就立即投入龙洞大会战。

但亓伟的病情一天天加重，他也不聊天了，即使聊也离不开生产和建设。

到矿上医院，医生说他需要休息，亓伟说医生你给看看就行。医生给打完针，叫他别走了，说休息休息，亓伟站起来摆摆手就走了，带着病就又去龙洞矿了。他一天只睡五六个小时的觉，有时中午都不休息。别的人一般七八点钟起来，他五六点钟就起来了。

当时的医疗水平也不行，特别在矿区医院，癌症病人就知道痛了打点针，输点液。最后市里的医生来看了才知道是癌症晚期。而亓伟觉得得了癌症也不是马上死人。住院的时候，他还跟医生说好好培养接班人，解决矿区职工看病难的问题。

亓伟病危的时候，医院门口很多老百姓，拿着鸡、鸡蛋、卤肉等都想进去探望，说哪怕看亓书记一眼，他们也放心了。

亓伟去世没几天，报纸就刊登了他去世的消息。有个同志拿起报纸来读，没读几句，声音就哑了，读不下去了，全场人跟他一起掉泪一起哭。

亓伟来宝鼎一共7年左右的时间，但就在这么短的时间里，他和郜玉山这些下级.的关系处得都很好。

5.4 “亓书记戴过我的安全帽”

被采访人姬企飞，参加工作时为机电维修工，1970年调到龙洞煤矿政治部工作。

亓书记戴过我的安全帽

1970年3月，龙洞会战打响了，姬企飞所在的队伍担负着二号井的掘进任务，当时姬企飞是井下电钳工。

一天，姬企飞上零点班，大约在凌晨5点多钟，他正在井口机电维修房修理煤电钻，朦胧的晨曦中，一个人向井口走来，近前一看原来是亓书记。

还没等姬企飞开口，亓伟便向姬企飞询问井下的生产情况，姬企飞说很正常，亓伟满意地点点头。姬企飞说：“我马上报告领导说亓书记您来了。”亓伟说：“不要惊动他们，自己看看。”随后对姬企飞说：“把你的安全帽，矿灯借给我用用。”姬企飞取下安全帽和矿灯递了上去，正想帮他系好矿灯皮带，亓伟婉言道：“我自己来。”

穿戴好之后亓伟就下井去了，大约半小时后，亓伟升井后把安全帽、矿灯还给姬企飞就离去了。这时候，跟班队长急匆匆地来到修理房，责怪姬企飞：“亓书记来检查工作，你为什么不通知我们这些跟班的干部？”

“亓书记不让声张！”姬企飞解释道。

姬企飞回忆，当时攀枝花的3月，酷热难当，住在席棚房里的人们，前半夜很难入睡，全靠下半夜睡点觉。正当人们酣睡的时候，亓伟却常常只身一人到现场检查工作。难道他不困？当时姬企飞作为一个普通工人，不知道上级精神，也不理解亓书记。如果不能按时采出气肥煤，就要影响攀枝花“七一”出铁的大局，亓书记深感时间紧、任务重、责任大，心中有大事的他怎能睡得着？

后来他们才理解，在战争年代、和平建设时期敢打大仗恶仗的亓书记，忙而不乱、胸有成竹。在他的带领下，会战的同志们战天斗地，克服万难，决战105天，终于建成了一座年产21万吨气肥煤的龙洞煤矿，创造了我国建矿史上的奇迹，为确保攀枝花“七一”出铁做出了不可磨灭的贡献。

亓书记把李工扶上驾驶室

龙洞会战时期，矿区的生活十分艰苦，因为车辆少，大家的出行十分困难。一次，李利美工程师要到指挥部开会，矿领导通知供应科，用拉货的解放牌货车把李工送到指挥部。

车刚停稳，一个愣头愣脑的年轻人捷足先登，一头钻进了驾驶室，年迈的李工无奈，只好从后面爬到车厢内。

这时，恰好亓伟刚好路过，了解情况后，他叫李工下车，李工有些不好意思地说：“在上面站着也行。”

亓书记生气了：“叫你下来，你就下来！”

然后走到驾驶室旁，和蔼地对年轻人说：“李工年岁大了经不住颠簸，请你把座位让给他好吗？”

年轻人红着脸，顺从地跳下汽车。亓书记又把李工扶上驾驶室，望着远去的汽车，亓书记还站在原地若有所思。亓书记此时想什么不得而知，但他大事小事一起抓，深入细致的工作作风令人敬佩。这体现了亓书记关心老同志，爱护知识分子的情怀。

亓书记的事迹催人泪下

1970年年底，姬企飞被调到矿政治部工作 。

1972年3月26日，身患重病的亓书记与世长辞，噩耗传来，矿工们为失去了这样的带头人悲痛万分。亓书记病逝后，指挥部内报刊，省、市报纸大量宣传他的先进事迹，一个学习亓伟的热潮在宝鼎矿区，在省市轰轰烈烈地开展起来。

一天上午11点钟，分管政工的矿领导对姬企飞说：“矿里决定，今天下午3点钟组织全矿干部，在机关食堂集中学习亓书记的先进事迹，你把材料准备好。”

姬企飞说：“行，学习材料交给谁来读。”

亓伟（右一）给职工发学习读本

领导说：“你来读。”

为了读好学习亓书记先进事迹的这篇文章，当天中午姬企飞放弃了休息，自己反复读了几遍，重点部分还画上了红线。同时，反复提醒自己，这不是一篇普通文章，一定要读出情感，声音要洪亮，使大家从中受到深刻的教育。

“我们应当学习他忠于党、忠于人民，为党的事业勤勤恳恳、奋斗终生的革命精神；学习他一不怕苦，二不怕死，生命不息，战斗不止，鞠躬尽瘁，死而后已的彻底革命精神；学习他相信群众，依靠群众，扎根于群众之中，带领群众奋勇前进的优良作风。亓伟同志的一生，是为党的事业兢兢业业、艰苦奋斗的一生，是一个优秀的共产党员，是焦裕禄式的好干部……”

当读到“活着建设宝鼎山，死了埋在宝鼎山……”的时候，姬企飞实在无法控制自己的感情，顿觉喉头哽塞、声音沙哑、泣不成声，再也读不下去。领导只好换人接着读，等姬企飞擦干眼泪，稳定情绪环顾四周时，发现满屋的人表情肃穆，有的人在认真地做笔记，有的人在悄悄地抹眼泪。

5.5 看不出官架子

被采访人焦益生，1944年2月出生，1967年3月调到宝鼎矿区。

1967年3月，焦益生从煤炭指挥部干校学习后被分配到龙洞参加大会战，当时是会战指挥部的一名宣传干事。亓伟刚被“解放”出来，他不顾身患重病，主动要求参加龙洞大会战。当时他担任会战副总指挥，那会儿煤炭、电力、交通、财贸、邮电等6支建设大军、19支队伍一齐汇聚到龙洞山下。身为副总指挥的亓伟早已驱车来到会战工地。3月的龙洞干燥炽热，亓伟亲自带着指挥部的成员进行现场办公，在露天草地上展开图纸，共同围在一起讨论施工方案、施工措施，直到夜幕降临，他才拖着疲倦的身子，回到会战指挥部。

夜晚，当参加会战的人沉睡后，亓伟还在想着会战队伍如何安排。他经常拖着病重的身体到各个席棚屋内逐一检查，直到他认为安全无事，才疲惫地回到宿舍休息。

第二天早晨5点钟，当人们还在睡梦之中，亓伟却穿好衣服，来到食堂检查伙食情况，看到炊事员们忙着生火，准备蒸馒头、熬稀饭时，他才放心地离去。

龙洞会战从3月至7月，天气炎热，太阳把所有的席棚房、板房房顶的油毛毡晒得直冒油，屋内烤人。亓伟看在眼里，急在心上，就召集会战指挥部有关人员商量，如何保证会战的职工休息好，并安排给各宿舍安装电扇，接通各宿舍的水管，保证会战职工升井后都能洗个澡，消暑的同时也感受到组织的关怀。

亓伟在井下检查工作时，职工向他反映食堂菜品单一，花样不多。升井后亓伟来不及换工作服，找来会战指挥部分管生活的后勤组领导，研究解决职工的吃饭问题，并立即派车到云南下关、元谋等地买新鲜蔬菜。

作为会战指挥部的成员，亓伟从不搞特殊化，照样每天拿着饭盒和职

会战指挥部

工一样排队打饭菜。当他发现炊事员给他打的饭菜分量要多一点时，就耐心地对炊事员讲，不要搞特殊化！本来，作为煤炭指挥部的领导，又身患重病，食堂给他单独开小灶是理所当然的事，有一次，炊事员想到亓书记虚弱的身子就另外做了一个肉菜端到他面前，他却告诉炊事员再不许给他开小灶，并亲自把已经做好的饭菜端到工人饭桌上和工人们一块吃，在场的工人深受感动。

在会战的日日夜夜里，亓伟始终如一，身穿布衣、脚蹬布鞋，在他身上根本看不出官架子。可是工作起来，他却是个工作狂，厂房、井下、工地、职工宿舍到处都有他的足迹，闲暇时就到职工堆中聊天，嘘寒问暖。为了加快工程进度，他经常和现场指挥部的同志们，跑遍所有工地，一道深入井下开展大量的调查研究。尽管亓伟身体有病，但他从不在乎，有时爬坡困难，就拄着一根木棍子。

“今天，我回忆这段跟随亓伟的日子，就是想让大家一定牢记矿区建设的先驱，继续踏着他们的足迹奋力前行，去建设更加美好的宝鼎矿区。” 焦益生激动地说。

5.6 从不搞特殊化

被采访人李海渠，1938年10月出生，1965年2月份调到宝鼎矿区。

不搞特殊化

李海渠当时主要是在办公室搞宣传工作，和亓伟关系很好。

亓伟强调干部不搞特殊。为了减少矿上几百号人排队打饭的时间，亓伟要求干部都去食堂帮厨。

当时吃的也很差，菜就一两个菜， 没有菜就吃咸菜。好一点就是炖粉条，平常就是南瓜、白菜、萝卜，吃肉的时候很少。

亓伟要求干部同工人同吃同住，同甘共苦。职工打完饭了，干部再出来打饭，亓伟带头自己排队打饭。要求食堂的职工，挑着食担到井口，专门为升井的职工们服务。

新工人进来之后，都是住的大房间。打地铺，铺火箭草，然后在上面铺席子。蚊帐当时不能满足，只能发棉絮。

为了防止火灾，晚上亓伟还要查铺。半夜12点钟去看一看，天亮之前还要去看看。

亓伟经常去割草班姑娘们下山的路边接她们，每次看到割草班的回来了就要关心她们。

和群众打成一片

亓伟不仅仅是在矿区的威望高，就连附近农民、商业系统的职工，也非常敬服他。无论他们谁有困难，亓伟也是有求必应，能办到的都尽力帮忙。

在矿区周围，农民的用水一直是个问题，特别是庄稼一到干旱季节，很多时候都会枯死。同时矿井开采会流出很多水，这些水都沿着山里的水沟白白流到江里了，因为要把矿洞出来的水截住，往坡上的地里灌溉，农民自己是没办法办到的。亓伟实地了解情况后，就安排矿上职工利用空闲的时间，开凿了一条水沟，把矿洞流出的水引到农民地里浇地。从此，这些农民地里就有水了，他们对亓书记是千恩万谢。

亓伟经常下基层，如果在路上碰到了背背篓的送货人员，他就喊司机把车停下来，把背篼放到车后面，带他们一程。有的时候不顺路，他就直接把车让给他们坐，自己下车走路。

宝鼎商场的一位叫宋明轩的女职工，就是当时“背篓商店”的一名售货员，亓伟书记的精神深深打动了她，每次她送货到矿区，总要为矿区的职工干点力所能及的活，有时帮职工洗床单，有时就帮职工收拾宿舍卫生。她说：“我要向亓伟老书记学习，学习他一心为群众服务的精神。”

职工业余文艺宣传队

神秘的送饭人

据给亓伟治疗和护理的医生、护士回忆，在亓伟住院期间，经常会有人来给亓伟送东西，从鸡蛋、鸡肉到腊肉、香肠等土特产。

其中有一男一女经常来送饭，他们给医生护士的印象比较深。他们有时是两个一起来，有时只是女的来。有时是炖烂了的鸡肉，有时是熬得稠稠的小米粥。医生护士不让他们进，他们便把饭菜放在门口就走了；医生护士不让他们送，但隔几天他们又会来，还是放下饭菜就走。后来护士们问他们，他们只说亓书记是他们的恩人，帮助过他们家。始终没有说自己是哪里人，叫什么名字。

护士也奇怪地问亓伟，亓伟也说没印象，记不得了。是啊，他帮助过那么多人，他可能记不住他帮助过的每个人，但是人们心里都装着亓伟。

虽然直到亓伟去世都不知道送饭人具体是谁，但群众的眼睛都是雪亮的，群众心中自有一杆秤。

“我也要子子孙孙建设攀枝花”

亓伟没日没夜地工作，加上“造反派”对他的折磨摧残，本来就身体不好的他终于坚持不住了。

1971年5月的一天，亓伟晕倒了。经医院检查，他患的是癌症，并已经扩散。矿区党委决定派人护送他到北京肿瘤医院治疗。途经昆明，他见到了很久没见面的爱人陈书兰。

然而亓伟的出现竟然把爱人吓了一跳，他瘦得已经不成样子。三个孩子听说爸爸回家了，飞似的回到家，也不敢相信这个骨瘦如柴的老头就是自己日夜思念的父亲。

在北京动完手术出院那天，医生一再嘱咐他要好好休养，并向他爱人透露，癌细胞已经转移。其实，亓伟已深知自己病情严重，他利用这一个月时间，细细地读了几遍《共产党宣言》和《为人民服务》，回顾自己所走的道路：他从一个小学教员成长为一个革命战士，当过班长、排长、八路军军需处商校校长、中共莱芜县委书记兼武工队政委，中华人民共和国成立后到地方任煤炭部华东基建局局长，调任云南省煤管局副局长……

在攀枝花的这些年，尽管他受了那么多的苦，他却把攀枝花作为了他最后的归宿。他归心似箭，恨不得插翅飞回金沙江边，飞回宝鼎山。他在日记本上写道：和民族敌人斗，苦死不怕。和大自然斗，敢字当头。和癌症斗，坚定沉着。

归途中，他又路过昆明。当天，云南省委派人到家里去看望他，并准备安排他到安宁温泉去疗养。他都婉言拒绝了。他对关心他的领导和亲人反复说着一句话："我得回攀枝花去。"

大家犟不过他，要给他送行，找了辆专车，都被他一一拒绝。亓伟买了张硬座票上了车。望着远去的列车，送行的人无不流下眼泪。

亓伟回到矿区，有人欣慰，有人担心，也有人好奇。一天，指挥部医院有个医生问他："亓书记，你有病不在家好好休息，为什么还偏偏要一个人回攀枝花来？"他笑着回答："你应该知道，我的时间不多了，所以我要回来。我还要动员家里人都来，学习老愚公嘛，愚公子孙挖山不止，我也要子子孙孙建设攀枝花。"不到两个月，妻子果然带着三个孩子从昆明迁到了渡口。

他对妻子说："你真的带着孩子们来了，我感激你！"

"不论是为你，还是为我们共同的事业，我都应该来！"妻子回答说。

理解，在人的心中所产生的快乐和满足是不可言喻的，亓伟虽然笑得吃力，但笑容在脸上停留了很久，而且是那样的甜蜜！他似乎感到自己给妻子儿女的太少了。夜里，他注视着妻子忧愁的睡容，听着儿女们的梦呓，心里充满了内疚和眷念……

但是，他却像自己说过的那样："不能只想小家，要多想大家。"他说什么也不肯到外地疗养甚至不肯在家休息，始终坚持要求工作。矿区党委领导同医生商量后只好同意他半天工作，半天休息，定期检查，服从治疗。党委领导和医生一松口，他就像过去那样，一股劲扑在了工作上。他又拄着棍子下基层听汇报，和干部工人一起研究生产和工作，不分白天黑夜地干开了，同志们劝他休息，他说："一个人干革命，总得有点精神，总得有股劲，有劲不使，枉活一生！"

5.7 让群众搭便车

被采访人王本贤，1943年1月出生，1964年11月调到宝鼎矿区。

“我是1943年1月生的，云南省楚雄州牟定县人，1964年11月份来的。

“当时来了没有住的地方，我和大伙一块住了差不多1年的谷草堆，我们打趣说是‘蹬草绒’，为什么叫‘蹬草绒’呢，是因为我们睡在谷草堆里，一天一天地在上面翻滚踢蹬，最后谷草堆就变成了一小节一小节，谷草都被我们蹬‘绒’了，所以我们都叫睡的谷草堆叫‘蹬草绒’。

“我在老家是木匠，当时招来分在小宝鼎矿，先是修路，后来就开始盖房子。说是盖房子，当时没有砖，就盖了茅草房，墙是用泥巴糊起的，这种房子当时叫‘干打垒’，是睡了一年的“蹬草绒”后才换成‘干打垒’的，当时真苦啊。

“我第一次见到亓伟就是来报到那天，我们几个一起来的在永仁车站下车，见到两个人朝我们走来，其中一个高大、微胖，穿着中山装，很和气的。另一个五十岁左右的汉子问我们：‘你们要到哪里？’我们说 到宝鼎矿区，是从云南省楚雄州牟定县招来的工人，他说，好啊，这里正需要你们。后来我们才知道穿中山装的就是亓伟，我们宝鼎矿区党委书记，跟他一起的那个人也是一个领导，叫张川。真是没有看出来，一点架子也没有，还很和气，穿的也是和我们差不多，很旧的中山装。

“第二次见到亓伟是在小宝鼎职工宿舍，我们正准备去食堂吃饭，亓伟进来了。他问我们，住得还习惯不，晚上睡得好不好，我们说还行，他又跟着我们一起去食堂，一路上问我们食堂的饭菜吃不吃得饱，吃不吃得惯，有没有什么困难。我们就说，大家都这样，也不存在好不好的，还是吃老三样：海带、粉条、干竹笋，都习惯了，天这么干热，条件就这样，也吃不上新鲜蔬菜的。亓伟听了，又在其他领导的陪同下去了办公室听汇报。

宝鼎矿区初期建设者

“后来又见过亓伟几次，他都是下来了解职工生活工作情况的，每次来都是到职工宿舍、职工食堂到处查看，嘘寒问暖，然后和单位领导一起交换意见。

“有一次见到亓伟是在从渡口回小宝鼎的路上，那次我和几个同事一起去仁和买肥皂等日用品，那时渡口市这些日用品东西紧缺，好几个月才结伴出去买一趟，而且要走好远的路到仁和那边才有。当时我们买完了，冒着大太阳走回来，一路上嗓子快冒烟了，可能是四五月的样子。这时，一辆车停在了我们跟前，我们正纳闷呢，亓伟从车上下来了，说，来上车，你们能坐几个算几个，搭车回去。大伙就往车上挤，轮到我了，车里已经满了，亓伟就对我和另外一个同志说，实在坐不下啦，你们两个辛苦了，慢慢走回去哈。我们很感动，使劲点头说，你们先走吧，我们慢慢走回来。很多职工都坐过亓伟的车，亓伟就是这样，他只要坐车，一路上碰上谁都让搭车，对同志们都是和蔼可亲的，一点没有架子。

“从1967年亓伟被打倒成走资派后，有几次我远远看到他在台上被造反派批斗，有一次脖子上还挂着一块铁板，用绳子拴起来，那铁板看起来有点厚，亓伟五十多岁的人了，站在人群里，一站就是几个小时，头都直不起来的样子，叫人看了想落泪。最后一次看到他挨批斗的时候，已经跟我前几次见他判若两人，人都变了形，很消瘦，面容憔悴。

“1970年建龙洞矿，要75天建成，亓伟当时被造反派关起来的，听说他主动请战才被放出来指挥建设，我们几个从小宝鼎抽到龙洞盖房子，盖了一个多月。记得当时是4月底5月初，天干燥得很，好久都没下雨了，热得慌，我们盖的是油毛毡房，盖的房子不够住啊，先是让干部白天当办公室，晚上将就住在里面，很多工人们没有地方住，就临时搭建了一些小窝棚，这种小窝棚就是用几棵松树做楞子料撑起，头顶搭的篾席子，铺点草睡在地上。

“有一天刚吃完晚饭，突然就下起来瓢泼大雨，小窝棚是挡不了雨的，工人们就只好四处躲雨。正在这时，就听见指挥部的大喇叭里亓伟在发脾气：‘领导干部们，你们出来看看，你们在办公室里淋不了雨，但是住窝棚的工人们在淋雨啊。你们赶紧出来开会，都搬出办公室，把地方腾出来给工人们住下。’很快，工人们都住进了办公室，大家挤在一起住了一晚上。

“这次是我最后一次听到亓伟的声音，也是第一次听到他发那么大的脾气。后来就没有再见到他了，再后来听说他得了病去世了，我们都很难过，多好的领导啊！”

5.8 借丢了的老照片

被采访人刘彦富，1937年4月出生，1966年2月调到宝鼎矿区。

因为调查取证工作的需要，保卫处配备了一台上海牌双镜头相机，这是当时全矿区唯一的相机。刘彦富使用着这台相机，也兼顾着煤炭指挥部大事小情的拍照工作。

亓伟遇到自己认为需要拍照留念的事，就会带上刘彦富。但亓伟本人并不喜欢上镜头，所以在那个照片本来就不多的年代，亓伟的照片更是少之又少。令刘彦富心痛不已的是，有一次他拍到了一张有亓伟的照片，因为各种原因，竟然丢失了。

那不是亓伟的个人照，是一张亓伟与大家在雨中劳动的照片。

为了改善矿区生活，解决蔬菜供应难的问题，亓伟最初在大江组织开展“五七”连试点工作，初见成效的时候，亓伟被打倒了。

亓伟“解放”后，第一件事就是抓龙洞会战。由于当时新鲜蔬菜的缺乏，亓伟组织煤炭指挥部大江“五七”连生产队的妇女们到龙洞大力推广种植蔬菜自给自足。开荒种地的工作很快在龙洞矿安排落实下去了，但亓伟从来不是那种只靠听听汇报、简单看看现场了解一下工作情况，就算开展了工作的领导。

1971年六七月的一天，他决定去龙洞看看开荒种菜的进展情况，出门时像是突然想起了什么。

“彦富，跟我走，带上相机。”亓伟招呼了一声。

亓伟带着刘彦富乘了一个多小时的吉普车，来到了龙洞矿地界边的拉罗箐，在一片家属房边与当地农民新划界出来的荒地上，他们看到了矿上职工家属热火朝天的开荒场面。亓伟与熟识的人打着招呼，走过去抓起一把锄头，与大家一起挖起地来。刘彦富也跟在后面，在地里干起活来。干着干着，亓伟转过身来招呼道：“彦富，先别挖地了，拿上你的家伙，给这里的人照照相。”

“亓书记，怎么照才好？”刘彦富请示。

“这个我不好指挥你，你比我专业。”亓伟把着锄头，喘着气，接着又说，“看看龙洞矿干部职工群众这干劲，你要抓拍好他们自给自足、丰衣足食的动人劳动场面。”

“您的意思是？”

“龙洞干得不错，你多拍些照片，为今后在矿区进一步推广开荒种地的经验时，作为影像资料使用。”

“明白了。”

说完这番话，亓伟继续躬身锄地。

当时正是渡口雨水最多的时候，大家干着干着，忽然淅淅沥沥地飘起雨来。

人们似乎都没有为这不算大的雨停下手来的想法，仍然挖地的挖地，抬土的抬土，推车的推车，继续干着。亓伟与身边的一些干部和群众边冒雨干活，边进行着交谈，刘彦富转来转去地为大家拍着照，不经意间，拍到了一张亓伟在细雨中披着雨衣与大家用锄头躬身刨土的照片。参与这里劳动的人哪里知道，跟他们一起劳动的亓书记，此时已是身患重病的人。

亓伟逝世后，一些部门觉得这张照片太珍贵了，就有部门前来借用照片，再后来，又有人从借照片还没来得及还的人手里借走。就这样借来借去、传来传去，照片不知什么时候没了下落。

为这事，刘彦富常常懊悔不已。

1968年5月，沿江吊桥通车纪念

中国共产党渡口煤炭指挥部第一届委员会全体委员合影（前排右四为亓伟）

5.9 “我的幸福是亓伟书记给的”

被采访人关慧娟，1934年9月出生，1967年1月调到宝鼎矿区。

“您得的是噎膈病”

关慧娟毕业于辽宁中医药大学，毕业分配到本溪矿务局工作。1967年1月调到渡口第四指挥部总医院中医科。在亓伟生病后期，她是亓伟的主治医生。

亓伟被打倒后，批斗一直没有停止过。那时，亓伟已年过半百，身体渐渐吃不消了，已经出现了吞咽困难。一天，关慧娟正在值夜班，忽然看见有的医生正快步往一间诊室走，关慧娟好奇地询问，一个医生悄悄地告诉她：“亓书记来看病了。”关慧娟一听，便好奇地跟了过去。

医生精心地为亓伟做检查。但亓伟对检查结果有些不满，认为大家有事瞒着他。看见关慧娟在门口站着，亓伟说：“我知道你，既懂中医，又懂西医，你来帮我瞧一瞧，看我到底得的是什么毛病。”接着强调了一句，“不准骗我！”关慧娟点了点头。

关慧娟为亓伟把了脉，又戴上听诊器把拾音器放在亓伟的嗓子处，让亓伟喝水，关慧娟听了几次下咽的声音，皱了皱眉头。旁边的医生一个劲儿地偷偷给关慧娟递眼色。关慧娟想了想，对亓伟说：“您得的是噎膈病。”并说了该病的症状反应，以及注意事项。旁边的医生紧张地看着亓伟，亓伟一拍自己的大腿：“你说得对！”关慧娟劝亓伟，这病说大也不大，说小也不小，一旦有条件，就赶紧去大医院治疗。

亓伟离开了医院，大家松了一口气，因为很多人不知道中医里的“噎膈病”和西医里的“食道癌”是一回事。

亓伟恢复了工作后，又一心地扑在了矿区建设上。但是，由于吞咽越来越困难，以致饭量下降，营养跟不上，亓伟常常感到力不从心。亓伟不得不服从组织安排，前往北京就医，妻子陈书兰随同陪伴护理。

关慧娟回东北老家探亲时，路过北京，就买了点软和些的食品去医院看望亓伟。看见病房前门框上那块写有十二级干部的白色牌子时，关慧娟心里忐忑不安，疑虑自己进去好不好，但还是走进了病房。没想到，亓伟不但感谢她特意来看自己，而且面带微笑地说："你果然没有骗我。"看见关慧娟有些尴尬，亓伟说："我知道，大家当时为什么不告诉我实情，是怕我心里紧张，思想上有压力。"关慧娟含泪点了点头。"你们多虑了，我当过兵，打过仗，不怕死！"关慧娟劝亓伟安心养病，说这种病千万不能生气，千万不能着急，亓伟却说："我是当兵过来的，天生就是个急脾气。私事公事都等着我处理，我现在最需要的就是抢时间。"

亓伟被造反派打倒期间扣发的工资，恢复工作后全部补发到位。关慧娟后来才知道，亓伟所说的私事，就是和妻子陈书兰一起，带着补发的工资回山东老家，看望很多年没见到的长辈及亲人……

1971年5月，亓伟回到了矿区，仍然忙碌着矿区的生产建设，可他的病情却愈来愈严重了，几次昏倒在建设现场。1972年1月底，煤炭指挥部总医院成立了由3名医生3名护士组成的专门抢救小组，三班倒，每天24小时守在亓伟身边。关慧娟就是抢救小组成员之一。

亓伟多数时间都无法进食，主要靠输液维持生命，身体非常虚弱。来看望亓伟的干部职工很多，但每次有人来病房看望，亓伟都会强撑着身体，过问工作和生活情况。后来，医院为了保证亓伟的休息，对每天看望亓伟的人数做了专门限定。

攀枝花冬天的阳光，明晃刺眼。为了亓伟养病，抢救组给病房的窗户挂上了布帘。亓伟要求不要拉上布帘，说他喜欢阳光照进病房，喜欢病房亮堂堂的样子。看见医生和护士有些为难，亓伟妥协道："大家为我着想，我服从大家管理。"经过协商，在光线最强的时候布帘才拉上。

亓伟身体舒服点时，能喝上一小碗粥，所谓的粥，就是没有一颗米粒的米汤。每次米汤一下肚，亓伟似乎有了精神，能够扶着床沿站立起来了。亓伟很开心，指着输液的瓶子说："输几瓶这个，抵不上喝一碗粥。"

抢救小组规定，亓伟与大家讲话，要多听少问，目的是保证亓伟的精力。可是，看到亓伟总是开心的样子，关慧娟忍不住就问："亓书记，你怎么这样开心呀？"亓伟随和地回答："我现在多活一天就多赚一天。"关慧娟又问："为什么？"亓伟答："我在北京住院时，医生告诉我，我的生存期还剩下6个月时间了，现在6个月都过去了，我还活着，还可以多为矿区做好些事！”“医生不会对患者说这些的吧！”“他们小瞧我了。他们老点的大夫不说，我不会想办法问年轻的？”“这主要是因为老天爷看见你是个大好人，为矿区建设做这么多贡献，要把你留在我们身边。”“不，这主要是你们工作细心，把我照顾得无微不至。”亓伟与关慧娟一问一答地说了这么多话，突然又停了下来，喘了喘气，望着关慧娟连说了三声：“谢谢你们！谢谢你们！谢谢你们！！”

给“关大姑娘”做媒

关慧娟姊妹6人，作为老大的她，为了5个妹妹的工作和成家，为了5个妹妹的幸福，已经快40岁了，仍还没成家，被同事们笑称为“关大姑娘”。

亓伟在医院住院期间，有一天，他把关慧娟叫到身边问：“关大夫，你怎么不成家？你的择偶标准是什么？”

要是在以往同事谁这么问她，她早会甩给别人一句话：“谢了！还是少管我的闲事吧，我这辈子不打算结婚啦！”

因为她为了下面5个妹妹操心，把自己的年龄操大了，另外看过那么多不幸的婚姻，她已对婚姻没啥感觉，可现在是亓伟这么大的领导在问，她当时有些感动，心想亓书记操心矿区建设的大事都忙不过来，居然还关心到自己的婚姻这件小事上来了！

便低声回答：“我也不知道自己想找什么样的。”亓伟听后，没再说什么。

每天，看望亓伟的人总是络绎不绝，关慧娟所在的抢救小组常常在病房外轻声劝阻，然而，还是有很多人固执地留下水果罐头、鸡蛋之类的食品，失望地回去。有一天，看望亓伟的人数已达规定的人数，走廊里却又来了一个，关慧娟一看，是老同学，江北卫生所的敖佩芳。

“老同学，对不起，亓书记已经休息了，你改天再来吧！”关慧娟公事公办地说道。

“平时哪有时间，我大老远地过来，只看他一眼就走。”敖佩芳请求道。

“今天我就破回例。你也是医生，懂得怎么把握时间。”关慧娟拗不过，只好答应了。

谁也没料到，亓伟一听来者是关慧娟的同学，示意关慧娟到病房外去，他想单独了解一点情况。

“说什么事呀，感觉亓书记神神秘秘的。”关慧娟问从病房里出来的敖佩芳。

“还不是为你的事，亓书记说我熟悉你的情况，让我给你介绍对象呢！”

“天哪，他居然还惦记着这事。”

隔了一段时间，敖佩芳又来看亓书记。“有眉目了？”病床上的亓伟眼睛一亮。

“嗯，我倒是觉得挺合适的，不知道她满不满意！”傲佩芳看了一眼旁边的关慧娟。

“说说看，对方什么情况？”

“40出头，是个科长，名叫石宗堂。有两个孩子，都10多岁了。”

“巧了，龙洞会战时，他是我手下的洗煤副连长，人不错。关大夫，请相信我们的眼光。”“我不同意，亓书记，是我找对象不是你找对象，我有我的眼光。”关慧娟第一次顶撞亓书记。

“嫌他有两个孩子？没关系。”亓伟并不生气。

“我还是不同意。”关慧娟说。

“这样行不行？敖大夫，你改天把石宗堂带来，和关大夫见个面。行就行，不行就另外找。”对见面的安排，亓伟不容商量。

见面后，亓伟也一个劲儿地夸关慧娟有耐心、脾气好，本事也不小，还说打算让女儿亓鲁光跟着关慧娟学医呢。关慧娟对石宗堂的印象还不错，用她自己的话来说：“石宗堂还像个男人样儿。”

见事情有门儿，亓伟很开心，还不放心地让在医院当副书记的妻子帮忙继续做关慧娟的思想工作，希望早一天促成此事。

亓伟常说：“听我的，这事就这么定了。”关慧娟笑而不答。

亓伟不放心，怕关慧娟眼光太高，心生反悔，就对妻子说：“我快不行了，你一定要监督关大夫把婚结了。”

亓伟病危期间，关慧娟有天当班，看见病床上亓伟瘦削的脸颊、衰弱的身躯，回想起与亓伟这几个月来相处的点点滴滴，难过得不禁哭出声来。那时的亓伟已经虚弱得无法说话，他看着关慧娟，努力地保持着微笑。看见病房没有其他人，关慧娟突然跪在亓伟床前，接连磕了三个头。亓伟轻轻地摇了两下头，泪流满面。

亓伟临终前几个小时，关慧娟一直守在他身旁，一边为他按摩脚部动脉，一边安慰他，直到亓伟安详地闭上了眼睛。关慧娟结婚了，可是亓伟却没能看见这一天。1972年3月26日，与病魔顽强抗争的亓伟去世了，关慧娟悲痛不已。

害怕亓伟妻子伤心过度，抢救组决定让关慧娟为亓伟穿寿衣。那时物质条件比建设初期那几年改善多了，她给亓伟穿上一身整齐的新干部服装，外套是亓伟在昆明工作时买的那件深灰色的风衣。想起当年那个身穿补丁服装、后来身穿病号服的亓书记，关慧娟滚滚的泪水模糊了双眼。

婚后的关慧娟，夫妻俩和和睦睦，一起管家，一起教育孩子，从不吵架。两人又生下两个女儿，一家六口，其乐融融。关慧娟常说："我的幸福是亓伟书记给的。"

亓伟同志追悼大会

5.10 把温暖送到心中

被采访人呼淑贞，1947年5月出生，1966年10月搬来宝鼎矿区。

1966年10月29日的早晨，刚搬家来安顿在大江建材厂坡下公路边小山包上席棚房的何金家，因妻子忙家务，就让已19岁的大女儿淑贞陪二弟去渡口第四指挥部太平学校读书。

送二弟去了太平小学四年级落座后，淑贞就顺原路返回。走到摩梭河时，看时间还早，就来到公路旁有几栋干打垒平房的指挥部所在办公地方看爸爸。坐在生产技术科办公桌后的何金正与大女儿淑贞你一句我一句地说着话，与此办公室隔一间房的亓伟经过办公室门口时停下走了进来，操着他那浓浓的山东口音问何金："你家几个孩子，都多大了？"

亓伟听说何金有7个孩子，跟前这个大姑娘本要去楚雄师范学习，却因为"文化大革命"停课，无法继续学业时，立即说："哎，我们要在战斗中学会战斗、游泳中学会游泳、实践中学会实践。何金，你大姑娘可以去太平学校教书啊！"亓书记这种关心困难职工家庭生活，当即解决问题的做法，顿时让父女俩愣住了，10月26日才搬家到这儿，11月1日就让淑贞上班！父女俩心中涌起一股股热流，片刻后才连连说出："感谢亓书记！感谢亓书记！"

1965年6月，煤矿建设指挥部与太平人民公社在太平场联合开办矿区第一所小学——太平学校，共2个班，学生100人。由于职工和家属不断增多，到了9月，煤矿建设指挥部接管了学校，增设了三个初中班。到了年底，矿区新建了大江、三十九处、新花山等3所小学。太平学校是当时矿区内的最高学校——太平中学。

呼淑贞所在的太平学校，在当时的太平大村合作社院内。学校有两间干打垒茅草屋顶教室，黑板是墙上抹的一层土，刷上墨当黑板；桌子是两

小学生在席棚子里上课

边用土坯垒起当腿，中间架一块木板；凳子也是两边用土坯垒起当腿，中间架一块木板。1967年初，从辽源又来了60户家属的六七十个孩子。孩子要读书，孩子需要照管，矿区正在搞大会战，指挥部两天就在太平合作社院内盖起了5间砖房。酸角树下两间新盖起的砖房给三四年级用，摩梭河沟边新盖起的2间砖房给五六年级用，1间新盖起的砖房留给老师办公用，原来的2间干打垒茅草屋顶教室依然由一二年级上课用。学校的老师有重庆知青郑发荣、刘桂芳、张益娟，大姚来的农民老师罗用培、罗元春以及苏校长。老师们每人负责一个班，语文、算术、体育、画画、唱歌都由一个老师教，不会唱的就不用教唱歌，不会画的就不用教画画，教什么课老师自己说了算。呼淑贞五门课全开，她努力用优质的教学来报答矿区党领导的关怀。

第六章

只言片语

特殊岁月里的那些事

6.1 “得把时间撵回来”

被采访人卢敏，1936年12月出生，1967年4月到宝鼎矿区。

“大家就像一家人”

亓伟是十二级干部，当时的工资160块钱左右，可他依然生活上简朴、工作上认真。

煤矿建设指挥部在摩梭河山坡上时，先是3栋干打垒茅草屋顶房，后来有七八栋，医院1栋，政治部1栋，参谋部1栋，生产部1栋，后勤部1栋。房子中间都砌着一堵墙，叫女儿墙，一栋房子有20间屋，两面用，这半边做办公室，那半边就是宿舍。当时是2人或3人一间宿舍，亓伟与办公室副主任万国伦也是两人一间宿舍。亓伟每天与普通职工一样，不搞特殊化，自己去食堂排队打饭，除了少数时间因身体有病，或者正在开会去不了，万国伦才帮他带回饭菜来，两人一起吃，不像有的领导端架子。

亓伟和大家住的都是干打垒草顶房。那时，不管成家或没成家，来的人也不管男或女，都住单身宿舍。夜晚左右房、前后房聊天，大家都能听到，亓书记听着大家聊天，也跟着哈哈大笑。亓伟每天早晨都起得早，穿着他那套有些褪色的中山服，穿上草鞋，绕着房屋旁边那个不大的小广场锻炼。很多人都在那里晨练走圈，和他打招呼，他非常平易近人。他家在昆明，可他却很少回家，一直在渡口坚持建设，他是大家公认的好领导。

亓伟也跟大家一样，平时洗漱用的水，还要留着浇自己种的菜。而那时矿工们洗澡，就用一个不大的矿车，里头倒上几桶热水，再加上几桶凉水，“哗哗”地就在里头洗。有时间休息了，几个人就到摩梭河沟里去，找一个拐弯别人看不到的地方，把衣服洗了，晾在大石头上，人就坐在河里洗澡，等洗够了，衣服也干了，穿上就回来了。

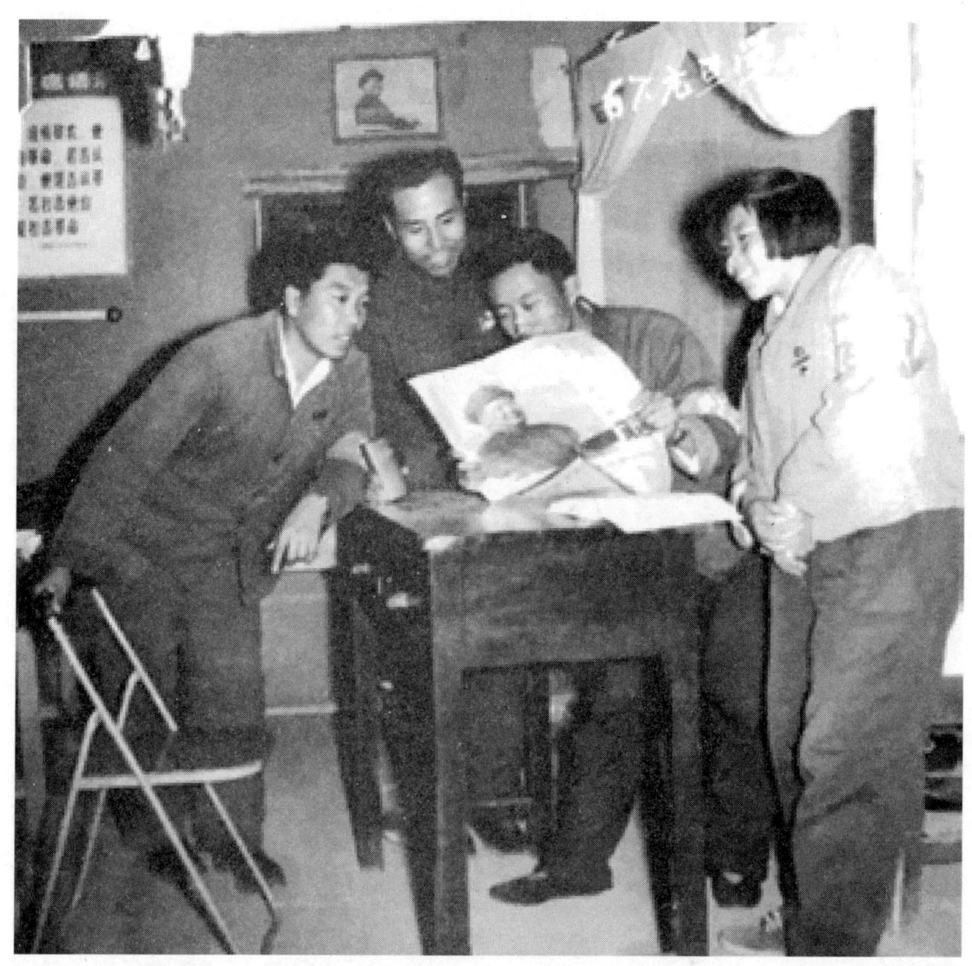

职工们在办公室兼宿舍里学习

那个时候衣服被大风吹跑了，也丢不了，还能找回来。在茅草房洗完衣服晾在外面，晚上也不拿进屋，没有任何人拿。周围的几户老乡来卖点儿菜，没秤称，就论一堆多少钱，你多买也不行，少买也不好，一堆要多少钱就给多少钱。星期天有空了，财务处的女同志就把男职工们的床单或被套拆下来，洗啊晾啊，干了拿回来给铺上，或者给缝好叠上，大家一点说道都没有。在亓书记的带领下，大家就像一家人。

“得把时间撵回来”

翻开亓伟的档案，里面有一段记载：

亓伟在“文化大革命”中的表现：在“五七”干校中，积极认真地活学活用毛主席著作，经常背诵“老五篇”，从未表现出消极情绪，劳动积

建设初期的办公室

极肯干，经常起早贪黑利用休息时间参加劳动，有革命干劲。

档案还记载，1970年3月18日，渡口“四号信箱”革命委员会同意亓伟任部革委会副主任、部革委会党的核心小组成员。

1979年3月，中国共产党渡口市委员会《关于撤销对亓伟同志停职检查的决定》（渡委函〔1979〕22号），1979年3月6日，给予亓伟彻底平反，恢复名誉。

据老一辈建设者卢敏同志回忆，1970年3月，亓伟才“解放”出来，职务还没恢复的时候，暂时负责生产组的工作。那段时间他给人的印象是，晚睡早起，闲不住。

当时，亓伟住在指挥部一栋二层小楼里，柱子是用砖砌的，墙里是板条，外面抹了泥，有十来间屋，卢敏住在他楼下。房子不隔音，卢敏能清清楚楚听到亓伟的说话声。他说，亓伟白天忙完工作，晚上还给各个矿调度室打电话，详细了解当天的生产情况，一打就是一两个钟头。

亓伟一大早就起来，用铁锹清理水沟里的树叶、泥土。

卢敏劝亓伟：“老亓头，悠着点，别把身体累垮了！”

亓伟说：“我耽误了这么久，得把时间抢回来！”

攀煤公司老干部活动室里，每天都有老同志在一起讲述当年创业的故事

6.2 “好久没吃过这么香的饭了！”

被采访人吕京，1939年4月出生，1964年10月调到宝鼎矿区。

被采访人杨芬，吕京夫人，1938年4月出生，1965年1月调到宝鼎矿区。

1968年渡口第四指挥部从摩梭河搬到了陶家渡。吕京与杨芬在摩梭河结婚成家，此时也搬到陶家渡，住在粮站。

吕京夫妇一直记得这个日子，1970年3月15日那天傍晚，亓伟和另两名老同志路过吕京家门口。吕京想招呼亓伟，看见亓伟身边有指挥部其他领导，就忍住了。陪同亓伟的那位领导似乎看出了吕京想说话的意思，就说：“都是老熟人了，打个招呼有什么！老亓头现在‘解放’了。”

“噢，老亓头‘解放’了！老亓头，您好啊！吃饭没有？都这个点了，没吃就在我家吃吧？”

“好呀。只是有啥吃啥啊。”看是熟悉的老部下招呼自己，亓伟不客气地答应着。

一听老亓头要在家里吃饭，吕京的妻子杨芬就忙乎上了。那时什么都凭票证购买，吕京与杨芬有三个女儿，为了接济生活，他们就在家的房前屋后种了小菜、养了几只鸡。杨芬手脚麻利，炒了一盘鸡蛋，烧了一大碗汤。亓伟和另两位老领导都吃得很香，只是亓伟吞咽得有点慢。

杨芬在云南禄丰县一平浪煤矿时，就见过亓伟。在她的印象中，那时的亓伟，有点白有点胖，是一个和蔼可亲的领导。在渡口第四指挥部工作时，常看见亓伟，虽然亓伟天天忙得团团转，可还算有点肉。而此时的亓伟，黑黑的、瘦瘦的。打量着亓伟的杨芬，不禁落下了眼泪。

吃完了饭的亓伟站起身，微笑着对吕京两口子说：“很久没吃过这么香的饭了！今天就给你们添麻烦了！”

“老亓头，您客气啥！您可是我们心目中敬仰的老领导，能在我们家吃顿不像样的便饭，我们高兴还来不及呢！”吕京红着脸说。

亓伟把家从昆明迁到矿区后，碰到吕京或杨芬时，就会邀请他们两口子到他家去串门，吕京两口子也会时不时去看望老领导一家。

“是形势让他那样做的，我没往心里去”

1972年初，已病得起不来床的亓伟住在指挥部总医院里，看望他的人很多。医院为了保证亓伟休息，对每天探视的人数做了限定，来看望他的人需要进行预约。

那时，吕京已调到沿江矿工作，家也跟着搬到了沿江矿。吕京到指挥部开会时，有时间就会提前预约顺道来看看亓伟。吕京的妻子杨芬，到指挥部办事时，有空了也会去医院看看她敬佩的老领导亓书记。

亓伟大部分时间都是躺在病床上。精神状态好的时候，就会坐起来。面对每天来看望他的人，他都会询问小宝鼎、大宝顶、龙洞、太平、花山、沿江这6处矿井的建设情况、出煤情况。

一名职工，时不时来到医院，也不排队，也不预约，就是在走廊上远远地张望着病房。吕京认识他，知道他以前写过亓伟的大字报。

亓伟病情加重的消息传出，那名职工来医院的次数越来越频繁，但还是不排队、不预约，每次都是在病房外站着看。吕京有一次又碰到了那人，就问他为什么躲躲闪闪，不进屋去看亓书记。那人见吕京问得诚恳，就请吕京有机会帮忙给亓伟带句话，说自己当年对不起他。

吕京照做了。亓伟想了一阵子，忽然想起似的说：“哦，原来是他呀！”

亓伟接着叹口气说：“那事跟他没关系，是形势让他那么做的，当时我就没往心里去。”

亓伟想了想，叮嘱吕京：“过去的事就让它过去吧，不要拿到外面讲。”

亓伟去世了，来灵堂吊唁他的人很多。送葬那天，市里、煤炭指挥部及各厂矿自发地来了很多人、很多车，长长的车队在沿江排着长龙，一直延伸到大宝顶干坝塘远处的垭口。

送葬的人流中，吕京又看到了那名职工。

6.3 “那会儿你是我的领导”

被采访人钟兴乾，1942年10月出生，1970年2月转业到宝鼎矿区。

“五七”干校学员中，有放牛的、放羊的，还有开拖拉机的。亓伟每天的工作是打扫卫生，有时候去开荒、锄草、种地，还参加了挖防空洞用作备战，每次干活都是认认真真，从来都不偷懒耍滑。

学员们主要学习《毛主席语录》，大家以连、排为单位分成几个组，将语录翻到指定的页数，轮流诵读。亓伟每次读得都很长。他说语录他虽然以前读过了很多遍，但百读不厌。

学员们坐的都是自己钉的矮凳子，或用草拴的草墩子。亓伟最先没有凳子，是借其他人的坐，后来他自己动手钉了一个矮凳子。

“别看样子不咋地，但是经久耐坐。”亓伟当时笑着给大家说。

亓伟有烟瘾，但当时他的工资停发，而且没有烟票，以前抽2角9分钱的“大重九”，后来连2角2分一包的“红缨”也买不起。没有烟的时候，他就强忍着，也不主动跟谁要。别人递给他一支，他说：“你好不容易买到的烟，拿给我抽了，我心里过意不去。”偶尔有烟了，他还把烟发给人家。

因为都有过参军经历，钟兴乾同亓伟的交流相对多一些。看过亓伟的材料，加上平时的交流，钟兴乾怎么也不相信他有问题。

“您是老革命，没有功劳也有苦劳。”有次单独和亓伟在一起的时候，钟兴乾这样说。

亓伟让他不要这样讲，以免遭受牵连。

那天亓伟没戴帽子，钟兴乾看到亓伟的头发白了很多。

不久亓伟“解放”了，钟兴乾这才得知亓伟一直有病在身。

后来“五七”干校解散了，钟兴乾到了政治处，接着又去了武装部担任机关武装部部长。

亓伟住院期间，钟兴乾去医院探望。再一次见到亓伟，他称亓伟领导，那天亓伟状态不错，笑着回答：“‘五七’干校那会儿，你是我的领导。”钟兴乾笑了，让亓伟多保重，亓伟却说：“我快不行了，你们要好好干。”钟兴乾鼻子一酸，眼睛顿时湿润了。

亓伟去世时，钟兴乾参加了送葬。在去宝鼎山的路上，他看到了差不多上千的花圈，人们自发排成一条长长的队伍，他说自己从没有见过这么壮观的送葬队伍。

送葬的队伍缓缓走上宝鼎山

6.4 “永远地追随你”

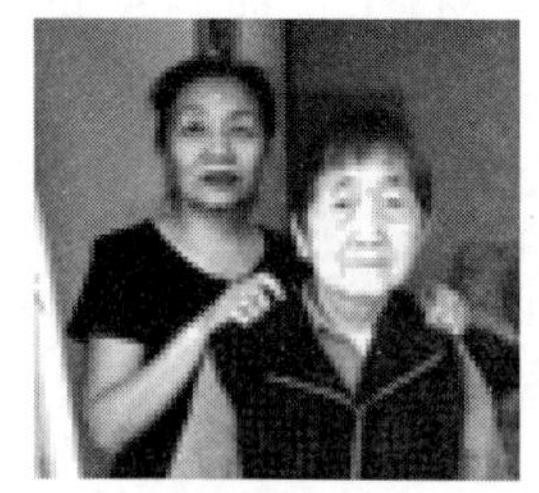

被采访人刘继兰——范正文的夫人，1935年6月出生，1971年1月到宝鼎矿区。

被采访人范云——范正文的女儿，1959年11月出生，1971年1月到宝鼎矿区。

宝鼎之巅，清风徐来，亓伟墓屹立于此，在他的墓的正后方，有一个坟茔格外让人唏嘘，它就是亓伟的老部下范正文的墓。

范正文1932年12月出生在山东省泰安市，和亓伟是山东老乡，虽然比亓伟小了21岁，但是两人一直很要好。范正文1958年到云南省煤管局和亓伟一起工作。1964年11月，范正文跟随亓伟到了攀枝花宝鼎矿区，两人一起在异常艰苦的宝鼎矿区扎下了根，共同经历和见证了彼此人生的风风雨雨、起起落落。

范正文夫人刘继兰还清楚记得，在1964年到1971年期间，范正文每年只有一次探亲假能回云南昆明和妻子儿女团聚。那时候回家一次真不容易啊！没有直达车，每次还要在永仁转车，在那住上一宿后，第二天再赶车。直到1971年才把家迁来，一家团聚了。

刘继兰还说，亓伟在工作中，以其高尚的人格，正派的作风，朴实的态度，与职工群众打成一片，与一起共事的领导干部结下了真挚的友情，赢得了矿区人民的爱戴拥护。他家老范就是顶佩服亓伟的众多人中的一个。

那时，范正文任调度室主任。亓伟生病以后，范正文经常去医院看亓伟，给亓伟汇报完他最关心的生产情况后，对他说：“老爷子，你走了以后，在你旁边给我留块地，这辈子我陪着你，下辈子我继续陪着你。永远地追随你！”

亓伟1972年去世后，范正文仍然在调度室工作，他一天都没离开过调度室，人称“老范头”，他把毕生精力都奉献在了矿区调度工作上。范正文1995年退休，1995年底因病去世，家人按照他的愿望，把他埋在了亓伟墓的右侧，两人继续作伴，实现了他23年前在亓伟病床前的承诺。

范正文女儿范云说，两家的子女关系也都处得很好。亓伟子女每次来攀枝花都会到家中去看望刘阿姨和范云。亓伟的孩子每次为父亲扫墓时，也会祭奠他们的范叔。而范正文的子女每次去宝鼎山上给父亲上坟时也都要到亓伟的墓前深深地鞠躬。

1990年，范正文（左一）陪同亓名超夫妇及亓鲁明一家祭拜时合影

亓伟同志

第七章

岁月如歌 忠魂祭

7.1 宝鼎情怀

亓伟戴过的手表

一块珍贵的手表

在攀枝花市档案馆里，珍藏着一块亓伟曾经戴过的手表。

2010年，攀枝花市档案馆通知攀煤公司，需要一些亓伟的遗物，让攀煤公司出面收集。工作人员对亓伟的子女进行了解后得知，亓伟留下来的东西少之又少，没有房产，没有存款，没有像样的衣物，甚至留下来的照片都只有为数不多的几张。最后，在他大儿子那里打听到，有一块亓伟当年戴过的手表，是他送给大儿子的，现在河南南阳的家里。

当工作人员转达组织想收集亓伟同志遗物的意见后，他的大儿子亓名超及家人爽快答应了。于是，这块表翻山越岭从几千里外的南阳到了攀枝花，又经工作人员的手慎重地交给了攀枝花市档案馆的专职管理人员。

这块手表是怎样到的南阳呢?

2011年6月15日，亓名超及其女亓玉华讲述了这块手表的来龙去脉。

1964年春天，亓名超在郑州参加河南省团地委书记工作会期间，恰逢父亲亓伟从北京开会返程经过郑州，这对聚少离多的父子终于见了一面。当即亓伟把这块手表从手上取下来送给了亓名超，并一起合影留念，而这张照片是亓名超和父亲唯一的一张合影。

亓名超说，这块手表陪伴他40多年，虽然零配件已经老化，但他修修补补，一直舍不得扔。父亲没有给亓名超留下其他的物质财富，但是父亲言传身教的人格魅力深深地影响着他。每当他看到这块手表和那张珍贵的合影时，父亲慈祥而高大的形象就浮现在眼前，激励他忘我奋进，不懈追求。

亓名超同志也是一位优秀的领导干部，当时正担任南阳市团地委副书记。用亓玉华的话说，“三线”建设时期，爷爷亓伟与父亲亓名超各自去了祖国最需要、最艰苦的地方。父子俩经常互通书信，互相鼓励。亓玉华说，在爷爷与父亲往来的书信中，她印象最深的一句话是:“我们父子虽然在不同的岗位上工作，但我们要共同为祖国的建设做贡献。”亓玉华说，遗憾的是，这些书信在漫长的岁月中都遗失了。

亓伟的雕像

现在人们到攀枝花市西区，必经一个广场，广场上有一尊雕像屹立在那里，目光温和地朝着一个地方——攀煤宝鼎矿区。这个广场就是清香坪亓伟广场，这尊塑像就是亓伟的塑像，每一位从这里经过的路人都会情不自禁地向塑像行注目礼。

2011年6月15日，是一个特殊的日子。攀枝花市西区人民政府准备在清香坪广场（后更名为亓伟广场）为英雄亓伟竖立雕像。亓伟的长子亓名超、小儿子亓鲁杰夫妇、小女儿亓鲁明夫妇以及亓伟的大孙女亓玉华，去了为亓伟制作塑像的工厂，主要是对亓伟的相貌做一个确认。在这里遇到了一个难题，那就是亓伟在宝鼎矿区工作期间，与家人见面的时间很少，前后相貌变化很大。“文化大革命”前，他是很壮实魁梧的一个人；“文化大革命”后，他瘦小了很多。

亓伟的小儿子说，父亲和他差不多高，甚至觉得父亲比他还高点。亓伟本人是1.76米，但当年和亓伟一起工作过的老同事说亓伟可能只有1.70米的样子。亓伟的小女儿还拿出珍藏的两张和父亲合影的照片进行对比，那张在徐州照的家人合影上亓伟的脸是圆润丰满的，而亓伟生病后那张全家合影上他是消瘦的。

在档案室的那张亓伟的标准照，头戴一顶有帽檐的黑帽子，瘦削的下巴，凹陷的眼睛，身着一件中山装，扣子扣得整整齐齐，坐姿端端正正，目光直视前方。亓伟和大儿子亓名超在郑州的合影里，亓伟穿一身中山装，面阔眼大，目光如炬，亓名超面容清瘦，表情腼腆。一家人讨论、研究了一阵子，最后综合意见，给雕像师提了参考建议。

当天下午，亓伟的家人又一起到了西区清香坪广场，塑像一旦做好就将长期竖立在这里和西区人民（主要居住的是矿区职工家属）朝夕相伴。

2011年6月15日，亓伟子女到亓伟雕像制作现场指导

2011年6月，亓伟长子亓名超（左一）接受攀枝花电视台记者采访

这时候，市电视台、市报社等新闻媒体的记者都来了，他们一一采访了亓伟的各位子女及家属。

2011年，6月16日，按照行程安排，亓伟的子女们一起去了攀枝花市金色攀枝花展览馆。在那里，讲解员为他们详细讲解了攀枝花的发展史，讲了“攀枝花是毛主席最关心的地方，是三线建设的重中之重，是三线建设的成功典范，是中国三线建设史的缩影……当时号召备战备荒为人民，好人好马上三线”。

……

通过逐一参观展厅、倾听讲解，不太了解亓伟当年具体工作环境的子女们，更加感受到父亲当时经受的艰苦。已经年过八旬，满头白发的亓名超泪光闪烁地回过头对弟弟妹妹们说：“我们父亲走的是一条筚路蓝缕的革命之路，我们为有这样一位父亲而感到骄傲！”

其实，这几姊妹有的在成都，有的在南阳，他们也是难得能聚在一起。所以在金色攀枝花展览馆的阶梯上，他们照了很多的照片以作留念。

亓伟子女们相互的亲情很深，家风很严，品行很像，虽然年龄相差较大，但是他们的言行举止都有很多相同之处。工作人员想，这是不是因为拥有相同的血脉，父亲的言传身教在他们身上的传承体现呢？在陪同他们的过程中，有几件小事给工作人员留下了深刻的印象。

同行的工作人员，陪亓伟的子女们一起在矿区职工食堂吃饭，饭后盘子里还剩了两只鸡脚和几片香肠。当时，亓名超对工作人员小李说：“小李，这些都没有人动过，丢掉可惜了，你这离家近，打包带回家吧！”亓鲁杰已经站起来，帮忙打了包，他一边放进食品袋，一边说：“从小我爸就看不得我们浪费一粒粮食、一片菜叶，如果看到谁把剩下的食物，哪怕一小块馒头丢进潲水桶里，他都会拣出来叫你当场吃掉，看下回谁还敢浪费。”看到兄弟俩认真的样子，工作人员想这应该是这个大家庭里的一贯传统。

有一天吃饭，工作人员叫服务员拿了一瓶酒来，这种酒其实是很一般的普通酒。吃完饭后，还剩了一点点酒没喝完。第二天吃饭，工作人员照例叫服务员拿一瓶酒来，亓名超却摆摆手对工作人员说：“小李，不用拿了，喝不完浪费，就拿昨天那瓶没喝完的吧。”后面的几天，他们都不让工作人员拿酒了，喝的都是他们自己带来的散装酒。

短短几天的陪同，让工作人员看到了亓伟的影子在其子女身上的体现。他们本出身于高干家庭，自身的家境也不错，还如此严格要求自己，低调做人，让工作人员深为钦佩和感动。

2011年12月26日，亓伟雕像在攀枝花市西区亓伟广场落成。亓伟小女儿亓鲁明参加了落成典礼并发言，她说：“虽然作为当年的开拓者的一员——我的父亲的塑像，并镌刻着我父亲亓伟的名字和生平，但在我心中，这是开拓者的群体形象，是新一代建设者对老一辈开拓者的怀念，对‘三线’精神的铭记和弘扬……我思念我的父亲，也怀念与他一起奋斗的前辈们，感谢他们为我们留下不朽的精神财富……亲爱的爸爸，现在你的塑像屹立在此，你的眼前就是宝鼎矿工们的新居，你可以永远陪伴在他们身旁，永远和大家在一起了……”

落成典礼上，在亓伟的塑像周围，站满了西区附近的居民以及矿工兄弟代表，还有和亓伟共同战斗过至今健在的老一辈开拓者，他们都为亓伟深深默哀，表达自己最崇高的敬意。

2011年12月26日，亓伟塑像落成典礼

亓伟墓

“我死后，请把我埋在宝鼎山上最高的地方，让我日日夜夜看着攀枝花出煤、出铁、出钢……”遵照亓伟的遗愿，他的墓地选在宝鼎山上最高的山顶。近年来受矿山沉陷区治理的影响，这里已经变得山高路险，人烟稀少了。

亓伟的亲人有的在成都，有的在山东，有的在福建，有的在江苏，他们对父亲思念都在心里。如果说有形式的话，就是每到清明时节，就朝着攀枝花的方向给父亲鞠个躬、在心里跟父亲说上几句话。

这么多年来，每到清明节，众多的祭拜者不管道路多么崎岖不平，都会到亓伟的坟前瞻仰、叩拜。有头发花白的长者，也有青春年少的后生；有历届宝鼎矿区建设的领导，也有普普通通的矿工家属……他们打扫墓地，摆上鲜花，酹酒墓前，肃立默哀，献诗诵词，描抹碑文：“建设三线鞠躬尽瘁浩气长存，开发矿业历尽肝胆精神犹在。”

尤其值得一提的是，1990年5月27日，原煤炭工业部部长高扬文到矿区来视察工作的当日，便到亓伟墓前敬献花圈，挽联上写着：“攀枝花下埋忠骨万人敬仰，宝鼎山上望星辰夙愿得偿。”高扬文同志还在亓伟墓前感慨地说：“亓伟同志，您安息吧。看看现在的攀枝花，您想要达到的目标已经实现了，您可以含笑九泉了！”

攀枝花大学老教授李锡庆在亓伟墓前叩拜后，泪湿衣襟，唏嘘感慨，作词表达万千情怀：“仰巍巍宝鼎，向清明，晨雾绕轻纱。捧满怀翠柏，三杯春酒，一盏清茶。悄问英雄气魄，几载未还家？碧宇回音起，唤出朝霞。往事岂容忘记，正万人会战，火样年华。献青春热血，为灿烂钢花。看今朝，新城如画，弄弄坪，不是旧山崖。归来路，杜鹃声里，日照金沙。”

巍巍宝鼎，青山含黛，薄雾如烟；滚滚煤海，乌金闪烁，汗流如雨。在这被敬仰反复擦亮的高度，亓伟老前辈——攀枝花的创业元勋，丰碑般地日夜站在高岗，目光所及之处，穿透三千尺锈蚀的沉寂。煤和铁撞击的声音，击破亘古的苍凉，融化寒冷和沧桑。在您汗水润泽的脚下，黑色的石头吐出火焰，深邃的大山流淌钢花。您的声音就是一面敲天击地的战鼓，响彻云霄，直抵未来。

魅丽新城慰先贤，宝鼎儿女承遗志。百里矿区，处处都有您关注的目光，处处都有您的期望。昔日的荒山野岭，如今一片繁华，形态各异的楼群鳞次栉比，持续完善的厂矿春意盎然。花是一座城，城是一朵花，继往开来的后生们正用青春描绘一幅美丽的画卷。

1990年，原煤炭工业部部长高扬文（左）拜祭亓伟

您知道吗？在您的墓地附近，又新增了一些坟茔，那是您的战友，您的兄弟，传承您精神的矿区建设者们。他们生前追随您脚步，敬仰您精神，死后以埋在您周围为荣。还记得吗？当初跟随您从云南到攀枝花搞三线建设的范正文，在您走了23年后立下遗愿，与您生死相随。他于1995年12月去世，墓地就在您的后面，他要永远地陪伴您！

您，不寂寞！这些兄弟，生是一条汉，死是一条汉。他们一直跟随您鏖战矿区，从未懈怠，从未放弃；他们在您的身后继续高擎建设大旗，鞠躬尽瘁，死而后已。

您，不寂寞！在您的墓地前，络绎不绝的敬仰者走上山来，为您献上一束花，抑或插上一炷香，抑或朗诵一首诗，抑或唱上一段曲，以不同的方式表达同一个主题——山河不会忘记您，我们不会忘记您！

父爱如山

2019年10月2日1时31分，夜深人静，万籁俱寂。亓伟小女儿亓鲁明给本书编写组发来信息。在此，将原文摘录于此，致敬英雄。

我父亲生前的图片、影视资料很少很少，几十年了，要收集很难很难，尤其是一些老人已经故去，要核实一些资料更不容易了。而你们坚持为采访到我父亲的真实故事四处奔波，真的让我很感动，也十分感谢你们。

因为一提起父亲，我就情绪激动，忍不住泪奔，所以上次你们来都江堰采访我，有些东西没有说得太详细，现在顺着我的思路再补充一些吧。

1964年，我父亲到攀枝花时，我并不清楚父亲去哪了。在我的童年时代，我习惯了爸爸的忙碌，习惯了父亲出差不在家，习惯了他一次次地先期离开我们到新的工作岗位上。之后在与父亲的通信往来中，才知道了渡口这个被毛主席关心的保密地方。儿时的我曾为之骄傲过，荣耀过。

因为特殊的历史原因，我与父亲的再次见面已是六年之后。1970年，我父亲恢复工作。那天，当时的矿区领导马书绅一行人来到我们在昆明的家中，问我上不上渡口去看父亲。我带着妈妈的嘱咐，带着妈妈给父亲买的一罐麦乳精和两瓶玫瑰白酒、两瓶猪肉黄豆罐头，带着妈妈嘱咐我到渡口后给父亲缝补衣服的针线，只身随车奔波了一天从昆明到了渡口。可到渡口后我并没有马上见到父亲，他当时正在龙洞矿的会战工地。他让马书绅先将我安排在招待所住下，直到两天后我才见到了父亲。事后我才知道，当时父亲知我到渡口后很高兴，但正值龙洞“夺煤保铁”会战的关键期，他没离开会战工地，两天后军代表以让他回来开会研究工作为由，他才赶回了指挥部。我那次在渡口的时间不长，和父亲在一起的时间更短，在开工作会的前两天和会议期间，我就静静地待在父亲那既是办公室又是宿舍的屋里，看他工作，和他一起到机关的食堂就餐。现在回想起来，父亲那时就已经生病了。他已吃不下什么东西了，每顿饭吃得很少很少，但他的精神状态很好，每天吃饭时，就在食堂外的席棚子里，坐在矮小的由几块木板做的简易小桌子旁。许多人与他围坐在一起，边吃饭边说着什么，有时很严肃，有时很欢快。他把我带去的为数不多的食品都拿出来了，乐呵呵地告诉大家，这是女儿从昆明带来的，让大家一起吃。他自己仅仅吃了罐头内的几粒黄豆，还高兴地和大家说这个好，能咬得动。几天后，会议结束了，他又要回龙洞会战工地。临走前，他告诉我要回工地了，不能领我到处再看看了，便把我交给了其他人，让他们给我搭个回昆明的车后，就回去忙大会战去了。

再见到父亲是一年之后，他连夜从渡口赶到昆明，要乘飞机上北京开会。因没有机票，他在昆明的家里住了一晚上。那是他上渡口后的第一次回家，也是和妈妈经历了“文化大革命”后的第一次见面。那次我母亲就劝他去做体检。从北京开会回来又路经昆明，父亲将我弟弟和下乡回昆明省亲的姐姐一起带到渡口，他要让孩子们看看他工作的地方，他说我已去过，让我留下照顾妈妈。他们离开昆明时间不长，就又返回了昆明，是因父亲的疾病被确诊，路经昆明上北京治疗。父亲的病是在工作中偶然检查出的。当时的指挥部总医院还在摩梭河，他在下基层工作时，午餐后到了医院检查是不是牙齿问题影响了吞咽，结果就查出了这么重的病。当时我姐姐和弟弟都在渡口，这个结果无疑是晴天霹雳，他们随父亲以及指挥部派去送父亲进京治疗的工作人员一起回到昆明，我无论问啥他们都黑着脸一言不发。之后，我们一家就在昆明留下了那张全家人一起的合影。照片中的五人唯有我不知情，还在为和父亲又在一起而由衷地高兴呢。后来我在父亲与母亲商量让我们一起进京以及在为父亲递送寻求云南白药的信件时得知了真实情况，我崩溃了，也就有了我到学校请假不成而执意退学的行动。其实那次父亲让我们和他一起进京是有诀别的准备的。父亲的病可能在他未“解放”时就有了病灶，如果他能多想自己，早点检查，病情一定不会这样重。他“解放”后，一心投入工作，直至我母亲关切他时，他还认为他又能开始工作了，心情好了，还长胖了几斤，并没将自己的健康放在心上，还没日没夜地去工作。父亲病了，他清楚自己的病，他从没有认为命运对他不公，我也从来没有听过他抱怨，没有看过他低沉。就连在京接受了大手术之后，他仍乐观豁达，和医护人员一起探讨疾病成因。他知道留给他的时间不多了，还婉拒了云南省委为他安排的医疗休养，他放不下的是工作。他舍不得我们，也希望在有限的生命中多陪陪儿女，多给予父爱，在他决定回到攀枝花时，就决定了我们举家迁入攀枝花。1971年8月，我先行随父亲一起来到了渡口。那天是乘着已开通的成昆铁路列车回来的。当天并没有买到卧铺票，可父亲坚持一定要走，买的硬座。上车后，随行工作人员找列车长说明了情况，临时在列车预留的卧铺车厢中补了票。父亲那时真的是归心似箭，就想着能早一点回到工作中，把那些年未竟事业抓紧补回来。我猜他有一种“世事未尽，我已苍老”的紧迫感。

我离开昆明时，已在上高一，到攀枝花后，那时矿区还没有高中，上学无望，父亲就让我先找点事做。那时我和父亲仍是他住办公室我住招待所，白天就静静地坐在办公室看他工作，用他那个煤油炉子做点软食。9月总医院从摩梭河搬到现址陶家渡，父亲对我说，医院搬过来了，他可以住到医院了，医生护士会照顾他，你不能上学的话，去工作吧。一会儿单位有辆车过来，你收拾下行李，随车去吧。就这样，我被司机拉到单位交给了劳资科，从此，走上了工作岗位。之后每周休假我就到医院去看望父亲，每去病房里都有人在谈工作，父亲其实是将办公地点搬到了病房。“死了要埋在宝鼎山，看出煤出铁出钢”，我那时就是在医院听他和大家说起的。

我父亲去世时穿的是在昆明因有外事活动制作的灰色大衣。这件衣服一直随我们留在昆明，后来搬家带到了攀枝花。父亲一生俭朴，日常穿戴也是缝缝补补，特别是自己在攀枝花这些年，没条件也没可能添置衣物，所以他一直身穿的都是打补丁的衣物，以致他在去世时都找不到完好的衣服。在大家的提示下，才想起这件久未加身的大衣。父亲就是穿着他这件因工作而制作，为工作而保留的衣服入土的。大衣原有一根腰带，穿上身后有人说不能系腰带，腰带“带子”。在父亲的善后问题上，当时出主意的很多，大家都是善心善意，但有些是地方风俗，带点封建迷信色彩，我妈妈一概婉拒。妈妈说父亲是共产党员，是无神论者，就让他庄重地离去。唯独这根腰带之说因说法太直白了，妈妈沉默了，也默许将腰带抽出了。

家中的三只木箱是我们家从山东搬家时制作的，那也是当时我家比较好的家具。父亲提议为我们三个孩子每人留了一对木箱子，现都在我们各自的家中。父亲订了这些箱子，可他并没看到。为父亲的都想陪着孩子长大，看着孩子成家立业，可他那时已无法做到了。他没有丰厚的财产留给儿女，他没有更多的时间陪伴儿女，他也知道他不可能等到牵手送女儿出嫁，他精心地为每个孩子备下了一对箱子，这是百姓人家娶亲嫁女的必备。一辈子为事业无怨无悔，而作为一名铁血男儿恋家恋儿女，却又多么的不舍啊……

往事历历在目，快半个世纪了，时间没有冲淡我对父亲的怀念，我仍能感受到父亲那双大手的温度，仍能体会到父爱如山的力量……

致敬英雄

大地沉睡，山川无言。仰望苍穹，星光闪烁。亓伟——理应是宝鼎矿区夜空中那颗最闪亮的星星！他是“大三线”建设史中涌现出的英雄的代表之一！亓伟用短短60年的生命历程，为我们共产党员“忠诚干净担当，为民务实清廉”做了一个生动的诠释！亓伟是人民的好儿子，党的好干部，三线精神的真实写照，是攀枝花人的骄傲，宝鼎矿区永远的英雄！书写亓伟的故事，传承、弘扬亓伟的精神是攀枝花发展的需要，更是多年来宝鼎矿区人们内心深处强烈的愿望！盛世颂歌，为英雄谱写赞歌，更需要致敬英雄！

7.2 改天换地宝鼎魂

千古的风，万年的雨，未曾改变沧桑的容颜。一个铿锵有力的声音划破苍穹，打破千古蛮荒的宁静，从此在这片不毛之地上，生长的不仅仅是火箭草、红心果，还有那改天换地、震撼时代的精神。亓伟，一个高于宝鼎山的名字，一个比煤炭和钢铁更响亮的名字，站立宝鼎山，独步南高原，叹汹涌的金沙水，澎湃着他的英名。

夺煤保电

夺煤保电，拿下桥头堡的战斗号角，于1965年在小宝鼎高亢激越地吹响，你带领200多名工人，人拉肩扛将精神与力量运到山上，将期盼与现实兑现在眼前，以28天迅雷之势，恢复一座点燃未来的煤矿。金沙江不会忘记，曾在你的体内吸取万丈豪情，才有倾江注海的汹涌动力；宝鼎山不会忘记，曾在你炯炯目光中高筑向上的阶梯。已写入三线建设历史扉页的28天辉煌啊，在你的肠胃里，没有一片青菜叶，没有一滴肉粒，唯有岁月供给的盐巴饭；在你的后背下，没有一块平坦的床板，没有一床舒适的席梦思，唯有苍穹留下的杠杠床……这一样又一样，成了攀枝花精神的代名词。

“三通一住”

几千名南腔北调的建设者汇集在这里，通水、通电、通路和建房，成了一项战略性任务，“三通一住”的难题，日夜摆放在你布满血丝的眼中。你带领各路兵马，在这不毛之地铺开战场，虽说是一场没有硝烟的战争，却要征服大自然这个强大的敌人。修路没有机械，钢钎铁锤劈山填壑；建房没有材料，就地取材遮天盖地；饮水没有管路，扁担水桶输送水

前排从左至右依次为：王恒成、韩国成、胡景普、马书绅、张军；中排从左至右依次为：胡殿明、易仁高、王运平、李世仪、程玉廷、王春山；后排从左至右依次为：范正文、张义、张文英、佟光、于贤、李洪棠、李允有

源。在艰苦创业的日子里，你身背水壶，头戴草帽，与工人一起伐木、一起建房。所到之处，你就是精神的领路人，你就是意志的开拓者，建设士气如隆隆雷声涌动山谷。经过一年的奋战，建设大军在宝鼎山下安营扎寨，一场劈开宝鼎、捧出乌金、艰苦卓绝的攻坚战正蓄势待发。

进军太平

建成太平煤矿，是决定攀枝花建设的关键节点。在那战斗的日日夜夜，你年过半百的身体，被繁重的体力劳动和井下潮湿的环境拖垮，身患多种病症的你强忍疼痛，与工人一起挥汗劳作，干不动时，你蹲在那儿，看着大伙干活儿心里也舒坦，你一次又一次拒绝了组织安排住院治疗的要求；你深夜仍不忘来到职工宿舍，为他们一一盖好被，轻轻的脚步与深夜的月辉同时慰问战友。“老书记呀，老书记！你心里想的都是大家，却从来没想过自己！”一位职工泪湿衣襟望着你高大的背影。“一切为了一线，一切为了贯通”的顽强战斗，经过38天的拼搏，战胜了“淋头雨”，穿越了“水帘洞”，贯通了太平场与摩梭河两个平硐的1000多米集中运输大巷。

挂帅出征

1970年，你的春天悄然来临，在组织的安排下，你再一次身披战袍挂帅出征，向建龙洞矿工地挺进。回到建设大军中，你如龙归大海，如虎回深山。攀枝花“七一”出铁，向建党49周年献礼的命令，你铭记在心。短短三个月的时间里，在不通水、电、路的荒山中，一场“夺煤保铁”的大会战吹响了冲锋号。你忘记了曾经的屈辱，唯有完成任务成为你最大的使命。经过75个日日夜夜的拼搏，一座年产21万吨的矿井，书写了煤矿建设史上的奇迹，向建党49周年献上了一份厚礼。完成了又一项建设任务，又马不停蹄地向花山矿、大宝顶矿进军，你以十倍的精神、百倍的努力忘我地工作！在你扬鞭催马驰骋疆场时，一只无形的手，将你拉下了战马……

鞠躬尽瘁

你经历过枪林弹雨的考验，忍受了“文化大革命”的折磨，一个小小的食道癌，对你来说，只不过是涉千山越万水途中的一粒泥丸。通过治疗

20世纪70年代，矿区领导在亓伟墓前祭拜合影。从左至右：高树北、煤炭工业部工作人员、王春山、煤炭工业部副部长、张立华、煤炭工业部副部长、付卫国、陈子纯、煤炭工业部工作人员、马书绅、李振声、齐仲义

你的身体稍好一些，你向组织的再三恳求，你又如一匹奔跑的战马，驰骋在用毕生心血浇筑的战场上，全身心投入繁重的工作中，忘记了组织对你的“约法三章”，更忘记了自己身患重病。由于过度疲劳，病魔张开了吞噬大口，在弥留之际，一位忠于共和国的好党员、好战士，攀枝花的创业功勋、宝鼎矿区的忠诚卫士，断断续续地说：“我死后，把我埋在宝鼎山上，让我看着攀枝花出煤、出铁、出钢……”

宝鼎之魂

风雨铸英魂，岁月树丰碑，斗转星移，在你及战友们扬起的“创业、求实、开拓、奉献”的精神大旗下，一座享誉世界的钒钛之都，正阔步走在建设大道上；一座现代化的多元化煤炭产业基地，正以铿锵的步伐快速前进。而今，煤一样熊熊燃烧的宝鼎精神，如金沙江水，已注入了十万宝鼎民众的体内。

英雄啊，永远的宝鼎精神！站立是一座导航的山，倒下是一条指引方向的路，我们将一代一代地把这改天换地的精神传承。

英雄啊，安息吧！用生命和忠诚铸就的宝鼎魂——坚强不倒的精神，激励着攀枝花人在祖国西南的高原上，牵着山行，挽着水跑，独领风骚，尽显风流！

20世纪七十年代末期宝鼎煤矿的老领导们合影（从左至右依次为：王儒林、柳松楼、高树北、王运平、煤炭工业部领导秘书、佟光、马书绅、王恒成、李世仪、煤炭工业部副部长、马登奎、煤炭工业部领导、王艺群、陈文斌、陈子纯、王春山）

7.3 亓伟赋

巍巍宝鼎，滔滔金沙。三角梅四时芬芳，恣肆缠绵；红木棉迎春怒放，英姿挺拔。瀛海苍茫，万众景仰先驱者；漫天红云，满城盛开攀枝花。

先驱者，亓伟也。华夏齐鲁之儿郎，莱芜亓官之后昆。坠地有声，诞辰辛亥革命；投笔从戎，跃马抗日战争。先为军粮忙，次领泰安兵。挥枪冲锋陷阵，号令杀敌建勋。

民族解放，百业待兴。以身许国，拯众脱离水深火热；与煤结缘，盗火予民温馨光明。初战济南，竖天轮奠基煤业；致力齐鲁，集精良装备矿井；谋划华东，调队伍撷取乌金。

建设大西南，请缨赴边滇。位高居春城，身影在矿山。脚踏一平浪，步涉小龙潭。曲古都矿炮声隆，版纳勐养弥硝烟。龙川河畔，禄丰恐龙啼不住；北盘江边，宣威火腿不垂涎。躬身篱笆棚，遥望横断山。

支援大三线，奉命调入攀。煤炭指挥部，鬓白人领衔。翻山越岭，草帽草图草鞋水壶紧随；白手起家，通水通电通路住房挂心。恢复小宝鼎，劈开宝鼎把煤献；建设太平矿，主副平硐贯通精。龙洞矿会战，气肥煤为出铁保驾，大宝顶攻坚，精锐师向多点进军。巴洗土建，广纳意见提速厂房崛起；花山矿建，遍采河石发碹大巷延伸。厂矿成规模，风雨砺群英。

《宝鼎凯歌》赞，四川日报评：工业学大庆，煤矿赶宝鼎。

积劳成疾，癌症来缠。北京术后，入川经滇辞疗养；昆明小憩，拉家带口迁入攀。拼命工作，进矿井车间调研；关心群众，问职工家属冷暖。不幸倒下，临终留言：看出煤铁钢，埋我宝鼎山。攀西裂谷，三线惊愕兮金星陨落；百里煤海，矿工悲戚兮热泪潸然。

英雄归去，光照人间。看今日之矿区，乌金滚滚，铁马金戈科技兴煤；厂房冉冉，循环经济发展空前。福利业保障，安居梦已圆。积矿区文化之底蕴，扬宝鼎精神之风帆。托起西部太阳，告慰攀煤元勋列位前辈。彪炳千秋伟业，光耀大箐乌金浩瀚诗篇。

赞曰：

后羿射日坠天边，黄胄盗火暖人间。
愚公气概劈宝鼎，铁人风骨贯煤田。
筚路蓝缕创基业，子孙后代续新篇。
鞠躬尽瘁精神在，懿德昊苍蔚祉潭。

部分宝鼎矿区建设者在指挥部旧址合影

7.4 巍巍宝鼎山——献给亓伟的歌

一

透过岁月的云烟，
我看到了宝鼎山，
还是那样的伟岸，
傲立天地间。

你的弯弯山路，
洒过滴滴热汗；
你的陡峭山岩，
见证了创业的艰难！
啊，巍巍的宝鼎山，
你是灯塔一盏；
啊，巍巍的宝鼎山，
你是丰碑一座——
镌刻着无悔无怨，
放射着不灭的信念！

放映记忆的胶片，
我看到了宝鼎山，
还是那样的庄严，
定格在心间。

你的潺潺玉泉，
带着故事流传；
你的一草一石，
深藏着我们的情感！

啊，巍巍的宝鼎山，
你是一页诗篇；
啊，巍巍的宝鼎山，
你是一幅画卷——
续写着代代宏愿，
描绘着锦绣和灿烂！

二

夜幕降临，晚风怡然，
这一刻，万家灯火正灿烂，
轻轻地，是谁在呼唤，
向着你，巍巍的宝鼎山……

想唤醒长眠的忠魂，
把眼前的一切看看——
曾经的不毛之地
如今是百花争艳；
曾经的满目荒凉，
如今是气象万千；
曾经是夜风长叹的大江两岸，
如今是好梦正酣的幸福家园！

啊，巍巍的宝鼎山，
你见证了那一切，
你迎来了这一天，
就请你告慰那不朽的忠魂，
心愿已实现，可含笑安眠……

7.5 宝鼎的风

日升月落，物换星移。宝鼎于茫茫天地之间，应运而生，顺势而长。长成黑色的海，长成金色的梦，长成绿色的歌。

此刻，我在等风，一场酣畅淋漓的疾风。等风吹开岁月的大门，为宝鼎插上翅膀，让它的羽翼可以覆盖整个矿区。

一

风从远古来。一端是鸿蒙，另一端是未来。

靠山而居的宝鼎，是一樽古铜色的酒杯。它盛满了贫瘠、风尘和苍凉，它溢出的清愁弥漫了长长的横断山脉，那是你内心多年的盼望。宝鼎承载的何止是盼望，我要给每个登山者一块石头。

那些棱角分明的个性，不会在风中哭泣，林间里肯定会有很多飘散的歌谣。很多节拍已经落地生根，口口相传的都是诀窍；很多历史已经沉入江底，打捞上岸的都是皮毛。

风情万种的树影，顾盼生辉，左摇右晃。血气方刚的宝鼎，哪禁得起这般飘荡？饮尽所有的孤独，和衣而醉，一睡就是万年，把前世留给后人瞻仰。

那些咽不下的苦痛，顺着一脉相传的气息游走，在山路盘踞的缝隙间升腾、飘曳。凝成雾，化成风，沾上泥土的特质，才能呼出幽怨，畅通所有的经脉、所有的井巷。

唯有走出沉寂，才能溢彩流芳；唯有走进时代，才能花开四季，香飘四方。宝鼎，那张被风吻过的容颜，遍布丘壑，饱经沧桑。五千年的色彩，惊艳你喜极而泣的双眸，浸染你雄姿英发的模样。

所有的沉默在风中发芽，所有的寂静在风中悸动，所有的落寞在风中奔腾。每一束天光，每一片云影，都含着风声和笑声，闪耀金属般的色泽，煌亮宝鼎一生的征程。

我知道：那些长在石头里的阳光，风永远都吹不散。

二

风从山上来。一端是蓝图，另一端是画卷。

笑声是进山的路标。

百里煤海，万顷沃土。林间清泉，飞流而下，潺潺之声，不绝于耳。风，落入走过的脚印，步伐就更加轻盈。我在一座树墩前停留，看到一只蝴蝶细数宝鼎一圈又一圈的年轮。层次分明的纹理，珍藏改天换地的足音。

一群群南来北往的汉子走上山来，把汗水和热血挥洒在八百米深处，开采岩层里黑色的贵金属。一经钻机的撞击、炮声的洗礼，那些纷纷扬扬的煤，就破土而出，欢呼跳跃。每一次奋战就是一次跨越，每一次跨越就是一次收获。喜悦点燃了青春，青春照亮了井巷，光与影最美妙的色泽浸润在肌肤里，灵动的韵律就漫山遍野生长，像红透姑娘的脸庞。

宝鼎踩着历史的鼓点，挽着轻盈的圆舞，从呼啸的风雨里走来，从家乡的菜园里走来，从矿工的歌声里走来，用清泉濯足，用云朵绘画。我从早走到晚，从一座山走向另一座山，我想看看画的是什么。

与宝鼎对坐，我看到干打垒，杠杠床，石碾子，茅草房；我看到矿车满载石头赐予的温暖，穿过季节明媚的色彩，行驶在康庄大道，一路欢歌前行；我看到一位老人站在高山之巅，眼含热泪手指矿区寄予后人——我死后，把我埋在宝鼎山上最高的地方，我要日日夜夜看着攀枝花出煤、出铁、出钢……

一轮新月震落一地惊叹，一弯相思醉透一座大山。

我坐在风里听雨，听一群白鸽在蓝天白云间滑翔的哨声，听一群山的汉子在闲暇之余开怀的笑声。声声入耳的清脆与爽朗，安抚我四处漂泊的心，我想用一壶宝鼎盛一江春水，滋养那些沙哑的嗓音，润泽那些干裂的嘴唇。我知道，从风里传过来的豪迈，都是宝鼎一贯的品行。

笑出的泪花，开在江面，让波浪更加汹涌澎湃；喊过的号子，飘在山里，让林间更加意蕴悠长。

我想站成山顶的一棵松，遥看矿区新的发展、新的面貌，聆听机器轰鸣、煤海淘金。我想聚月为床，揽风做帐，枕着松涛入眠，宝鼎坐在身旁，守候我的梦乡——在每一粒成长的精煤里，我看到自己坐上火车，从岩层奔向选厂，从选厂奔向四方。

梦里的我，与太阳一起醒来，有着宝鼎的骨，雄性的魂，棱角的锋芒里藏着一颗滚烫的心。

三

风从东方来。一端是决策，另一端是谋略。

呼啸而过的风声，让大地震撼。被风吹醒的不只是我，还有枝头的布谷鸟。羽翼翻飞，惊起云海升腾、霞光万丈。我知道，这风不是空心的，它蕴含智慧，凝聚共识，集结力量，一如温润的玉，表里如一，澄澈怡人。

鸟儿对我说，那些从四面八方走来的人，都是值得款待和交往的人；群山对我说，那些从井巷里走出的人，都是值得尊重和敬仰的人；退休的老矿工对我说，岁月太远，遗忘太慢。记忆中的钢钎、铁锹，依然风华正茂，掷地有声。

风中的宝鼎巍峨雄峻，那么纯净，那么高远。此刻，我手捧精煤，把它放置在我一生仰望的高度。这一朵朵从岩层深处采摘的雪莲，自带阳光的芬芳。海拔为热血站起来，烈酒为梦想舞起来。有风的日子，我与宝鼎深情相拥，肝胆相照。

黑色来自矿石的脉搏，滋生在坚硬的顶板上，聚集在矿工的脸庞上，铭刻在旋转的车轮上。顺着风向一路奔跑，在黎明时刻燃烧、升华，火光里冲出一道明亮的天际线，辉映洪波万里的激流涌荡。

与钢铁联盟，宝鼎的筋骨更加坚硬；与钒钛联姻，宝鼎的羽翼更加轻盈。从改革的炉口起飞，凤凰涅槃再度重生。灰烬里的钙质还有余温，渗透岩石的特性，孕育新生代的煤层。

风，还在吹。风中的宝鼎眉清目秀，神采奕奕。说是要远航，还一直在回望。我还未道别，宝鼎一挥手，到处都是奔腾的气韵，到处都是盛开的花香。

2019年清明节，攀煤公司党委书记、董事长张兴敏（左一）到亓伟墓前献花

7.6 英雄

序篇 何为英雄

（音乐铺垫）

男1：“江山如此多娇，引无数英雄竞折腰。”
女1：英雄是什么模样？
男2：英雄没有具体的模样，
　　　英雄，也不会把“英雄”两个字写在脸上。
女2：英雄啊？！——
男1：一定是心存大爱的人！
女1：一定是有故事的人！
男2：一定是敢于亮剑的人！

上篇 英雄故事

（舒缓的音乐；朗诵语气平和，仿佛在叙述）

女2：每当晴朗风清的夜晚，
　　　站在宝鼎山的某处，
　　　仰望苍穹，那满天的星星，
　　　定有闪烁的光亮。
女1：星与光，天际的精灵，
　　　永远是最美的存在，迷人的向往。
男1：这存在，即是心中的情爱，即是世间的伟业；
　　　或是厚重的历史，亦是生机勃勃的现实。
男2：这存在，属于一份情怀里人生密码的奇迹。
女2：毛主席的一个批示：“此件很好！”
　　　令新中国的三线建设风云激荡。

感召无数的“好人好马”前往；
女1：金沙江畔，昔日的不毛之地，
刹那间，激情燃烧，逐渐辉煌。
男1：地表荒芜的宝鼎山，
迎来了一群人，他们
怀揣普罗米修斯的火种；
男2：他们不分日夜，埋头苦干，
是他们，用沉默的汗水，
掘出地下沉睡的光明和温暖。
发生在他们中间的所有故事，
没有惊天动地，也没有可歌可泣，
却可圈可点，能够娓娓道来，催人向上。
合：他们，被称作英雄；
而他们，自称是——攀煤人——
有着满满的自豪感！

中篇 英雄赞歌

（较为激扬的音乐；朗诵语气坚定有力，以抒情方式表达）
女1：如今——
最美的星光遇到最好的时代；
彰显英雄，历史的必然，
英雄，一定要获得昂扬的礼赞。
女2：您听，“活着建设宝鼎山，死了埋在宝鼎山！”
无论生死，都属于宝鼎。“他是谁？！”
他是——亓伟——
响亮的名字，是精神，在光耀四面八方。
男1：诗人臧克家说：“有的人活着，他已经死了；
有的人死了，他还活着。”
男2：关于活着与死去，
在亓伟看来，精神尤为重要，
这，不是空洞的誓言，
而是刻进岁月那份“初心”的写照。

女1：斯人去矣，精神永存，
是实实在在，
傲立于宝鼎山的理想信念与自豪。
女2：英雄与气质与基因永存，
时至今日，
依然有无数人为他点赞；
他的同辈也总会向晚生叙说——
亓伟，在国家建设最需要的时候，
主动请缨，将自己的全部，不折不扣献上。
男1：不单单是亓伟，
戴世森、李祥志、雷永、康玉发、房桂芝、王恒成……
请记住他们的名字，请看看，
每一个名字都承载着一颗星星的闪亮。
男2：英雄是一个群体，
而他们则是群体中最耀眼的那些——
繁星闪烁，宝鼎璀璨。
女1：新的时代，发出新的呼唤！
女2：不忘初心，牢记使命，
“路阻且长，行则将至。”
合：在实现中国梦的征程中，
人们定会把英雄颂扬！

下篇 英雄精神

（音乐激扬；朗诵语气坚定有力，以对英雄的敬佩之情来表达）
男1：英雄攀枝花，阳光康养地。
男2：长空辉映大地；历史昭示未来。
女1：攀枝花这座城市之谓“英雄”，
她由多种元素、无数人物构成；
也由此而生成“英雄”的基因，
让攀枝花越来越令人崇尚。
女2：通过宝鼎，
通过宝鼎山的攀煤人，
我们能够看到一群形象的平凡，

也能看到无数灵魂的伟岸。

男1：煤炭的世界，从来都是平凡的世界，
攀煤的人生，却总是不平凡的人生。

男2：在这以智慧和汗水铺垫光明的路上，
有你，有我，有他；
所有人，携手抒写中国的煤炭故事，
齐心协力砥砺前行。

合：在英雄的攀煤；
在英雄的攀枝花——
英雄精神与风范，历久弥新！

2020年清明节，攀煤公司党委书记、董事长张兴敏（右）与总经理赵茂森（左）祭奠亓伟

附录

英雄也问出处

1952年的亓伟

志存高远　求知若渴

辛亥革命爆发那一年，亓伟出生在山东莱芜县的一个地主家庭。出生时候家庭开始走向没落。父亲在他4岁时即去世了。家中由母亲和他的大哥亓绍祖主持家务。全家老少共11口人，当时家中有土地120亩，主要是依靠雇工和部分土地出租，全家均依靠土地收入过活。每年均有外债，入不敷出。

亓伟11岁才开始上小学，家里人经常对他说："你好好上学，将来家里就依靠你了。"亓伟学习很勤奋，总是想着多读书，在村小学读了三年即考投莱芜县乙种职业学校，之后他借着二哥亓维祖的高小文凭报考了太安第三中学，毕业后即投考了博山颜山高中，就读校高中部，后转入山东省立高中。

当时的亓伟求知若渴，立志要多读书，想高中毕业后即去升法律学校，用知识改变命运，摆脱家庭困境，实现理想抱负。但是理想与现实总是有差距的，在亓伟上高中一年级的时候，他的母亲病故了！而每年读书的费用较大，加之家中有外债，日子过得越来越艰难。亓伟高中毕业的前半年，他大哥提出分家，当时亓伟为了继续求学，就提出自己不要宅子，多分点土地，于是他将分到24亩土地，当即卖了一部分以求继续求学，一直维持到他高中毕业。本想把仅存的土地卖了继续上大学，以实现自己的愿望，然而当时的地价突然下跌，土地卖不出去，为了维持家庭生活，亓伟被迫终止求学，在博山一中任高小教员。

亓伟任教员时期，家庭共计7口人，经济来源仅剩的土地和他的薪金收入。由于家庭的经济困难和看到社会上某些黑暗现象，亓伟对家里对社会不满的思想时起时伏，总想寻找另一条出路。

弃笔从戎干革命

1938年1月，亓伟在莱芜县三区上台子庄参加了八路军四支队。亓伟自述自己参加八路军是在这三种思想下参加的：一是在学校受过抗日救国的教育，自认为一个青年应该出一分力量；二是感到当教员是永远不能达到出人头地的目的；三是家庭经济困难，每年有债务，想摆脱这些困难。

亓伟参加革命后的简历如下：

1938年1月至1939年3月，参加八路军四支队，任战士、募集员、司务长。

1939年3月至1940年，任八路军四支队一团供给处主任。

1940年至1941年，任八路军后方司令部供给处主任。

1942年至1943年11月，任泰山专属粮食经建科长。

1943年11月至1947年8月，任泰安县政府县长。

1947年8月至1948年10月，任泰山区五分局局长。

1948年10月至1949年1月，在济宁市工商局任监委。

1949年1月至1949年3月，任鲁中南工商干校校长。

1949年3月至1949年10月，任华东工商干校校长。

1949年10月至1952年5月，任山东行政学院政法系副主任、训练部主任。

翻开亓伟的档案可以看出早年亓伟的心路历程，他是从一个有理想有抱负的热血青年，经过革命的洗礼和教育逐渐成长为一名坚定的共产主义战士的。这从亓伟亲笔写的弃笔从戎和入党经历可窥见一斑。

他写道："抗日战争、解放战争时期，正是在家庭经济逐年没落，个人收入不能维持生活的情况下，对社会的不满情绪更加剧烈起来；同时也看到了自己就是上了大学，在旧社会内也不能出人头地，再加之上学受到的抗日救国教育，听到日寇的残暴行为，所以比较坚定地认为，要解放自己，必须解放中国。在这个思想下，参加了抗日，到部队后，受到为人民为人类解放的教育，才开始逐步树起了为人民服务的思想。"

"我是在1939年3月，在山东莱芜县由秦龙、李枚青介绍入党的，当时未确定后补期。我当时对党的认识是简单的，以为只要参加了八路军，即是参加了共产党。后经在部队中受到解放，为人民服务的教育后才逐步对党有了认识。我入党是在我参加部队的三种思想下，经过了提高认识，认识到参加部队思想是不纯的，认识到只有解放了全人类，才能解放自己。提高认识的基础上，申请入党的，在党内曾任过小组长，代理三个月县委书记，总支委员和中共华东煤矿管理局党组书记。”

在抗日战争、解放战争中，亓伟积极主动，冲锋在前，立下了汗马功劳。在战场上打击日寇，在后方建立革命根据地，做地下党工作等，对敌斗争坚定，并有力地开展工作。他在任粮食科长时期，当时部队机关均住在莱芜的东部，在根据地小，人数多，又无存粮的情况下，亓伟设法组织部队，民兵和粮食干部到游击区敌占区，征收公粮，保证了粮食供应，功勋卓著。另外，亓伟在任泰安县长时，面对敌伪合流的紧急情况，在铁路附近城郊进行大胆放手地发动群众，建立政权，布置秘密工作，虽然在撤出村干部及积极分子时有点被动，但是最大限度地减少了村干部、积极分子受到危害。亓伟在任泰山区工商五分局局长时，正是春荒严重时候，上级提出开展生产救灾，在这个工作中，亓伟大胆组织群众运盐、纺织等工作，并开展减租减息，土地改革等运动。

华丽转身搞建设

革命胜利后，国家百废待兴。党哪里需要，亓伟就到哪里。亓伟1952年转业到煤矿工作，从此与煤结缘。1952年10月任山东矿务局器材处长，1953年任华东煤矿管理局基建处长、计划处长，1955年3月任济南煤矿基本建设局副局长。

煤矿建设工作对亓伟来说是崭新的。亓伟在他的档案里提到，在此期间，他面临了许许多多生产建设中的难题，对恢复改建矿井还不十分熟悉。这时，亓伟认识到在企业中不会技术，不熟悉业务，不懂得使用人才是吃不开的。他明白搞建设和打仗真有天壤之别。

于是他开始如饥似渴地学习煤矿业务知识，并在不断实践中摸索和前进。在选用技术型人才方面，亓伟更是特殊时期特殊处理，求贤若渴，不拘一格用人才。

1955年初，亓伟调到济南煤矿基本建设局任副局长。经过几个月环境和业务的熟悉，给他的感受是，光靠自己熟悉业务是远远不够的，局里及下面一些处、科室的负责人业务能力普遍较差。这些人很多都是解放初期扛枪打仗的军人，如果论和敌人真刀真枪干，他们是必胜的英雄。但在实际的基建工作中，尽管他们工作认真负责，甚至废寝忘食，但是一遇到技术难题往往就没法解决，特别是一些新上的设备连正常使用都成了问题。

亓伟心里很着急，他第一次感觉到管理、技术人才的重要性，他常常想，打仗用好一个将才、帅才可以顶上千军万马，如果搞好基建工作也像打仗一样，用好一个技术人才，有时候也要顶上千军万马。

于是，发现人才和培养人才成了亓伟的另一项重要工作。在工作中他发现几个很有本事的人，都在一般的工作岗位上，而且这几个人做事都有一个相似的方面，就是自己的工作虽然认真不出差错，但是小心翼翼，按部就班，不会轻易抛头露面，更谈不上创新。

第一个是一个生产调度人员，这个人当时是一个普通群众，一个协调和决断能力相当强的人，有能力，也有些英雄主义气概，而且从事调度工作时间较长，经历和参加处理过很多生产问题和突发事件，有丰富的临场处置问题经验。但了解其历史，此人曾当过国民党上尉军需官。

第二个也是个非党员，自到基建局后，工作上较认真、踏实，一年多来，解决了很多工作和施工中出现的难题。在“肃反运动”中曾被批斗过，因为他当过伪警察，所以在工作和生活中他总是小心翼翼。

还有一个是大学生，有专业知识和解决问题的能力，只是不太热衷于运动和潮流，有人反映他的历史有些可疑，但没有确切的事实依据。

了解这些情况后，亓伟经常有意识地和他们交流、谈心，鼓励他们大胆工作，告诉他们，过去的失误和走错的路，可以用今天的努力工作来弥补。

后来局里提拔了一批干部、工程师。其中一些人就是亓伟冒着风险和压力，推荐给党委会讨论任命的。他力排众议，用了一批有能力、有技术的行家里手。而这些人一旦得到组织上的信任，就放下了那些担心和顾虑，甩开膀子干工作了。

实践证明，他们后来都成为基建局的骨干力量。要知道，在当时，能够做到这点的人，一定是心底无私天地宽，为了事业，为了工作，从不考虑自己的安危的人。

后来亓伟在被批判的时候，基建局提拔干部一事也成为他的一项罪状，说他重才轻德。他却说只要把工作干好了，我自己受点委屈就不值一提了。

个人的工作，按党的需要

1958年，亓伟调入云南省，这期间亓伟在自己的档案“熟悉何种业务或技术、志愿做何工作”一栏里写道：“对煤矿的基本建设工作了几年，但也不熟悉，个人的工作，按党的需要。”

“个人的工作，按党的需要”亓伟一直是这样做的。自从他1938年1月投笔从戎，参加革命后，走的就一直是国家的需要，党的需要的路。1939年3月参加中国共产党，跃马抗日，先为军粮忙，次领泰安兵，挥枪冲锋陷阵，号令杀敌建勋。中华人民共和国成立后，百业待兴，亓伟又与煤结缘，积极投身于煤矿建设中，初战济南，竖天轮奠基煤业，致力齐鲁，集精良装备矿井，谋划华东，调队伍撷取乌金。1958年调入云南省，先后担任省煤炭工业厅副厅长、党组书记和云南省煤管局副局长等职。

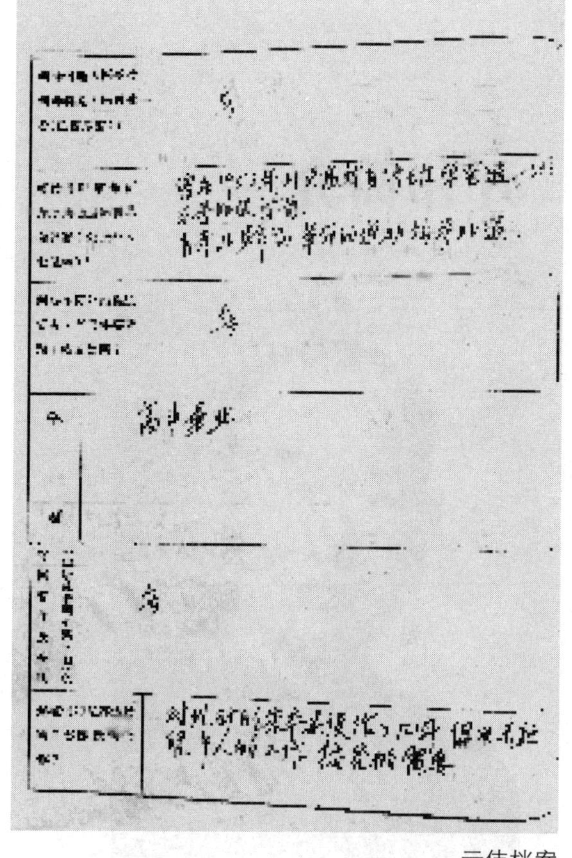

亓伟档案

1964年，中共中央做出了开发攀枝花的战略决策。三线建设是党的召唤，使命在肩，但未必每个人都敢于担当，而在担当的问题上，亓伟从来没有犹豫过，他立即到省里请求到攀枝花开发宝鼎矿区。

有些事情总是要有人去做的，而我们的英雄亓伟去做了。有一天亓伟去北京开会，当时的煤炭工业部第一副部长钟子云找亓伟谈心了，于是全家人的命运从此改变。“好人好马上三线”！党的需要高于一切！1964年11月，亓伟在他来攀枝花的前夕，在他的日记本上一笔一画地写下了“活着建设宝鼎山，死了埋在宝鼎山，立足大三线，打击帝修反”的钢铁誓言。从此，亓伟告别繁华奔荒山，踏上了三线建设最艰苦初期的攀枝花，“穷山恶水”“不毛之地”——宝鼎山，带领全国28个地区的煤矿职工，包括25个民族的4000多名建设者，勘探设计、三通一住、夺煤保电、夺煤保铁、夺煤保钢五大会战永远载入历史史册，创造了中国三线建设史上的宝鼎奇迹。

亓伟简介

1962年，亓伟在云南时期的照片

1911年10月，出生于山东省莱芜县东汶南村。

1922年至1933年，在莱芜县乡里及县立中学读书，后考入济南省立高中读书。

1933年至1937年，在莱芜县泉河寺高小任教员。

1937年10月下旬，参加了中华民族解放先锋队。

1938年1月至1939年3月，在八路军山东省抗日游击队四支队，先后任战士、募集员、司务长。

1939年3月至1940年，在八路军山东省抗日游击队四支队一团任供给处主任。

1940年至1941年，在八路军山东省泰山后方司令部任供给处主任。

1942年至1943年11月，在山东省泰山任专属粮食经建科长。

1943年11月至1947年8月，在泰安抗日民主政府任代理县长、县长。

1947年8月至1948年10月，在泰山专署工商管理局任局长。

1948年10月至1949年1月，在济宁市工商局任监委。

1949年1月至1949年3月，在鲁中南工商干校任校长。

1949年3月至1949年10月，在华东工商干校任校长。

1949年10月至1952年5月，在山东省行政学院任政法系副主任、训练部主任。

1952年至1953年，在山东省矿务局任器材处处长。

1953年至1955年，在华东煤矿管理局先后任基建处长、计划处长。

1955年3月至1958年，先后任济南与徐州煤矿基建局副局长。

1958年至1964年，历任云南省煤炭厅副厅长、党组书记，云南省煤炭工业管理局副局长、党委书记。

1964年11月30日，煤炭部基建司司长范文彩在云南煤管局召开会议，决定成立“宝鼎山煤矿建设指挥部”，任命亓伟为党委书记、张川为指挥长。

1965年1月1日，宝鼎山煤矿建设指挥部组成。

1965年1月30日，中共宝鼎山煤矿建设指挥部委员会成立，亓伟任书记，张川、李秀荣为委员。

1965年4月15日，宝鼎山煤炭建设指挥部党委成立党的监察委员会，亓伟兼任书记，姚永涛任副书记。

1965年6月25日，亓伟主持研究巴关河洗煤厂设计原则、厂区总平面布置。

1965年9月7日，以亓伟为核心的煤炭指挥部党委发出“发动全体职工立即行动发扬自力更生、大搞开荒种地”的指示。

1966年12月26日，根据渡口市委决定，亓伟停止工作，接受群众审查。

1970年3月15日，亓伟被结合进煤炭指挥部革委会，任副主任。

1970年3月16日，亓伟指挥的龙洞矿井“夺煤保铁”大会战开始。会战胜利，75天矿井出煤，105天（7月1日）投产。龙洞煤矿年设计能力21万吨。

1970年5月末，“夺煤保钢”大会战开始。

1972年3月26日凌晨，煤炭指挥部党委副书记、革委会副主任，原宝鼎山煤炭指挥部党委书记亓伟因病逝世，终年60岁。

1973年亓伟成为学习榜样，【四川省革命委员会生产建设办公室关于转发四川省计委、渡口煤炭指挥部联合调查组《学大庆的带头人，继续革命的好榜样——记宝鼎矿区前党委副书记、革委会副主任亓伟同志的先进事迹》的通知】川生建(1973)58号。

1974年亓伟继续成为学习榜样，《中共渡口市委关于学习亓伟同志先进事迹的决定》中共渡口市委文件渡委发(1974）9号。

1979年3月6日，根据《关于撤销对亓伟同志停职检查的决定》渡委函（1979）22号，亓伟同志被彻底平反，恢复名誉。

亓伟经典语句

老愚公子子孙孙挖山不止，我也要子子孙孙在攀枝花扎根。

——摘自中共渡口市委文件渡委发（1974）9号《中共渡口市委关于学习亓伟同志先进事迹的决定》

对煤矿的基本建设工作了几年，但也不熟悉，个人的工作，按党的需要。

——摘自攀枝花市档案馆（亓伟亲笔填表）

活着建设宝鼎山，死了埋在宝鼎山，立足大三线，打击帝修反。

这是学大庆的好地方啊！

大庆工人阶级冒严寒，战荒原，炼了人，出了油，长了中国人民的志气，灭了帝、修、反的威风。今天，我们要以大庆为榜样，战高山，出煤炭，我们眼前这点苦，比起当年红军爬雪山、过草地，又算得了什么！

环境越艰苦，越要关心群众的生活。

有条件要上，没有条件创造条件也要上。困难是等不走的，只有在干的过程中来战胜困难。大庆工人阶级能办到的事情，我们也应该办到，我们一定要办到！

三个臭皮匠，顶个诸葛亮。难道我们这么多人还顶不了三个臭皮匠吗？这是一场与美帝苏修争时间、抢速度的战斗，我们没有权利等待啊！

我这副老骨头抗磨，再干一二十年也不成问题。

不入虎穴，焉得虎子。不深入实际，就没有发言权、指挥权。

我们过去带领群众跟敌人打仗，称得上是革命家，可是过去参加革命，并不等于以后永远革命，人民给了我们一定的权力。我们并不一定能够很好地为人民使用这个权力。如不注意自己的思想改造，很可能蜕化变质，被敌人检过去，反过来来镇压人民。

给我点工作吧，让我领个采煤队也行，生产上不去，用什么支援世界革命？

我是一个共产党员，什么时候也不能丢掉革命两字，还要紧跟毛主席干革命，能为党工作是我的最大幸福，分配干什么都行。一个共产党员只有干好工作的义务，绝无挑三拣四的权力。

宁为公字活分秒，不为私字活一生。

和民族敌人斗，苦死不怕；和阶级敌人斗，立场坚定；和自然界斗，敢字当头；和癌病斗，坚定沉着。

我现在干不了重活，还能干轻的呀！一个人干革命，能使劲不使劲，那怎么行？！你看，我病好了，可以工作了！再住下去，时间长了，好人也得住出病来！

老杨啊，医院职工中数你年纪最大，你又是个党员，对青年要好好带啊。你们要冲破资产阶级条条框框的束缚，打破医护界限，实行医护结合，为革命培养人才。我们能活几十年，而宝鼎的煤炭要采一百年、二百年，革命总得后继有人哪！

同志们不要难过，我不要紧，你们要好好读毛主席的书，听党的话，早日把攀枝花建设好，让毛主席他老人家放心……

死了，把我埋在宝鼎山上最高的地方，让我日日夜夜看到攀枝花出煤出铁出钢。

——摘自【四川省革命委员会生产建设办公室关于转发四川省计委、渡口煤炭指挥部联合调查组《学大庆的带头人，继续革命的好榜样——记宝鼎矿区前党委副书记、革委会副主任亓伟同志的先进事迹》的通知】川生建（1973）58号

宝鼎矿区名称历次变更

1964年11月30日成立的“宝顶山煤矿建设指挥部”，指挥部机关设在宝鼎煤矿（小宝鼎矿）。

1965年3月初，“宝顶山煤矿建设指挥部”机关从宝鼎煤矿迁到摩梭河。

1965年10月12日，“宝顶山煤矿建设指挥部”更名为“渡口第四指挥部”对外称“渡口四号信箱”。

1966年4月13日，“渡口第四指挥部”由煤炭工业部直接领导。

1968年5月下旬，“渡口第四指挥部”机关从摩梭河迁到陶家渡。

1970年4月1日，“渡口第四指挥部”更名为“渡口煤炭指挥部”。

1970年6月29日，“渡口煤炭指挥部”划归四川省管理。

1978年6月1日，“渡口煤炭指挥部”更名为“渡口矿务局”。1984年1月1日，“渡口矿务局”划中央直属企业统配煤矿。

1987年3月7日，“渡口矿务局”更名为“攀枝花矿务局”。1998年11月7日，“攀枝花矿务局”下放地方管理（攀枝花市管）。

2000年1月18日，“攀枝花矿务局”改制为攀枝花煤业（集团）有限责任公司。

2005年8月18日划入四川省煤炭产业集团管理。

矿务局领导给亓伟扫墓

20世纪70年代末期马书绅（右一）带领几位同志到亓伟墓前祭拜

2011年，公司党委书记、董事长李文池（左五）等同志到亓伟墓前敬献花篮

2020年清明节，公司党委书记、董事长张兴敏率队祭奠亓伟

我国建成又一重要煤炭基地——宝鼎矿区

新华社成都一九七五年十月五日电 在毛主席“备战、备荒，为人民”的伟大针指引下，我国煤炭工业战线广大工人发扬自力更生、艰苦奋斗的革命精神，争时间抢速度，集中力量大打矿山之仗，在我国西南地区建成了又一个重要煤炭基地——四川省宝鼎矿区。这个矿区的建成和投产，对于改变我国煤炭工业布局，促进西南地区国民经济的发展，具有重大的意义。近几年来，这个矿区已生产出大批原煤供应了西南地区厂矿企业和人民生活的需要。

一九六五年，来自祖国各地的煤矿职工，汇集到宝鼎山区，开始了建设矿区的战斗。广大职工以党的基本路线为纲，以大庆工人为榜样，高举“鞍钢宪法”的旗帜，深入开展工业学大庆的群众运动，以大无畏的英雄气概和顽强的革命毅力，在“三块石头架起锅，三根棒棒搭个窝”的艰苦条件下，战天斗地，艰苦创业，扎根宝鼎，建设宝鼎。当时，没有房屋，他们住草棚、席棚；没有菜吃，就用盐拌饭；没有道路，就手拿钢钎大锤劈山开路；没有搬运机械，就人抬肩扛；没有电灯，就点着火把照明。工人们说：担子越重越有挑头，岩石越硬越有打头，建设重点工程越干越有劲头！他们以苦为荣，以苦为乐，经过一年多的艰苦奋斗，在宝鼎山区站住了脚，扎下了根，使矿区建设的速度不断加快，取得了一个又一个的胜利。

现在，宝鼎矿区已经建成七对矿井，建成了洗煤、机修，建筑材料等六个工厂。不断加快，取得了一个又一个的胜利。国家原定这个矿区到一九七二年完成的建设规划，他们在一九七一年就完成了，国家原定到一九七四年达到的原煤生产能力，他们在一九七三年提前实现并超额完成了。今年一至八月份，这个矿区的原煤洗精煤生产和开拓掘进进尺，都分别提前超额完成了生产计划，创造了历史同期的最好成绩。

在建设宝鼎矿区的过程中，矿区党委坚持对干部和工人进行党的基本路线教育，用毛主席关于社会主义建设的一系列指示宣传群众，组织群众，动员群众，大搞群众运动。他们依靠群众的智慧和力量，集中全矿的人力、物力，财力，以矿井建设为中心，组织了上百次会战，做到建设一个，投产一个，迅速发挥投资效果。在开发大宝顶煤矿一个大型煤井的会战中，他们集中了全矿区的主要建设队伍，攻打二十个掘进工作面，用了不到两年的时间，完成了过去需要五年才完成的工作量，使矿井提前建成投产，为支援当地工农业生产作出了贡献。随着矿井的陆续建成投产，他们又发动群众不断挖掘矿井的生产潜力，使新建矿井迅速达到设计能力，不断刷新煤炭生产的新纪录。太平煤矿原来计划在一九七五年达到设计的生产能力，但他们决心提前一年达到这个目标。可是，这个矿的第一采煤区有一项工程没有建成，影响了生产大幅度增长。于是，这个矿的干部和技术人员到现场调查，和工人群众一起反复研究，重新制定施工计划，在施工中，工人们打破工种界限，通力协作，大干苦干，最后只用七天就完成了原定三十天完成的施工任务。这样，到一九七四年年底，全矿的原煤产量就达到了设计要求。

宝鼎矿区广大干部和职工在加快矿区建设和生产的过程中，发扬“自力更生，艰苦奋斗”的革命精神，坚持勤俭办矿，为国家节约了大量的资金和材料。建设初期，矿并缺材料和设备，他们就发动群众自己制造，做到就地生产，就地解决。从建矿以来，全矿区先后办了二十多个采石场，生产了大量的毛石、碎石、料石，满足了井下工程和地面建筑的需要。最近两年，他们除自己制造了一百八十多台设备外，还开展修旧利废活动，修复各种工具、配件，设备十七万三千件（台）。他们还从加强企业管理入手，开展清仓挖潜活动，从内部挖掘建设资金一千五百多万元，先后完成了二百多项工程的建设任务。

在加快矿山建设的过程中，宝鼎矿区各级党组织坚持用毛泽东思想培养了一支觉悟高、作风硬、技术精的矿工队伍。广大职工刻苦攻读马列著作和毛主席著作，运用马克思主义的立场、观点和方法，大干社会主义。

在开发宝鼎矿区的日日夜夜里，全矿区从领导到群众，从职工到家属，从前方到后方，大家步调一致，团结奋战，保持和发扬革命战争年代那么一股劲，那么一股革命热情，那么一种拼命精神。矿区各级党委领导成员坚持深入生产第一线，和群众一起大干，做到工人三班倒，班班见领导。后勤部门坚持送货上门，矿办商店和家属“五·七”服务组二十四小时为生产第一线服务。大家齐心协力，夺煤大战越打越大，生产水平越来越高。

小宝鼎煤矿采煤二队，自建队以来一直开采薄煤层，不仅年年月月超额完成计划，而且在一九七二年连续六个月创造了月产万吨原煤的先进水平。一九七四年，他们为了给国家多做贡献，提出月采一万五千吨原煤的奋斗目标。但是，战斗打响后，碰到的煤层更薄了，平均高度为零点六五米，最薄的只有零点四米，加上顶部出现淋头水，一会儿就把工人们全身淋得透湿，在这样薄的煤层里，别说，就连单人通过都很困难。怎么办？工人们说：大庆工人能叫石油流成河，我们也要叫煤炭堆成山！生产条件变了，我们的决心不变；掌子面矮，我们的志气高。莫说淋头水，就是水帘洞，也要闯过去。工人们就是以这种顽强的斗志，战胜重重困难，连续两个月创造了薄煤层月采原煤一万五千吨的新纪录。

《人民日报》1975年10月6日

人民日报

毛主席语录

鼓足干劲，力争上游，多快好省地建设社会主义。

热烈欢迎南斯拉夫贵宾

社论

在毛主席的无产阶级革命路线指引下

我国建成又一重要煤炭基地——宝鼎矿区

调动技术人员的社会主义积极性

全面贯彻执行党的知识分子政策

劈开宝鼎把煤献
——记四川宝鼎矿区职工艰苦创业的事迹

昔日荒山野岭的宝鼎山区，如今风镐突突，矿灯闪闪，隆隆的开山炮声唤醒了沉睡千年的乌金。山谷间，运煤铁斗在横空架设的运输索道上穿梭往来，铁道线上，运煤列车风驰电掣般地奔向远方。这里，已成为我国西南地区的重要煤炭基地之一。

绵延百里的宝鼎矿区，是在一九六五年开始建设起来的。十年来，宝鼎矿区的干部和职工，以大庆工人为榜样，坚持党的基本路线，坚持社会主义方向，用自力更生、艰苦奋斗的革命精神，大打矿山之仗，夺得了一个又一个的胜利。这个矿区开始建设以来，年年提前完成建设计划，开始生产以后，年年超额完成原煤生产任务。一九七四年，这个矿的原煤产量比一九六六年增长三十六倍，今年一至八月份原煤、洗精煤生产和开拓掘进进尺又分别提前超额完成了国家计划，为社会主义建设作出了贡献。

扎根宝鼎干革命

一九六五年春天，来自祖国各地的煤矿职工，响应伟大领袖毛主席关于“备战、备荒、为人民”的伟大号召，汇集到宝鼎山，开始从事这个新矿区的建设。当时，展现在建设者面前的是：“上有蓝天一顶，下是荒山一片”。放眼眺望，只见峰峦重叠，山山相连，沟壑纵横，草浪莽莽，百里方圆不见村庄。要在这人迹罕至的荒山建设矿区，困难是可以想象的。但是，他们想到的不是困难，不是艰苦，而是国家的需要，人民的心愿：一定要按照国家计划，又快又好地把宝鼎矿区建设起来，让丰富的矿藏资源，为社会主义革命和社会主义建设服务。

要使理想变成现实，需要付出艰苦的努力。那时，宝鼎山区路不通，水不通，电不通，没有房子住。开始进来的一批工人，只好露宿在荒山野岭上。后来，虽然搭了席棚子，仍然是不遮日，不挡风；白天烈日烤，夜晚蚊虫叮。他们睡的是用树干并起来的杠杠床，喝的是一盆盆从几十米深的深沟里端上来的泥浆水。再加上山区气候多变，乍寒乍热，许多人一度不适应环境，有的嘴唇裂了，有的头昏气喘，有的流鼻血。在困难面前，这个矿区的广大干部不是向后退缩，而是知难而进，带头在这里扎下根来。他们建立了干部“落户班组”蹲点的制度，从矿区党委领导成员到各级干部，都下到工地和工人一起学习毛主席著作，进行形势教育，大讲“愚公移山”精神，大讲大庆工人阶级的英雄业绩，大讲加快宝鼎矿区建设的重大意义。矿区党委主要领导成员，以身作则，和工人同住席棚，同锅吃饭，带领工人同天斗，同地斗，使广大职工树立了“天大困难脚下踩，扎根宝鼎干革命”的思想。他们决心学习大庆工人阶级建设大庆油田的那种革命干劲，战高山，斗顽石，又快又好地把宝鼎矿区建设起来。花山煤矿木场看守工人任成书，是从首都来到宝鼎矿区参加建设的。一九六七年，他所在的突击队因工作需要又调回北京时，他想到宝鼎矿区还没有建设好，就主动要求留了下来。有人问他：“北京那么好，你为啥留在这里呢？”他说：“我要在这里为建设矿区贡献自己的全部力量。”他扎根矿区十个年头，为革命勤勤恳恳，党叫干啥就干啥，从未请过一次假，没有缺过一次勤，没回家探过一次亲。广大群众称赞他是扎根宝鼎，建设宝鼎的“无私的人”。

为了在宝鼎扎下根来，各级领导干部带领工人首先解决矿区建设急需的水、电、路和住房问题。他们不贪大求洋，不等待上级拨材料，给设备，而是用自力更生的办法解决。运输物资没有路，就开山劈石自己修；盖房子没有砖，他们就用土筑墙；没有瓦，就上山割茅草盖顶。由七名少数民族姑娘组成的割草班，专门负责供应盖房用的茅草。她们日复一日，顶着星星上山，披着月光归来，饿了啃口干馒头，渴了喝口山泉水，整整花了将近一年的时间，让矿区同志们都住上了新茅草房。不久，矿区开始架设跨越金沙江的输电线路，当时正是洪水季节，恶浪滚滚。安装工人们划着小船，载着上千斤的线盘，强渡金沙江放线。在奔腾咆哮的江水上，他们同险滩、逆流、暗礁和漩涡展开搏斗，战胜了激流险阻，把电线拉过了金沙江。接着又靠人拉肩扛，在山顶和峡谷架起了电杆，使强大的电流通到了矿区。

电通了，水通了，路通了，“干打垒”式的茅草房盖好了，工人们怀着喜悦的心情，在房门上贴了一副对联：“干革命四海为家，建矿区以苦为乐”，横批是：“扎根宝鼎”。从此，他们在荒山野岭上站住了脚，安了家，而且很快展开了大规模的矿山建设工作。

一切从革命全局出发

从宝鼎煤矿上马的那天起，国家建设急需用煤。矿区的第一个电厂即将建成，也需要用煤。早日拿出煤炭，保证国家建设用煤的需要，就成了当时加快生产建设速度的一个重要课题。但是，按照矿区总体设计方案，无论上哪一对矿井，至少需要两三年时间才能建成，就是设计方案搞得再好，也是“远水解不了近渴”。怎么办？是按照矿区总体设计，按部就班，坐等条件，还是从革命的全局出发，创造条件尽快拿出煤炭？矿区党委经过调查研究，决定集中兵力，首先恢复小宝鼎矿的生产。

小宝鼎矿，是一九五八年“大跃进”中建设起来的一个年产三万吨煤的小煤窑。当时，井峒被封，井口乱石成堆，茅草丛生，主要巷道多处倒塌堵塞，修复的工程量很大。面对这种情况，工人们根据全局的需要，以一不怕苦、二不怕死的精神投入了修复小宝鼎煤矿的战斗。为了解决井下通风问题，一些老工人冒着生命危险多次下井观察，在合适的地方开了几个小口，实行自然通风；没有风镐、电钻，就用钢钎加大锤来开掘；没有机电运输设备，就用简易轨道和手推车运输，修建这个矿的工人，就是在这样困难的条件下，以旺盛的革命干劲，经过二十八个昼夜的奋战，终于把矿井提前修复，大量出煤，保证了电厂按时投产发电。现在，这个小煤窑经过逐年改造，已经发展成为年产四十多万吨的中型煤矿。

修复小宝鼎煤矿的胜利，为宝鼎矿区大会战揭开了序幕。在以后的每一次战斗中，他们都立足本矿，胸怀全局，把国家要求提前完成的重点建设任务放在第一位，努力保证完成。一九七〇年，他们根据矿区的要求，完成了大型煤矿太平矿的主副平硐建设任务以后，接着又接受了上级交给他们的限期就地解决气肥煤的生产问题。气肥煤是炼制优质焦炭必不可少的一种配焦煤种，原来计划从外地调进，后来决定就地解决。当时，工程量大，时间紧迫，但是，工人们想国家所想，急国家所急。他们从革命的全局出发，决心打一场速决战，尽快地找到气肥煤，采出气肥煤。在接受任务的当天晚上，矿区党委主要领导同志亲自带领调查小组，到龙洞一带走访贫下中农，勘测地质情况，绘制草图，在三天内就拿出了建设方案。然后，发动有关单位组织最强的队伍，带上最好的设备，由主要领导干部率领，按时赶到施工现场，在各行各业的支援下，奋战一百零五天，基本建成了一座年产二十一万吨气肥煤的龙洞矿井，按常规建成这样一座矿井需要三年以上时间才能完成。人们把这种想大局、为大局、团结协作、大干社会主义的精神，称赞为“龙洞精神”。

这个矿区的广大职工，就是依靠这种革命精神，在不长的时间内，完成了七对矿井的建设任务，同时还积极勘探新的煤炭资源，找到了一百三十六个煤层，为发展矿区的生产建设提供了可靠的依据。

自力更生精神大发扬

宝鼎矿区是国家的重点建设项目，但是他们绝不以重点自居。他们认为，越是重点，就越要发扬自力更生的革命精神；作为重点，只有多作贡献的义务，没有“等、靠、要”的权利。因此，他们在建设中，坚决贯彻执行自力更生、艰苦奋斗的革命精种，充分发动群众解决生产建设中的问题。工程开始时，要修建许多加压站和蓄水池，但是，当时工程建设刚上手，水泥供应紧张。为了克服这个困难，他们就访问老农，学习当地经验，把白灰、黄土掺在一起，踩成胶泥，经过打压，用来建设水池，容量达三四百立方米。这种土蓄水池，有的工程处现在还在使用。

花山矿井在砌碹时，遇到了缺少石料的困难。怎么办？工人们提出向金沙江要石头，他们说到做到，不管是飞沙走石的风雨天，还是骄阳似火的盛夏，都坚持一块一块地拣，一篓一篓地背，硬是靠双手把金沙江的石头来了个大搬家。从一九六七年八月拣到一九六九年七月，一共拣石三千一百多立方米，并且全是靠人力运到井口，胜利地完成了砌碹任务。

这个矿区在建设过程中，还发动群众自办小瓦厂、小砖厂、小水泥厂、小刨花板厂，并对一个年产十万块砖的小厂进行改造，逐步发展为生产多种建筑材料的矿区建材厂，使砖、瓦、砂、石和水泥支架做到了自给，还支援了兄弟单位。他们还大搞修旧利废，自己动手制造矿山配件，从一九七二年起，全矿区采矿和运输机械上用的圆环链、法兰盘等配件都实现了自给。

宝鼎矿区工人们自力更生、艰苦奋斗的革命精神，在建设龙洞简易洗煤厂的过程中得到了充分的体现。龙洞矿投产以后，生产的气肥煤要拉到四十里外的洗煤厂洗，变成精煤，这就需要当地运输部门抽调大批汽车来运输。但是，当时由于缺乏车辆，原煤经常拉不出来，影响矿井和洗煤厂生产。于是，他们就发动群众自己动手，在龙洞地区就地搞了一个简易洗煤厂，年入洗能力达二十一万吨。这个厂的建设，没有向国家要设备、要物资，全厂的大部分设备，都是职工们利用废旧机器修配起来的，厂房也很简陋，但他们却在这里洗出了精煤，这比过去把原煤运到外厂入洗，减少了一半的运输量，同时，使矿井的生产能力得到充分发挥。

关键是有一支革命化的队伍

昔日荒山野岭的宝鼎矿区，如今山河变貌，厂矿变容。这一切变化，关键是有了一支革命化的干部和工人队伍。

在生产建设过程中，宝鼎矿区党委和各级党委领导成员，没有把自己的眼光仅仅放在煤炭资源的开发上，而是把生产建设的过程，作为自己学习马列主义、毛泽东思想和改造思想的过程。

在矿区建设初期，矿区各级党委领导成员，坚持和工人群众同吃盐拌饭，同住“五风楼”（五面透风的席棚子），白天带头大干，晚上带头学习毛主席著作，给广大职工作出了好样子。

目前，矿区党委十名常委中，有六名在基层蹲点；三分之一的处级干部在基层工作，参加劳动；二分之一的科级干部坚持在生产第一线，与工人群众实行“三同”。每天，都有领导干部参加集体生产劳动，做到了“工人三班倒，班班有领导”。

原矿区党委副书记，革委会副主任亓伟，是一个参加革命几十年的老同志，他一直“保持过去革命战争时期的那么一股劲，那么一股革命热情，那么一种拼命精神”。一九六四年，当时担任云南省煤炭局副局长的亓伟，积极响应毛主席的号召，带领一支先遣队来到宝鼎，担任了建设初期的宝鼎矿区党委书记。在艰苦建矿的日子里，哪里有困难，哪里任务重，他就出现在哪里。修复小宝鼎煤矿的战斗，抢建龙洞煤矿的大会战，都是他亲自组织的；用三十八天时间，打通了太平矿主副井的巷道贯通工程，也是他带领职工在井下一起完成的。一九七一年，正当矿区建设蓬勃发展的时候，癌症把这位为革命忘我工作的老干部缠住了。当时，矿区党委立即派专人护他到北京治疗。手术以后的归途中，他路过昆明只在自己家里住了两天，第三天就冒雨赶到车站，只身赶回宝鼎矿区。他以顽强的革命精神，同疾病作斗争，不分昼夜地工作。直到他一九七二年三月二十六日逝世时，还念念不忘矿区的革命和建设。亓伟同志的这种革命精神，至今还激励着矿区广大干部和工人不断前进。

领导班子坚强，工作就抓得起，铺得开，能把队伍带好。每一批新工人进矿，党委首先发给他们毛主席著作，组织他们学习党的基本路线，请老工人做新旧社会对比的忆苦思甜报告。新工人第一次下井，对他们进行煤炭工人光荣职责的教育；第一次领工资，对他们进行保持和发扬艰苦奋斗革命传统的教育。通过这些教育，使广大干部和职工觉悟越来越高，干劲越来越大，先进集体和先进人物越来越多。以打硬仗闻名的矿区采煤四队，就是全矿有名的先进集体，为矿区广大职工树立了榜样。

采煤四队一段时间担负着电厂发电和生活用煤的开采任务，在重点建设中处于重要的地位。采煤队长、共产党员王恒成，带领广大群众抓革命、促生产。生产中遇到困难和危险，他带头冲在前面。一次，工作面顶板因压力过大，眼看就要冒顶，如果不及时抢修，不仅几十名同志的生命受到威胁，而且十天半月也出不了煤。王恒成面对险情，带头冲上去，以一不怕苦，二不怕死的革命精神，冒着危险，抢架支柱，排除了险情，保证了矿井的正常生产。和王恒成一样，这个队的共产党员、老工人李守善，也是促生产的带头人。他早上班，晚下班，有时干十几个小时才回来。有时他身体不好，但还是坚持在掌子面干活，看到运煤的溜子坏了，他去修理；顶板不好，就去打顶子；哪个同志累了，他就接过大锹继续干，整天从上溜口跑到下溜口，又从下溜口跑到上溜口，到处找活干。以后，医生知道他带病上班，就通知队里不让他下井，但他还是偷偷地下井干活。大家都称赞他是闲不住的人。翻身奴隶、彝族青年工人吉布日初把自己的本职工作同实现共产主义的远大目标联系起来，干活总是跑在别人前边，享受落在别人后边。去年下半年，正当国家急需煤炭的时候，他家里几次催他回去结婚，但吉布日初没有回去。他说：结婚，对个人来说，是大事，但在国家大事面前，它是件小事，小事就应该服从大事。古布日初在发展煤炭生产中，做出了显著成绩，被称为矿区工业学大庆的标兵。

宝鼎矿区有了像亓伟、王恒成这样一批干部，有了像李守善、古布日初这样的一支工人队伍，终于克服了一个又一个困难，创造出了煤炭战线上的奇迹。

新华社通讯员 新华社记者

《人民日报》1975年10月6日

年轻干部铸魂工程培训班

宝鼎力量

四川省煤炭产业集团攀枝花煤业（集团）有限责任公司（简称攀煤公司），通过五十五年的求索与创新，孕育、滋养了宝鼎矿区这块热土。翻阅她那厚重的历史可以看到，每一段历史中，攀煤公司都在坚韧前行、奋斗不息。在宝鼎矿区，煤浪翻滚，一派生机勃勃，一个个运煤铁斗如同琴弦上的音符在宝鼎矿区演奏，见证着宝鼎力量。

宝鼎矿区的“宝鼎精神”

攀煤公司是我国西南地区重要的主焦煤生产基地，25号主焦煤在国内国际市场上属稀缺煤种。其主导产品“巴关河”牌冶炼精煤，连续多年荣获“四川名牌产品”称号，出口日本、巴西、印度、土耳其等国家，55年共为我国贡献原煤1.58亿吨，贡献精煤7300多万吨，上缴税费50多亿元。

55年前的宝鼎矿区，狼群出没，人迹罕至；55年后，一座拥有4对生产矿井、11家分公司、7家子公司等22个主要单位、煤炭核定年生产能力507万吨、总资产96亿元、在册员工1.15万人的现代能化企业拔地而起。

创业、求实、开拓、奉献的“宝鼎精神”，彰显出攀煤人55年来艰苦跋涉的睿智与刚毅。

1964年11月30日，宝鼎山红旗招展，一片沸腾，宝顶山煤矿建设指挥部在阵阵掌声和鞭炮声中正式成立。来自全国9个省（直辖市）、28个地区、25个民族的4000多名煤矿职工响应党中央和毛主席“建设攀枝花”号召，操着不同口音集结于此。从那一刻起，沉睡的宝鼎山被唤醒。

路不通、水不通、电不通、无房住，吃的是盐拌饭，点的是煤油灯，睡的是杠杠床，喝的是泥浆水。正是在这样的艰苦环境下，一场“三通一住”大会战在4000多名建设者的加油声中打响。一条条输电线路送来了光明，一排排简易“干打垒”（当地住房的一种称呼）镶嵌山间。这一切赋予宝鼎山新的生命、新的活力。

“三夺三保”大会战，即“夺煤保电”“夺煤保铁”“夺煤保钢”大会战，气势恢宏，享誉神州，几代宝鼎人为之骄傲与自豪。

1973年12月，宝鼎矿区沿江煤矿、灰老井相继建成投产。至此，矿区先后建成投产小宝鼎煤矿、太平煤矿、龙洞煤矿、花山煤矿、大宝顶煤矿、沿江煤矿、灰老井等7对生产矿井，矿区建设从基本建设转入稳定生产和达标生产阶段。

彼时，宝鼎矿区建设者艰苦奋斗、自力更生的精神，受到中央领导的高度赞扬。

解放思想，转变观念。时光转入20世纪80年代初，宝鼎矿区广大干部职工乘着改革的东风，实现工作重心转移，掀起建设新高潮，对基层下放生产计划、物资采购、专用基金使用机构设置、民主管理等9项权利。1980年开始，攀枝花矿务局推出局长（矿长）负责制、经营承包责任制、任期目标责任制、任期终结审计制“四位一体”的经营管理模式，企业管理逐步由高度集中的计划管理模式向以下放权利和突出经济效益为中心的经营承包责任制转变。

2000年3月18日，攀枝花煤业（集团）有限责任公司正式挂牌。攀枝花矿务局实现华丽转身。从那时起，宝鼎矿区发展的激情被点燃，攀枝花煤业（集团）有限责任公司以崭新的姿态阔步前进。

2001年9月14日，在广西防城港，锣鼓阵阵，彩旗飘扬，一艘巨轮承载着攀煤人的希望与梦想扬帆起航，亮铮铮的“巴关河”牌冶炼精煤即将发往日本，实现四川煤炭出口零的突破。

2005年8月28日，四川省煤炭产业集团宣告成立。作为子公司的攀煤公司肩扛川煤“大集团，大战略”这面大旗勇往直前，一路高歌。

由此，攀煤公司围绕建设具有南方特色的安全高效现代化矿井目标，秉承“做大做强煤炭主业”这个发展理念，响亮地提出“以煤为主，多业并举”的发展主题，使企业立足于不败之地。

2006年10月、2008年11月，攀煤公司先后启动宝鼎矿区采煤沉陷区综合治理工程和棚户区改造工程，总投资12.45亿元。2010年11月、2013年12月，两项工程先后竣工，安置居民15194多户。

奋力改革创新，迸发内生活力

2012年后，靠煤生存发展的攀煤公司因底子薄，举步维艰。尤其是2012年至2015年间，企业基本处于维持经营、保本保命状态。

2014年底，攀煤公司新班子组建并提出提出“把改革进行到底，三年实现扭亏为盈”的口号。

通过形势任务宣讲、各种座谈会，层层发动，层层讨论，攀煤公司从上到下求变意识基本形成；通过竞聘、合并，攀煤公司机关部室减少6个，净减人员60人。全公司在岗员工由2015年初的15815人减少到10071人。为适应组织机构扁平化管理，攀煤公司完成了采、掘、机、运、通系统由三级管理向两级管理实质性转变。按照川煤集团“分路突围”的营销总思路，攀煤公司果断地把运销公司部分机构和人员归口管理，减少人员122人，朝气蓬勃的新营销体制和队伍基本形成。

管理是企业发展的永恒主题和风向标。攀煤公司按照“一矿一策”“一面一策”“一点一策”战略，推行全面预算管理、6个集中管理、完全成本控制管理、内部市场化管理以及8+2等管理模式，提高了内部自控能力，使其粗放型管理逐步向精细化管理跨越。

攀煤公司积极推进安全高效机械化矿井建设，先后投资10多亿元大力发展采掘机械化，采掘机械化得到快速发展，采煤机械化程度达到96.8%。先后探索实施了极薄煤层、薄煤层、中厚煤层、厚煤层、放顶煤机械化开采，被称为“西南地区的机械化开采博物馆”。

安全高于一切，攀煤公司树立“以员工生命为中心”“从零开始，向零奋斗”的安全发展理念，在建立健全安全管理制度体系，全力推进安全生产标准化和企业安全文化建设，全力开展“双控”与“四个专项整治”等方面，注重过程管控，强化基层基础，始终保持严防强管高压态势，公司安全形势总体平稳。

科技是企业发展的第一生产力。攀煤公司以矿井机械化开采、安全技术攻关、资源综合利用、节能减排和信息化建设为龙头，加大科技投入。2015年以来，攀煤公司投入近3亿元，实施重点科技项目66项，获省市及川煤集团科技进步奖32项，获得专利90项，其中大倾角松软厚煤层一次采全高关键技术与装备达到国际领先水平。

一煤独大是攀煤长期发展固有束缚。攀煤公司认真总结过去发展的得与失，审时度势，提出转型发展新思路，推进企业转型。

站在大宝顶山上远眺，10万余张光伏板依次排列，这是四川省目前首个在煤矿采空区兴建的光伏发电项目，是攀煤公司乃至川煤集团转型发展的坐标项目。

该项目由攀煤公司、中国水电建设集团、四川电力设计咨询公司三方联合出资兴建，2017年6月25日并网发电，至今累计发电9000万千瓦时，获经济效益8000万元，已形成“光伏发电+生态农业”一体化互补发展格局。

生态修复义不容辞，转型发展再添活力。宝鼎矿区在为国家贡献原煤的同时伴生出大量的煤矸石，形成灰槽子、灰家所两座矸石堆场。这两处矸石堆场被列为四川省政府督办治理项目。攀煤公司主动承担起社会责任，在资金十分紧张的情况下投资1亿元对矸石堆场实施治理。治理后，两处矸石堆场绿树成荫、瓜果飘香，每年可创收370余万元。

企业办社会是长期制约攀煤公司发展的瓶颈。攀煤公司积极争取国家“三供一业”移交政策，在全省国有企业中率先启动“三供一业”改造移交，争取补助资金7.25亿元。移交完毕，攀煤不再履行企业办社会职能，实现轻装上阵。

经过三年时间，攀煤公司终于迎来了曙光，2017年实现利润2.1亿元，一举扭转了连续五年严重亏损的被动局面，改革脱困取得阶段性成果，2018年，实现利润2.3亿元。这是攀煤在改革脱困路上交出的满意答卷。

此外，攀煤公司党委始终高举中国特色社会主义理论伟大旗帜，坚持党的领导，切实履行把方向、管大局、保落实的职责，充分发挥党委领导核心和政治核心作用，为企业改革、发展和稳定提供了保障。

特别是2015年来，公司党委攻弱项、补短板，管党治党主体责任进一步压紧压实，齐心协力种好党建“责任田”。

顶层设计、常态长效，党支部书记论坛，宣传鼓劲儿、选树典型，一户一策、订单式精准帮扶，党建基础强化；打造“六有”党员标准化学习活动室，强化“三个基本”、建设“六大体系”、实施“五大工程”……随着一系列创新工作的落地，党建基础加强，活力迸发。目前全公司党员7012名，党支部215个。

亓伟，宝鼎矿区第一任党委书记，他那句“活着建设宝鼎山，死了埋在宝鼎山”的豪言壮语让人难忘。在亓伟精神的引领下，攀煤公司先后获得“全国思想政治工作优秀企业”“全国五一劳动奖状”“全国模范职工之家”“全国厂务公开民主管理先进单位”“国家重点企业信息系统先进单位”“中国守法诚信单位”“四川省工业节能先进企业”“四川省工业企业最大规模20强”“中国煤炭工业企业管理现代化部级优秀成果一等奖”等荣誉。同时涌现出了以王恒成、房桂芝、刘家赞、雷永、李建雄等36名省部级以上劳动模范。

推进“三生共融”，实现“和谐共生”

攀煤公司经过连续五年的攻坚克难，实现了扭亏为盈。随着“三供一业”改造移交、改革进一步深化、全面预算管理进一步延伸、以煤为基多元化发展的红利效应逐步释放，攀煤公司发展信心倍增。

攀煤公司在四届一次职代会上提出了以“安全、高效、绿色、和谐”为主要内容的高质量发展目标，即坚持以煤为主、多元转化、求优图强、绿色发展，做强做大煤炭主业，做精做优非煤产业，做细做实转型项目，煤电力、煤建材整合图存，煤火工、煤机制升级拓展，建设施工、农林养殖形成规模。

由此，攀煤公司坚定不移推进转型升级，坚持抓好机械化、自动化、信息化、智能化与标准化的“五化”深度融合，着力攻克大采高、急倾斜、厚煤层机械化开采核心技术，着手规划智能化综采工作面建设，为复杂地质条件下实现智能开采探出路子，积累经验；依靠技术创新提高和培育企业核心竞争力，力争科技对企业发展的贡献率达到45%以上。

此外，攀煤公司对非煤产业实施二次转型，促进产业协调发展，在巩固运营30兆瓦光伏发电的基础上，打造农业发展绿色品牌；以煤炭贸易和物资贸易为重点，建设集运输、仓储、加工、配送、信息为一体的综合性物流贸易平台；切实处理好煤炭开采、区域发展和环境保护的关系，加快实施矸石山综合治理、矿井污水循环治理、堆场扬尘治理等工程，推进生产、生态、生活“三生共融”，实现矿山、矿区、矿工“和谐共生”。

《中国煤炭报》2019年11月23日

攀枝花市党建联盟主题党日活动

宝鼎山下的攀煤公司

后记：
抒写英雄，责任使然

在五千年的历史长河中，中华民族英雄辈出。何为英雄？英雄就是当人民、国家处于危难之时，不惧艰险，挺身而出，即使付出生命也在所不惜、非凡出众的杰出人物。本书的主人公亓伟就是一位可称作英雄之人。因为他具备为民情怀，在国家建设最需要他的时候，他主动请缨，将生命的能量全部奉献给了宝鼎矿区。

英雄攀枝花，阳光康养地，这是英雄成长之地。满怀对英雄的崇高敬意，发掘英雄事迹，书写英雄篇章，历时半年，终于完成了这本关于矿区英雄的图书：《宝鼎英雄——亓伟的故事》。

由于和亓伟一起工作过的老同志在世的越来越少了，本书进行了抢救式的采访，还原了那段激情燃烧的岁月。张川、康玉发、马书绅、范正文等曾与亓伟并肩作战的宝鼎功勋，早已不在人世；几年前采访过的亓伟长子亓名超，宝鼎矿区老一辈建设者郜玉山、焦益生等同志，也相继离世。我们去采访87岁的老局长王运平时，他老伴说：“要是你们早几个月来就好了，现在他已经不记得多少事情了！”

作为第一本比较全面反映英雄亓伟的非虚构作品，本书既有史学价值，也有文学价值；既有政治意义，更有现实意义。书中有很多资料和素材鲜为人知，很多是首次披露。书中对人物写作的把握，采用了夹叙夹议的创作手法，并融入了真挚的情感，力求客观、真实，不故意拔高，不人为粉饰，让事实说话；力求全面而不失细微，让英雄不是高大上的模糊形象，而是有血、有肉、有情、有温度，生动丰满的个体，可感、可知、可学的鲜明形象。

在三个月左右时间里，不辞辛劳，不畏路途遥远，采访了众多的人，他们或是当年与亓伟共事，或是其下属，或是其亲人；他们中有宝鼎矿区的局长、处长、普通职工等；他们中有矿工、建筑工、医生、教师等；他们大多已经年过花甲，有的已是岁月迟暮。是他们为这本书提供了丰富的素材，现将部分人的姓名列出，并致以最衷心的感谢！

2019年5月，电视剧《大三线》总编剧曹革飞（左二）到攀煤公司采访亓伟生平事迹

王本贤、路有、肖国柱、李祥志、卢敏、王大宝、李锁栓、李代华、李振声、亓玉华、李树海、卢义、王桂荣、关慧娟、褚运恒、周衡杰、刘彦富、吕京、钟兴乾、高文忠、何文斌、王运平、齐仲义、刘明德、刘国刚、殷富生、董世民、亓鲁光、亓鲁明、亓鲁杰、戴世森、李继业、谢启孟、王震亚、吴德勇、韩恩良、呼淑贞、陈礼高、王忠凡、王福祥、罗兴华……

感谢在采访、创作与编辑过程中，一路上给予我们支持和鼓励的三线建设干部学院特聘教师、时任攀枝花市文物局局长、攀枝花市文艺创评室主任，以及给予提供资料采集帮助的攀枝花市档案馆、三线建设干部学院、三线建设干部学院攀煤分院和攀煤档案室的同志们。

感谢在编写过程中给予提供资料和图片的单位和个人，在此一并致谢。

在本书撰写中，关于一些称谓，比如“宝鼎”“宝顶”“煤矿”“煤炭”等的用法，尽量保持了历史的印记，特此说明。

由于时间仓促，本书难免会有遗珠之憾或错漏之处，望广大读者谅解并不吝赐教。

谨以此书，献给过往的岁月，献给永远的英雄。

是为后记。

编委会

2020年6月

记住我们的先驱者

2019年11月，“宝鼎同心广场”建成

攀枝花中国三线建设博物馆中的亓伟塑像